KB048586

하늘과 땅의 수호자

제3부

Ten to Chi no Moribito Part 3

Text Copyright © 2007 by Nahoko Uehashi
Illustrations Copyright © 2007 by Makiko Futaki
First published in Japan in 2007 by KAISEI-SHA Publishing Co., Ltd., Tokyo
Korean language translation rights arranged with KAISEI-SHA Publishing Co., Ltd.
through Japan Foreign-Rights Centre/Shinwon Agency Co.

하늘과 땅의 수호자

제3부

우에하시 나호코 지음 김옥희 옮김

스토리존

바르사, 바르사는 지금 어디에 있을까?

바르사는 워낙 산을 잘 타니까, 대군을 이끌고 가는 우리보다 훨씬 더 가뿐히 산을 넘어서 이미 탄다를 만났는지도 모르겠네. 아, 그립다. 탄다네 집이. 나는 이제 두 번 다시 못 보겠지만….

우리는 어제 무사히 국경의 고개를 넘었어.

칸발 기마병들은 무뚝뚝하지만 모두 착한 사람들이야. 모두들 어딘가 바르사를 닮았어.

이제 곧 이한 왕자가 계시는 지탄에 도착해. 지탄에 도착하면 면밀하게 작전을 세우고, 그런 다음 출발할 거야. 드디어 신요고를 향해서.

긴 시간이었어. 하지만 순식간이었던 것 같기도 해.

신요고는 어떻게 되었을까? 슈가를 비롯해 모두 무탈할까?

어마마마는, 미슈나는, 아바마마는…?

여기서부터는 전쟁이 우리를 기다리고 있어.

나유그의 봄이 가져오는 천재지변도 광선경을 위협하고
있어.

나는 이 봄 이후의 세상을 내 눈으로 볼 수가 있을까…?

— 챠그무의 일지에서

차례

서장
황제의 쇠퇴기

아주 높은 곳에 서로 마주 보는 두 개의 원형 창문이 있다.

동쪽 창문은 석양의 푸르스름한 빛에 가라앉아 있고, 서쪽 창문으로는 여름의 황혼이 금색 빛줄기가 되어 들이치고 있다.

해가 떠오르고 해가 지는, 태양이 지배하는 세계를 표현한 이 집회실을, 지금 일몰 직전의 정적이 지배하고 있다.

정확히 저녁 해가 떨어지는 곳에 커다란 침대가 놓여 있고, 거기에 노인이 누워 있다.

살갗이 뼈에 달라붙어 있어 죽음의 그림자가 또렷이 드러나 있는 그 얼굴에서, 오로지 눈만 여전히 빛을 발하고 있었다.

자기 힘으로 수많은 나라들을 거느릴 수 있는 타르슈 제국의 기초를 구축한 영웅호걸, 타르슈 제국 황제 오라한은 다가오는 삶의 황혼을 응시하면서, 바야흐로 유언을 남기려 하고 있었다.

침대 발치에는 하얀 옷을 걸친 최고위의 신관이 성스러운 지팡이를 들고 조용히 서 있었다. 그가 들고 있는 성스러운 지팡이 끝에는 태양신 아뤠의 입 모양을 한 금색 원반이 달려 있었다. 아뤠 코우(태양신의 입)로 불리는 그들 태양신의 신관들을 상징하는 지팡이였다.

서 있는 신관 옆에 자그마한 책상이 놓여 있었고, 서기관이 긴장한 표정으로 붓을 쥐고 있었다.

침대 옆에는 황제의 자녀들이 앉아 있었고, 그 뒤에는 각자의 재상들이 늘어서 있었다.

황제는 늦게까지 자식 복이 있어 마흔을 넘긴 후에 여섯 명의 아이를 낳았는데, 둘을 병과 사고로 잃어, 지금 살아 있는 자녀는 세 아들과 딸 하나뿐이었다. 제1왕자 하잘과 제2왕자 라울은 이제 마흔에 가깝지만, 제3왕자 유랄은 아직 스물일곱, 공주 카사리나는 스물셋으로 작년에 결혼했다.

황제와 가장 가까운 위치인 머리맡에 서 있는 사람은 황제의 피붙이가 아니다.

백발을 뒤로 꽉 묶고 있는 이 노년의 남자, 태양 재상 아이올은 타르슈인이 아니다. 하지만 황제가 이 세상에서 가장 신뢰하는 친구이자 황제가 살아온 길을 함께 개척해온 전우이기도 했다.

정적에 휩싸인 집회실에서 황제가 입을 여는 소리가 희미하게 들렸다.

그리고 호흡 소리와도 같은 목소리가 그 입에서 흘러나왔다.

"…영원의 땅… 신의, 은혜를 받은, 북쪽 대륙의… 시간이 흐르지 않는, 축복의 땅에, 목숨이 붙어 있는 상태로, 걸어서 들어가는 꿈은, 역시, 이루지 못할 듯하다."

이룰 수 없는 꿈을 꾼 자신을 비웃는 듯한 아버지의 그 말을 들은 순간, 황제의 차남 라울의 눈에 슬픔의 빛이 떠올랐다. 옆에 있는 형 하잘에게로 시선을 돌리자, 형도 자신을 보고 있었다.

형제는 서로의 눈을 쳐다봤다.

차기 황제 자리를 놓고 치열한 경쟁을 거듭하고 있는 그들이었지만, 눈이 마주친 순간, 서로가 같은 생각을 하고 있는 것을 느꼈다.

아버지의 마지막 꿈을 결국 이루지 못한 슬픔, 아버지가 정말로 돌아가실 거라는 슬픔이 형제의 가슴을 찔렀다.

남쪽 대륙을 정복해 대국을 건설한 황제가 웃으면서 입에 담은 '꿈'이란, 아뤠 코우(태양신의 입)와 요고 속국의 성독박사들, 그리고 주술사들이 북쪽 대륙에 나타난다고 했던 성스러운 땅으로 가는 것이었다.

그곳은 정령들의 축복을 받은, 항상 봄인 땅. 그리고 나이를 먹지 않는 곳. 그곳에 들어갈 수 있으면, 들어갔을 때의 모습 그대로 100년 이상을 살 수 있다고 한다.

그런 성스러운 땅이 정말로 북쪽 대륙에 있는지 아직 그 장소는 발견하지 못했지만, 북쪽 대륙 주민들이 이따금 입에 담는 '나유그' 혹은 '노유크'로 불리는 다른 세계와 깊은 연관이 있을 것 같았다.

그러나 이미 몇 년을 북쪽 대륙에 흩어져 있는, 수많은 타쿠(매)로 불리는 밀정들한테서도 아직 그런 다른 세계의 입구를 발견했다는 전갈은 없었으며, 그런 아지랑이와도 같은 막연한 꿈을 위해서 황제가 북쪽으로의 원정을 허용한 것은 아니다.

그래도 황제의 마음속에는, 만약 가능한 일이라면 100년 세월의 끝을 자신의 눈으로 보고 싶은 바람이 있었다. 자신이 건설한 타르슈 제국이 100년 후에 어떤 모습이 될지, 그 모습을 보기를 간절히 원했다. 성스러운 땅은 이루지 못할 그런 소망을 이뤄줄 수 있을지도 모르는 아련한 꿈이었던 것이다.

그러나 그의 건강하던 신체도 결국 병과 고령을 이길 수는 없었다.

마른 입술을 천천히 혀로 적시며 황제가 말했다.

"…100년을 살 수 없다면… 100년 후에도 1,000년 후에도, 이 제국이, 풍요로운 대국일 거라고 믿고 죽을 수 있는, 그것을 위한 결단을, 내려야만 한다.

나의, 마지막 결단이다. 명심해서… 듣도록 하라."

집회실에 있는 모든 사람이 머리를 숙였다.

라울 왕자도 하잘 왕자도 온몸의 살갗이 아플 정도로 긴장하는 것을 느끼면서, 숨을 죽이고 아버지의 말을 기다렸다.

혀가 입술에 닿는 작은 소리가 났다. 그리고 한숨과 함께 그 말을 뱉어냈다.

"…라울과 하잘, 어느 쪽이 황제가 될지, 그 결정은… 아이올에게 맡기겠다."

라울과 하잘이 얼굴을 번쩍 들었다.

집회실에 있는 사람 모두가 숨을 멈추고 눈을 크게 뜨고서 황제를 바라보고 있었다.

가장 크게 놀라며 믿을 수 없는 것을 본 눈으로 황제를 응시한 것은 태양 재상 아이올 자신이었다.

황제가 천천히 눈동자를 움직여서 아이올을 올려다봤다. 그 입가에 어렴풋이 미소가 떠올랐다.

"놀랐느냐? …그대를, 놀라게 할 수 있었던 것은, 이것이 처음이로구나."

울대뼈를 떨며 기침을 하듯이 쉰 웃음소리를 내뱉으면서 황제가 말했다.

"북쪽으로의, 침공도, 아직 진행 중이다. 우리 제국의, 가야 할 길도, 아직, 안 보인다.

하지만, 몇 달 안에는, 그것도, 보이게 될 것이다. …내가 볼 수 없는, 그 몇 달 후의, 이 제국을 멀리 내다보고, 그대가, 정하라, 아이올. 우리가 세운 제국의, 가야 할 방향을, 어느 아들에게, 맡기는 것이 좋을지를."

아이올의 눈에 눈물이 맺히는 것을 라울도 하잘도 소리조차 내지 않고 바라보고 있었다.

석양빛에 늙은 황제의 얼굴이 살짝 도드라져 보였다. 그 얼굴에 새겨진 세월을, 함께 보낸 오랜 세월을 생각하면서, 태양 재상은 조용히 고개를 끄덕였다.

"태양은 져도 또다시 찬란한 빛을 띠며 소생하는 것. …이 나라를 새로운 빛으로 가득 채울 황제를 선택할 것을 약속드

리겠습니다."

그날 황제는 깊은 잠에 빠져들었다.
죽은 것은 아니지만, 거의 죽음에 가까운 잠이었다.

태양궁전의 남쪽에 있는, 자신의 성으로 돌아온 하잘 왕자
는 침울한 얼굴을 하고서 저녁도 먹지 않고 방에 틀어박혀
있었다.

하잘의 오른팔인 '남익 재상' 하밀은 선반에서 잔과 아라
쿠 술 단지를 내려서 잔 두 개에 가득 채우더니 하잘 앞에 잔
을 놨다.

하잘은 아무것도 안 보이는 듯한 눈으로 하밀을 올려다봤다.

하밀은 타르슈인이 아니다. 검은 피부와, 수시로 움직이는
커다란 눈을 가진 카랄인이다. 속국 백성이면서도 왕자의 오
른팔이 된 남자였다.

"왜 그렇게 침울해 계십니까?"

하밀이 묻자 하잘이 눈살을 찌푸렸다.

"왜? 왜냐고? 너도 그 자리에 있지 않았느냐?

아바마마가 정하신다면 몰라도, 아이올이 후계자를 정하
게 되면 내가 황제가 될 리가 없다. 아이올은 옛날부터 라울

을 예뻐했다. 타고난 황제라며 그 녀석을….”

동생이 칭찬을 받을 때마다 느꼈던 굴욕과 주체하기 힘들었던 슬픔을 떠올리고, 하잘은 얼굴을 일그러뜨렸다.

그런 왕자를 응시하며 하밀이 낮은 목소리로 말했다.

“전하, 실례지만 그건 착각이시라고 생각합니다.”

눈살을 찌푸린 채로 자신을 올려다본 하잘에게 하밀이 미소를 지었다.

“아이올 님이 정하시게 됨으로써, 저는 하잘 전하께서 황제 자리에 앉으실 확률이 높아졌다고 느끼고 있습니다. 저한테는 보이는 것이 라울 왕자나 라울 왕자의 재상 쿠르즈에게는 안 보이니까요.”

하잘이 끌려들듯이 하밀의 검은 얼굴을 응시했다.

“정말이냐? 그들에게 안 보이는 것이란 게 뭐지?”

하밀의 미소가 깊어졌다.

“저나 태양 재상 아이올 님에게는 보이는 것. 그것은 순수 타르슈인인 라울 전하나 쿠르즈는 볼 수 없는, 이 나라 밑바닥에서 꿈틀거리는 불만입니다.

어떤가요, 전하? 제가 가슴속에 품고 있었던 책략을 실행에 옮겨도 좋을까요?”

하잘이 눈을 반짝이며 몸을 앞으로 쑥 내밀었다.

"어떤 책략이지…?"

❧❋❧

황제가 유언을 하고 열흘 후.

라울 왕자는 자신의 가신이었던 한 관료를 붙잡아 투옥하라는 명령을 내렸다. 태양 재상과 같은 코라나무 속국 출신의 이 중견 관료가 제국을 해치는 커다란 음모를 꾸몄다는 것이 죄목이었다.

❧❋❧

문이 열리고 사람이 들어온 기척을 느껴도, 라울 왕자는 한참을 서류에서 얼굴을 들지 않았다.

알현을 청한 남자가 집무 탁자 앞에서 무릎을 꿇고 깊이 머리를 숙였을 때야 라울 왕자는 얼굴을 들어 그 남자에게 말을 걸었다.

"일어서도 좋다, 휴우고."

휴우고는 일어서서 자신이 모시는 왕자를 올려다봤다.

라울 왕자가 휴우고의 얼굴을 흘끗 보고서 살짝 미소를 지었다.

"여전히 햇볕에 그을었구나, 너는. 너만큼 남과 북을 계속 넘나드는 매는 달리 없을 것이다. …언제 돌아왔지?"

"오늘 아침, 도읍에 귀환했사옵니다."

"그렇구나. 그래서 어땠느냐, 북쪽은? 네가 출발했을 때의 원정군의 상황을 말해봐라."

휴우고가 라울 왕자를 올려다보며 입을 열었다.

"북쪽 상황은 나중에 상세히 전해드릴 생각이옵니다. 황송하옵니다만, 전하, 저는 화급한 용무가 있어서 왔습니다. 시각을 다투는 일인지라, 우선 그 말씀을 드릴 것을 허락해주시겠습니까?"

라울 왕자가 미간을 모았다.

"뭐냐? 말해봐라."

휴우고가 심각한 표정을 지으며 이야기를 시작했다.

"전하, 쿠르즈 재상 아래에서 일하는 행정장관 오이라무를 체포했다는 것이 사실인지요?"

라울 왕자가 턱을 손으로 쥐었다.

"그 일 말이냐? 사실이다. 쿠르즈가 밝혀냈다. 너도 보고한 바 있던 속국 출신 관료들의 불온한 움직임의 주모자가 녀석이라더군. 그게 어떻다는 거지?"

휴우고가 얼굴을 긴장시키며 고개를 저었다.

"전하, 쿠르즈 재상은 섣부른 판단을 했습니다.

오이라무는 음모의 주모자가 아닙니다. 그는 오히려 그것을 막는 핵심 인물입니다. 그가 있음으로 해서 조직이 폭거에 나서지 않고 억제를 해온 셈이지요. 그가 투옥되어버리면, 과격한 행동을 원하는 자들을 막을 수 있는 사람이 없어져서 단숨에…."

문득 칼집이 바닥을 세게 치는 높은 소리가 울렸다.

라울 왕자가 일어서서, 번쩍이는 눈으로 휴우고를 쳐다봤다.

"조직이라고? 무슨 조직이지, 휴우고? 너는 조직이라는 것에 대해 이제까지 한마디도 나에게 보고한 적이 없다."

"가장 알기 쉬운 표현이어서 조직이라고 말씀드린 것뿐입니다. 아직 이름도 없고, 실체도 만들어지지 않은 사람과 사람 사이의 관계가…."

"이 천치 같은 녀석아!"

라울 왕자가 소리쳤다.

"그것이 설령 싹트는 단계였다 해도 조직이 만들어지고 있었다면 보고를 하는 것이 타쿠(매)인 너의 의무다. 좀 더 일찍 알았다면, 싹이 나오기 전에 뜯어버릴 수 있었을 것을!"

"…그렇기 때문에 보고를 드리지 않은 겁니다."

휴우고의 대답에 라울 왕자가 눈을 부릅떴다.

"뭐라고?"

휴우고는 낮지만 분명한 목소리로 대답했다.

"형체가 없고, 그 모습이 어떤 형체를 취할지 모르는 불만은 위협이 되지만, 형체가 나타나기 시작하면 대응할 방향이 보이게 마련이지요. 이 제국이 안고 있는 결함을 저는 확실히 파악하고 싶었습니다. 그것이 이 나라가 나아갈 방향을 그르치지 않고 똑똑히 확인할 수 있는 방법이라고 생각했기 때문이지요."

라울 왕자는 한동안 말없이, 눈앞에 선 겁 없는 얼굴을 한 남자를 응시하고 있었다.

그가 멸망시킨 나라에서 태어났으면서 자발적으로 그의 가신이 된 남자. 아직 젊지만 아마도 가신 중 그 누구보다도 머리가 좋고 배짱도 있는, 그러나 뭘 생각하는지 속내를 알 수 없는 남자.

자신이 모르고 있었던 뭔가를 이 남자는 알고 있었는지도 모른다…. 그렇게 생각한 순간, 치밀어 오르는 불쾌감과 분노는 걷잡을 수 없었다.

라울 왕자가 분노로 쉰 목소리로 말했다.

"아라유탄 휴우고. 너는 가장 중요한 것을 소홀히 했구나.

가신의 임무는 자신이 본 것을 전부 주군에게 전하는 것이다. 너에게 준 아 타루(빛으로 이르는 길)를 거둬들이고, 직무 태만의 죄로 너를 투옥하겠다. 속국의 불만분자들의 이름과 조직에 대해서도 깡그리 불게 만들겠다. …위병!"

달려온 위병들에게 팔을 양쪽에서 붙잡힌 휴우고가 라울 왕자를 응시하며 조용한 목소리로 말했다.

"…전하의 영토에서 근본적인 어떤 이변의 징조가 보였을 때 떠올리시기 바랍니다. 제가 드린 말씀을. 저는 그 이변을 막아 보이겠습니다."

라울이 콧방귀를 뀌었다.

"내 걱정을 할 여유가 있거든 본인 걱정을 하는 게 좋을 거다. 불만분자의 이름을 밝히면 곧바로 감옥에서 빼내주지. 하지만 순순히 뱉지 않을 때는 무참히 죽여주겠다."

격렬한 분노에 사로잡힌 채, 라울 왕자는 연행되어 가는 휴우고의 뒷모습을 노려보고 있었다.

❧※❧

희미한 소리와 바람의 움직임을 느끼고 휴우고는 고개를 들었다.

축축한 돌벽으로 둘러싸인 어두침침한 감옥의 철창 너머로 익숙한 사람의 형체가 보였다. 체구가 작은 중년 남자. 주술사 소도쿠였다.

철창에 얼굴을 대고 들여다보고 있는 소도쿠에게 휴우고가 말했다.

"…뭐 하러 왔어?"

"인사 차. 도와주러 왔는데."

주술을 써서 간수를 재운 것이리라. 여유 있는 표정을 가장하고 있지만, 목소리는 쉬어 있었다. 여기서 휴우고를 구해주면 소도쿠도 대죄를 범하는 것이 된다.

휴우고가 지그시 소도쿠를 응시했다. 열일곱 살 때부터 자신 옆에 있었던, 잔소리 많은 숙부 같은 남자. 그가 자신에게서 뭘 보고서 이제까지의 노정을 함께해줬는지 휴우고는 이따금 의아하게 생각하곤 했다.

입가를 살짝 일그러뜨리며 휴우고가 고개를 저었다.

"나는 도망칠 생각은 없다. 배려는 고맙지만, 이대로 돌아가주기 바란다."

소도쿠가 눈을 부릅떴다.

"왜 그런 바보 같은 짓을! 넌 고문을 당할 거야!"

"그렇겠지. …하지만 지금 여기를 나갈 수는 없어."

그렇게 나지막이 말하고 휴우고가 그윽한 눈빛으로 소도쿠를 쳐다봤다.

"이제부터 속국의 불만이 이 나라를 흔들기 시작할 거야. 나한테는 그것이 어떤 식으로 진행될지가 보여. 불만이 터져 나왔을 때, 나는 여기에, 감옥 안에 있어야만 해."

소도쿠가 살짝 입을 열었다. 휴우고가 무슨 생각을 하고 있는지 문득 깨달은 것이다.

"넌 뒤에서 녀석들을 조종하고 있다는 의심을 받지 않기 위해서 일부러…."

휴우고가 씩 웃으며 입에 손을 넣더니 가짜 이를 뽑아서 안에서 자그마한 환약을 꺼내 보였다.

소도쿠가 얼굴을 일그러뜨렸다.

"우라스(혼을 없애는 약)…."

그렇게 중얼거리며 그가 고개를 저었다.

"너 제정신이냐? 그걸 먹으면 어떻게 되는지 알고 있겠지?"

휴우고가 어깨를 으쓱하고는 약을 가짜 이에 다시 넣었다.

"나는 절대로 녀석들의 이름을 말하지 않을 거다. 여기서 죽는다면 내 운도 끝났다는 뜻이지."

미소를 거두고 휴우고가 낮은 목소리로 말했다.

"그들의 심정은 충분히 이해해. 하지만 나는 이 나라 안에 머무르는 쪽을 택할 거야. …살아남는다는 가정하의 얘기지만."

북쪽에서 제국의 도읍으로 돌아오는 사이에 휴우고는 매를 통해 세 통의 전갈을 받았다.

하나는 차기 황제의 결정권이 태양 재상 아이올의 손에 맡겨졌다는 소식. 또 하나는 하잘 왕자 측의 밀정으로 잠입시켜둔 부하가 알려 온 '남익 재상' 하밀의 책략 내용.

그리고 마지막은 휴우고가 북쪽 대륙에 뿌리고 온 씨앗, 챠그무 황자에게 건네달라고 바르사라는 여자 호위무사에게 부탁한 씨앗이 싹텄다는 소식이었다.

이 세 가지 소식을 손에 넣었을 때, 휴우고는 도박에 나서기로 결심을 했다.

이 제국의 밑바닥에서 꿈틀거리는 불만의 태동을 '남익 재상' 하밀이 부채질하고 있다. 부채질을 당해 일어나는 파도는 아직 약하겠지만, 태양 재상 아이올의 판단에는 큰 영향을 미칠 것이다.

발밑이 흔들리기 시작해, 북쪽 대륙으로의 군사 침공도 뜻대로 진행되지 않게 되었을 때, 라올 왕자는 태어나서 처음으로 중요한 기로에 서게 된다. 그때, 이제까지 꿈꾸어왔던 방향으로 이 제국을 선회시킬 수 있는 좋은 기회가 찾아온다….

이제까지 10년, 여러 움직임을 바라보며, 여러 종류의 씨앗을 뿌려왔다. 이제까지 해온 일의 진가가 발휘될 때가 드디어 온 것이다.

"소도쿠, 일부러 여기 와주었으니까 하는 말인데⋯."

소도쿠는 끝까지 듣지 않고 말을 끊었다.

"알고 있어. 나한테 맡겨."

그렇게 말하고, 소도쿠가 휴우고를 바라보며 쉰 목소리로
말했다.

"너는 옛날부터 못된 녀석이었어. 같이 있으면 명이 짧아
지지. ⋯네 혼, 내가 주워주지. 여기까지 왔으니, 네가 준비한
대승부의 결말을 지켜보고 싶으니까."

휴우고가 미소를 지으며 말없이 머리를 숙였다.

사라져가는 소도쿠의 발소리를 들으면서, 휴우고는 지그
시 어둠을 응시하고 있었다.

제1장

전쟁

1
봄의 골짜기

청무 산맥에 폭 안긴 산속 마을에 어렴풋이 봄의 기척이 감돌기 시작했다.

눈이 녹을 무렵, 맨 처음 꽃을 피우는 어린 코사 나무의 가지에 이미 자그마한 복숭앗빛 꽃이 잔뜩 피어 달콤한 향기가 풍긴다. 작은 새들이 시끄러울 정도로 지저귀는 숲길을 조급한 마음을 억누르면서 바르사는 말을 타고 내려가고 있었다.

이윽고 나무 사이로 자그마한 집의 지붕이 보였다. 판자 지붕이 바람에 날아가지 않도록 올려놓은 돌 사이에서 잡초가 자라 꽃이 피었다.

말이 간신히 지나갈 정도의 좁은 산길을 빠져나가, 그 집 앞마당에 다다라 말에서 내리기 전에, 바르사는 집 안에 사람의 기척이 없는 것을 느꼈다.

집 주변의 잡초가 깨끗이 뽑혀 있는 것을 보고 바르사의 얼굴이 흐려졌다.

이 집 주인은 잡초를 좋아해 항상 제멋대로 자라게 놔둔다. 이런 식으로 잡초를 뽑아버리는 일은 없다.

"…탄다."

없다는 걸 알면서도 이름을 부르며 바르사는 문을 열었다.

텅 빈 집의 토방도 마루도 깨끗이 청소가 되어 있었지만, 쥐 죽은 듯이 고요한 그 정적은 이미 오랫동안 사람이 살지 않았다는 것을 느끼게 했다.

으스스한 불안감이 밀려왔다.

바르사는 문을 닫고, 봄 햇살이 부드럽게 비치는 마당으로 돌아와, 한참을 멍하니 생각에 잠겼다. 말이 기쁜 듯이 부드러운 풀을 먹고 있다. 하얀 이가 풀을 씹는 소리가 들렸다.

바르사는 말 쪽으로 가서 나무에 묶은 고삐를 풀고, 또다시 등에 올라탔다. 마을까지 내려가볼 생각이었다. 마을에는 탄다의 가족이 살고 있다. 그들이라면 탄다가 어디 갔는지 가르쳐줄 것이다.

산길을 내려가 청궁천 지류가 만들어낸 골짜기가 보이는 곳까지 왔을 때, 바르사는 자신도 모르게 말을 멈춰 세웠다.

계곡 비탈에 바위와 흙포대를 쌓아 올려서 흙이 쓸려 내려가지 않게 해놨다. 그리고 논으로 물을 끌어 들이는 수로 옆에 도랑을 넓게 새로 파서, 강물이 불어나도 탁류가 마을 쪽이 아니라 아래에 있는 숲과 초원 쪽으로 흐르게 해놨다.

'…이미 알고 있었구나.'

바르사는 마음이 조금 밝아지는 것을 느꼈다. 탄다나 토로가이나, 혹은 다른 누군가가 청궁천의 범람을 예견한 것이다. 그렇지 않고는 이런 식으로 치수 대책을 마련했을 리가 없다.

머나먼 북쪽 칸발 왕국에서 목동들이 예고한 재해. 나유그에 봄이 옴으로 해서 대지가 따뜻해져, 예년 같으면 녹지 않는 유사 산맥이나 청무 산맥의 만년설이 녹아 눈사태나 대홍수가 일어날 거라는 말을 전하기 위해, 바르사는 봉쇄된 국경을 피해서 산을 넘어 마침내 여기까지 내려왔다.

한시라도 빨리 이 이야기를 탄다나 토로가이에게 전해, 강변의 마을 사람들이랑, 무엇보다도 청궁천의 부채꼴 모양 지형에 펼쳐져 있는 도읍인 광선경의 사람들을 피난시킬 방법을 찾아내야 한다는, 오로지 그 생각만을 하면서 산을 넘어왔다.

지금 눈앞에 펼쳐져 있는 광경을 보고, 그 초조함이 조금 누그러졌다.

탄다는 청궁천을 따라서 펼쳐져 있는 마을들에 이런 대책을 마련시키기 위해서 외출한 건지도 모른다.

눈이 남아 있는 북쪽의 산길을 빠져나와, 눈을 섞어가며 열심히 밭을 갈고 있는 두 노인 옆에 이르자, 바르사는 말에서 내려 그들 옆으로 다가갔다.

땀으로 범벅이 된 얼굴을 들어 바르사를 발견하자, 노인들의 얼굴에 놀라는 빛이 떠올랐다.

그들의 표정을 보고 바르사는 조금 전에 빈 집을 봤을 때 느낀 불안감이 또다시 살갗을 타고 올라오는 것을 느꼈다.

어릴 적부터 알고 지낸 노부부가 당황한 눈빛으로 아무 말도 하지 않고 자신을 보고 있었다.

"사코 씨, 히와 씨, 오랜만이에요. 열심히 일하고 계시네요."

애써 밝은 목소리로 말을 걸었지만, 노인들의 얼굴은 굳은 채로 있었다. 그들은 고개를 까딱하고서 중얼거리듯이 의례적인 인사말을 했다.

"좋은 날씨여서….."

서먹서먹한 인사가 돌아와 바르사는 할 말을 잃었다. 어릴 적에 탄다와 둘이서 그들의 밭일을 도우면, 톳코(달콤한 고구마로 만든 경단)를 내주던 다정한 할아버지와 할머니가 난처한 듯한 눈빛으로 자신을 올려다보고 있었다.

"…왜 그러세요?"

그렇게 묻자, 그들은 수건으로 목을 닦으면서 서로를 쳐다봤다.

바르사가 부드러운 어조로 말을 이었다.

"지금 탄다네 집에 갔다 오는 길인데, 오랫동안 집을 비운 느낌이어서 어디 갔나 해서요. 알고 계세요? 그 녀석이 어디 갔는지."

두 사람의 얼굴이 슬픔으로 일그러졌다. 가슴의 고동이 빨라지는 것을 느끼면서, 바르사는 두 사람의 대답을 기다렸다.

바르사의 질문에 대답한 사람은 바로 앞에 있는 노인들이 아니었다. 뒤쪽 산에서 누군가가 내려오는 소리가 들리는가 싶더니, 덤불을 헤치며 원숭이처럼 체구가 작은 사람의 형체가 산길을 미끄러져 내려온 것이다.

돌아보고서 바르사의 눈이 휘둥그레졌다.

"토로가이 사부님…."

새카맣고 쭈글쭈글한 노파가 땀을 줄줄 흘리며 헐떡이고 있었다.

"너…, 이제야, 돌아왔구나."

땀을 닦으면서 노파가 화난 듯이 말했다.

"마침 근처에 있기를 잘했네. 집에 설치해둔 '주술 실'이 울렸기에 급히 내려왔는데, 말을 타고 있었구나. 그러니 못 따라잡을 수밖에. 아이고, 늦을까 봐 염려했다."

바르사가 얼굴을 찌푸렸다.

"늦다니 그게 무슨 뜻이죠?"

토로가이가 우두커니 서 있는 노인들 쪽을 턱으로 가리켰다.

"네가 마을에 얼굴을 내밀면 모두가 난처하거든⋯."

도중에 말을 끊고, 토로가이가 바르사의 손을 잡았다. 그 눈에 뜻밖의 표정이 담긴 것을 보고 바르사는 가슴이 철렁했다. 토로가이는 자신을 염려해 서둘러서 뒤쫓아 온 것이다.

토로가이는 노인들에게 살짝 손을 흔들더니, 바르사를 끌고서 탄다네 집 쪽으로 돌아가기 시작했다.

노인들이 안 보이는 곳까지 오자, 토로가이가 걸음을 멈추고 바르사를 올려다봤다.

"넌 지금까지 어디 가 있었느냐?"

바르사가 지그시 토로가이를 내려다봤다.

"로타와 칸발을 돌아서 왔어요. ⋯챠그무와 함께."

토로가이의 눈썹이 올라가며 눈에 밝은 빛이 떠올랐다.

"그래! 도령은 잘 있느냐?"

바르사가 고개를 끄덕였다.

"…이제 저보다 키가 크고, 훌륭한 젊은이가 되었어요."

천천히 산길을 걸어 탄다네 집 쪽으로 돌아가면서 바르사와 토로가이는 일부러 멀리 우회하듯이 한 가지 화제를 피하면서 서로에 대해 이야기하기 시작했다.

유사 산맥의 산속 지하에서 챠그무가 본 광경, 목동들이 예고한 천재지변에 대해 바르사가 말하자, 토로가이가 깊이 고개를 끄덕였다.

"칸발에도 깨달은 자가 있었구나. …작년 여름에 우리도 깨닫고 조금씩이지만 준비를 해왔다."

"봤어요. 흙이 쓸려 내려가지 않게 해놨고, 도랑도 파놨더군요."

"그렇다. 마을 사람들이 모두 나서서 어떻게든 거기까지는 했다."

토로가이가 한숨을 쉬었다.

"주술사들이 모두 나서서 말이야, 청궁천 주변의 마을들을 설득하고 다녔지."

"…다행이다."

바르사는 그렇게 중얼거리고 나서 염려하던 것을 물었다.

"하지만 청궁천이 범람하면 그 정도 대책만으로 괜찮을까요?"

"모르겠다. …홍수가 시작되면 주술사들이 전부 나서서 쇼 야이(빛의 새)를 날려, 위험한 곳에 있는 마을 사람들에게 알리고 다닐 거다."

"쇼 야이요?"

"주술로 나는 새다. 빛나는 것처럼 보이지."

주술을 모르는 자에게 설명하는 것이 귀찮은 것이리라. 토로가이는 그렇게만 대답하고 화제를 바꿨다.

"내가 염려하는 것은 마을이 아니다. 가장 위험한 광선경 사람들은 마을 사람들처럼 움직이지 않을 거다. …흙이 무너져 내리는 걸 막거나, 도랑을 파는 정도의 작업으로 끝날 일이 아니니 말이다. 만약 그 목동이라는 자들이 말한 것처럼, 이제까지 경험한 적이 없을 정도의 대홍수가 난다면 도읍은 엉망진창이 될 게다. 도읍 사람들이 살아남기 위해서는 집을 버리고 어디론가 도망치는 수밖에 없으니까."

험악한 표정으로 그렇게 말하고, 토로가이는 고개를 저었다.

"별을 해독하는 슈가에게 말이다, 별에 좀처럼 보기 힘든 계시가 나타났다며 이 사실을 황제에게 알려서 황제를 움직이게 하지 않고는 방법이 없다. 하지만 지금은 그것도 어렵다. 슈가가 '만물상'에 전혀 안 나타나거든. …아마도 힘든 입장에 처해 있는 거겠지, 궁에서."

바르사가 어두운 얼굴로 고개를 끄덕였다. 슈가가 곤란한 상황에 처했을 거라고 챠그무가 계속 염려했었기에, 궁에서 일어나고 있는 일은 어느 정도 상상이 갔다.

목소리를 낮추고 바르사가 말했다.

"챠그무가 로타와 칸발로부터 지원군을 데리고 돌아오면 상황이 바뀔 거예요."

토로가이가 얼굴을 찌푸렸다. 슈가한테서 들은, 챠그무와 황제의 불화를 떠올린 것이다.

"…그렇다면 좋겠지만. 여하튼 어떻게든 슈가에게 전할 테니까, 이 이야기는 나한테 맡겨둬라."

바르사가 고개를 끄덕였다.

토로가이는 한참을 잠자코 걷다가 이윽고 불쑥 말했다.

"챠그무 도령도 불쌍한 아이로구나."

황제는 아들인 챠그무를 자신의 위엄과 신망을 위협하는 자라는 생각에 암살을 명령할 정도로 싫어했다. 챠그무가 스스로 바다로 뛰어들어서 자살로 위장한 채 도망친 것을 황제는 아직 모른다. 아들이 죽었다고 믿고 성대한 장례식까지 마쳤다.

온 나라가 적의 대군의 위협을 받고 있는 이 상황 속에서, 로타와 칸발의 지원군을 데리고 챠그무가 화려하게 귀환하

면 황제는 경악할 것이다. …아들이 살아 있었던 것을, 강력
한 지원군을 데리고 돌아온 것을 기뻐할 리도 없다.

챠그무 자신도 그것은 잘 알고 있다. 아버지와 황제 자리를
놓고 싸움을 해야만 한다는 것을 알고 있어도 챠그무는 돌아
올 것이다.

각자의 생각에 잠긴 채, 두 사람은 탄다네 집 앞마당으로
돌아왔다. 바르사는 아까와 같은 나무에 말을 묶고 나서 토
로가이를 돌아봤다. 그리고 쉰 목소리로 물었다.

"…탄다는 어디 있나요?"

토로가이가 눈을 깜빡이며 나지막이 말했다.

"그 녀석은 타라노 평야에 있다."

너무나도 의외의 대답에 바르사는 깜짝 놀라며 되물었다.

"타라노 평야? 왜 그런 곳에…?"

그렇게 말하면서 타라노 평야의 위치를 떠올리고 바르사
는 더 이상 말을 잇지 못했다.

타라노 평야는 신요고 황국 남부에 펼쳐져 있는 대평야, 산
갈 왕국과 국경을 접하고 있는 곳이었다.

종이처럼 하얘진 바르사의 얼굴을 보면서 토로가이가 말
해다.

"그렇다. 그 녀석은 민병으로 뽑혀서 국경으로 갔다. 황국

군이 와서 각 마을에서 열 명의 민병을 내놓으라고 명령했지.

이 마을에서는 제비뽑기를 했다. 원래는 카이자가 뽑은 제비를… 사람 좋은 그 녀석이 대신 가기로 한 게지."

소리도 풍경도 서서히 멀어져갔다. 심한 이명이 들렸다.

막냇동생 대신에 탄다가 전쟁터로 간 것인가.

귓속에서 타르슈의 밀정 휴우고의 말이 되살아났다.

첫 전투를 위해 배치된 부대는 통칭 구로무(어금니)로 불리는 라울 왕자 휘하의 정예부대다. 오르무 왕국이나 요고 황국을 공격했을 때도 첫 전투를 맡았던, 전쟁에 이골이 난 명장이 이끌고 있지.

전쟁 경험이 없는 신요고 황국 병사들은 참살당할 것이다. 첫 전투는 싸움을 한다기보다 풀을 베는 것 같은 형국이 되겠지. …끔찍한 일이다. 황제에게 보여주기 위한 전쟁이니까.

차가운 손으로 바르사는 멍하니 자신의 입가를 덮었다.

'신요고 황국으로 보낸 최후통첩의 응답 기한은 토울(눈 녹는 달)의 열이틀…'

닷새 후였다.

2
병사들의 새벽

살랑거리는 바람에 아침 안개가 천천히 흘러간다.

새벽의 푸른빛이 엷어지며, 이윽고 햇빛이 안개를 싹 걷어 버리고 타라노 평야를 비췄다.

탄다는 손으로 아침 해를 가리고서 동료들의 몸과, 최전열에 늘어선 궁병들을 지키는 방패 사이로 보이는 광경을 뚫어지게 쳐다봤다.

이 계절에 아마타 산맥 쪽에서 올라오는 아침 해의 눈부신 흰빛을 배경으로 해서 새카만 띠 같은 것이 보인다.

처음에는 어렴풋한 검은 덩어리로만 보이던 그 띠가 아침 해를 받아 또렷이 모습을 드러내기 시작했을 때, 몸이 마비될 듯한 공포심이 위 언저리에서부터 목으로 올라왔다.

그것은 빽빽이 늘어선 어마어마한 수의 장창(長槍)들이었다. 오른쪽을 봐도, 왼쪽을 봐도, 끊어지는 곳이 안 보일 정도의 대군이 넓게 퍼져 있었다.

하늘을 향해 살짝 흔들리는 창끝이 번쩍번쩍 빛을 반사했고, 긴 깃발이 풍향기처럼 바람에 펄럭였다.

그 창을 든 병사의 모습은 안 보였다. 뭔가에 덮여 있는지, 여기서는 창끝이 끝없이 옆으로 늘어선 벽 같은 데서 튀어나온 것처럼 보였다.

손에 든 장창 자루가 땀으로 미끄러진다. 타르슈 병사들에게는 자신들도 저렇게 보일까?

신호가 울리면 이 장창의 물미를 발로 밟아 대지에 고정시키고, 적의 몸을 찌를 수 있는 위치로 창끝을 내려서 거머쥐라고 했다. 아무 생각도 하지 마라, 그저 창을 거머쥐고, 딱 버티고만 있어도 좋다. 그렇게 하면 돌격해 온 적은 꼬챙이에 꿰이듯 찔려서 죽는다고 민병대장은 말했다.

하지만 상대도 저 창을 쥐고 돌진해 올 것이다. 격돌하면 어떻게 될지 생각할 것도 없다. 자신이 손에 든 이 창 끝에 사람 몸이 찔리고, 자신의 몸에 상대의 창끝이 박히는 것이다.

그 순간을 상상한 순간, 뱃가죽에 경련이 일었다.

탄다는 앞쪽에 비스듬히 보이는 가녀린 소년을 응시했다.

창을 쥔 코챠의 손에는 핏기가 전혀 없었다.

전쟁을 시작하라는 피리 소리가 제발 울리지 말기를.

그렇게 생각하는 한편으로, 빨리 울렸으면 하는 마음도 있었다. 어차피 죽을 거라면 이런 공포를 오랫동안 느끼고 싶지 않았다. 얼른 끝났으면 싶었다.

지금 자신은 정말로 여기에 있는 걸까? 조금 후면 정말로 서로 죽고 죽이는 걸까? 눈앞이 가물가물해지고, 발밑으로 땅바닥이 느껴지지 않았다.

'고향의 가족을 생각해라.'

무기를 받고 긴장한 얼굴로 정렬한 민병들에게 민병대장은 그렇게 말했다.

'너희가 적 한 명을 죽이면, 그만큼 가족이 목숨을 구하는 것이다.

적을 한 명 놓치면 그 녀석의 검이 너희의 아내를, 딸을, 어머니를 벨 것이다. 너희의 창이, 너희의 몸이 이 나라와 가족을 지키는 방패가 된다. …무서워서 견디기 힘들 때는 마음속으로 소리쳐라. 자신의 용기로 나라와 가족을 구해 보이겠다고.'

갑자기 멀리서 천둥소리 같은 소리가 일어 탄다는 깜짝 놀랐다.

둥 둥 둥 둥 하고 낮고 굵은 소리가 대기를 흔들고 가슴을 압박했다. 타르슈군이 북을 치기 시작한 것이다.

아군의 궁병들에게 화살을 장전하라고 알리는 피리 소리가 울렸을 때, 탄다의 마음속에 떠오른 것은 가까이 살면서도 거의 만난 적도 없었던 어머니와 아버지, 형제들의 얼굴이 아니었다.

›☖‹

신요고 황국군의 지휘관들은 타라노 평야를 내려다볼 수 있는 야트막한 언덕 중턱에 진을 치고 있었다.

눈부신 햇빛을 손으로 가린 채, 포진을 마친 양쪽 군대를 내려다보고 있는 남자의 눈에는 강렬한 긴장의 빛이 떠올랐다.

첫 전투의 총지휘를 맡은 사람, 톳카사무 장군은 대장군 라도우의 친척이 아니었다. 챠그무 황태자의 외가 쪽 먼 친척으로, 황태자가 아직 궁 안에 건재했을 때는 챠그무 황태자 편에 서서 움직여온 남자다.

그렇기 때문에 현재의 투그무 황태자의 조부인 라도우 대장의 미움을 받아, 첫 전투를 지휘한다고 하는, 언뜻 보기에는 화려하지만 어려운 입장에 처하게 된 것이다.

"…참으로 묘한 진형이군요."

옆에서 부관이 나지막이 말했다.

톳카사무가 낮게 신음 소리를 냈다.

신요고 황국군과 마주하고 있는 타르슈 제국군의 대군은, 그가 배워온 전술 서적에는 없는 묘한 형태로 군을 배치하고 있었던 것이다.

정면 최전열에 궁병이 늘어선 것은 이쪽과 같았지만, 그 뒤에 있는 보병들은 직사각형 모양으로 긴 대열을 이루고 있는 신요고 황국군과 달리, 소규모의 정사각형 형태로 정렬해 있었다. 마치 네모반듯한 상자 몇 개를 같은 간격으로 죽 늘어놓은 것 같은 형태였다.

기마병은 의외로 적었다. 이쪽에서 봤을 때 좌측 대열에 2,000기 정도가 늘어서 있었고, 우측 대열의 토우하타 산맥쪽에는 어찌된 일인지 기마병이 없었다.

대신에 우측 대열에는 기분 나쁜 검은 탑 같은 것이 늘어서 있었다.

밤사이에 운반된 것이리라. 횃불이 계속 이동하는 것은 보였지만, 설마 저렇게 거대한 것을 운반해 왔으리라고는 생각지도 않았기에, 날이 밝아 그 탑들이 모습을 드러냈을 때는 지휘관들은 숨을 멈췄다.

"저 탑 같은 것은 전술 서적에 나와 있던 공성기(攻城機)와 비슷합니다만…."

부관의 말에 톳카사무가 고개를 끄덕였다.

"그런 것 같구나. 평지 전투에 쓴다면 돌멩이라도 쏴서 진형을 흐트러뜨릴 생각이겠군."

그렇게 말하면서 톳카사무는 계속 멈추지 않는 몸의 떨림을 억누르려고 했다. 저런 무기를 이쪽은 갖고 있지 않다. 요새를 지어서 지키는 쪽이기에, 저런 공성기 같은 걸 만들 필요도 느끼지 않았다.

하지만 좀 더 유연하게 생각하면, 저런 무기를 이렇게 평지 전투에서도 쓸 수 있는 것이다.

'그런 생각을 지금 해봤자 무슨 소용이 있겠나.'

톳카사무는 밀려오는 후회를 밀어냈다.

'지금 해야 할 일은 흔들림 없이 원래 계획한 작전을 성공시키는 것이다.'

적은 병력 손실을 최소화할 생각이리라. 저기 늘어선 적병의 수는 척후병이 보고한 만큼 많지는 않다. 이렇게 보면 아군과 거의 비슷한 숫자였다.

게다가 이쪽은 여기, 양군의 진형을 훤히 내려다볼 수 있는 높은 장소에 지휘관이 진을 치고 있지만, 타르슈군 측에는 양군이 잘 보이는 언덕이 없다. 토우하타 산맥 중턱에 올라가면 그런 장소가 있겠지만, 거기는 너무 멀어서 잘 안 보일 것이며, 수기(手旗)를 쓴다고 해도 신호가 평지에 포진하고 있는 병사들에게 도달하기까지 상당한 시간이 걸릴 것이다.

위에서 바라볼 수 있는 눈을 그들이 갖고 있지 않다면, 톳카사무가 만들어놓은 포진은 그들을 함정에 빠트릴 수 있을 것이다.

궁병단 뒤에는 장창을 든 민병을 세워놨다. 그리고 그 뒤에는 병사들과 폭을 맞춰서 말뚝을 거꾸로 묻은 수로를 같은 길이로 파놨다.

정면의 적병이 돌진해 와서 기세 좋게 민병단을 무찌르면서 오면, 적병은 민병 뒤에 숨어 있는, 말뚝을 묻은 수로에 떨어질 것이다.

신요고 황국군을 에워싸듯이 좌측에서 돌진해 올 기마병단도 그 수로에 발이 빠져 말을 타고는 전진이 불가능할 것이다.

적병이 이쪽 진영 깊숙이 파고들어 거기서 혼란에 빠져들면, 신요고 황국의 정규병들이 양쪽에서 에워싸듯이 해서 그들을 공격한다.

민병들은 적병을 한곳으로 집중시키는 미끼 같은 존재였다.

그곳으로 적병이 밀려들면, 신요고 황국군은 그들을 포위해 자루의 입구를 막듯이 에워쌀 수가 있다.

설령 저 공성기 같은 것 때문에 우측 대열의 진형이 흐트러진다 해도, 이쪽의 주력 군단은 좌측의 기마병단이다. 한쪽에서라도 충분히 에워싸서 협공이 가능할 것이다.

톳카사무는 어느 틈엔가 손의 떨림이 가라앉은 것을 느꼈다.

'괜찮아. ⋯우리 군은 반드시 이길 수 있어.'

3
첫 전투

타르슈군 사령관은 톳카사무가 너무 멀다고 생각한 토우하타 산맥 중턱에 진을 치고 있었다.

운반이 용이한 접이식 의자에 앉아 있는 남자는 이미 50대 중반이지만, 전형적인 타르슈인답게 다부진 그 체구에서 나이의 흔적이 전혀 느껴지지 않았다. 짧게 깎은 머리와, 역시 짧게 다듬은 수염으로 감싸인 얼굴은 백전노장다운 차분한 빛을 띠고 있었다.

첫 전투의 총지휘를 맡게 된 슈발은 남쪽 대륙에서 요고 황국과 오르무 왕국을 함락시킨 영웅으로서, 타르슈 제국에서는 모르는 사람이 없는 명장이었다.

슈발이 한쪽 눈을 감고, 다른 쪽 눈에 통 같은 것을 대고 있었다. 토카 아 구루(먼 곳을 보는 눈이라는 뜻. 망원경을 뜻함)를 통해 그에게는 양군의 포진이 또렷이 보였다.

옆에 서서 마찬가지로 토카 아 구루를 눈에 대고 있는 오루무인 부관이 목에서 웃음소리를 냈다.

"…멋진 진형이군요. 여기에서 내려다보고 있으니, 요고의 전술 서적 『전법백람(戰法百覽)』의 그림을 보는 듯한 느낌이 듭니다."

부관의 말에 슈발은 미소를 보이지 않았다. 그가 나지막이 말했다.

"믿을 수 없을 정도로 오래된 형태를 저렇게 포진에 사용하다니. …200년 이상 전쟁을 하지 않은 백성이란 저런 것이로구나. 무섭군."

아군 병사의 창끝이 떠오르는 아침 해에 반짝이기 시작한 것을 보고, 슈발은 의자에서 일어섰다.

"이제 슬슬 시작할 때가 되었군. 위대하신 태양신 아래께서 우리 병력의 등에 온기를 불어넣어주시고 있다."

아침 해를 마주 보고 있는 신요고 병사들은 틀림없이 눈이 부실 것이다.

슈발은 한 번 눈을 감고 입 안에서 뭐라고 중얼거렸다.

휘하의 무관들은 직립부동의 자세로, 이 명장이 전쟁을 시작하기 전에 반드시 행하는 이 조촐한 의식을 바라보고 있었다.

잠시 후에 슈발이 눈을 떴다. 그리고 한 번 고개를 끄덕여 보였다.

신호병이 빨간 깃발을 든 손을 위로 번쩍 들어 올렸다.

평야에 포진하고 있는 타르슈군의 맨 뒷줄에 설치된 오그루(조립식 탑) 위에서 토카 아 구루를 눈에 대고 있던 병사가 신호병의 깃발을 보고 파란 깃발을 오른손으로 번쩍 들어 올렸다.

지상에서 그 파란 깃발을 본 고수(鼓手)의 대장이 북을 치기 시작했다.

그 순간 군단 뒤에 죽 정렬한 고수들이 일제히 북을 치기 시작했다. 일사불란한 그 움직임은 마치 하나의 거대한 북을 치고 있는 것처럼 정확하게 똑같은 가락을 연주했다.

둥둥 두둥둥 둥둥… 멀리 있는 신요고 병사들에게는 은은한 소리로밖에 안 들리는 그 연주 소리가 엄격한 훈련으로 북의 신호가 몸에 밴 타르슈 병사에게는 상사의 명령으로 들렸다.

'아르무(투석기) 공격을 시작하라! 아르무 공격을 시작하라!'

그 소리를 들은 순간, 투석기를 담당하는 병사들은 신요고 지휘관들이 '공성기 같다'라고 생각한 아르무에 바싹 붙어 서, 양옆에 달린 거대한 톱니바퀴 같은 것을 민첩한 동작으 로 회전시키기 시작했다.

투석병들이 톱니바퀴를 회전시킴에 따라서, 머리카락으로 짠 튼튼한 밧줄이 비비 꼬여간다. 그렇게 꼬인 밧줄의 엄청 난 힘이 거대한 돌멩이를 얹은 숟가락 형태의 타무(팔)로 전 해져, 그 숟가락을 수레에 묶어놓은 부분이 당장에라도 튀어 나갈 것처럼 떨리기 시작했다.

다섯 기의 아르무는 미묘하게 각도를 달리해서 배치되어 있었다.

세 기는 신요고군의 우측 대열을 향하고 있었다. 그리고 그 세 기보다도 거대하고, 돌 대신 창보다 더 큰 화살 비슷한 것 을 홈에 실어 꼬인 밧줄을 시위로 해서 팽팽해진 두 기는, 많 은 투석병들이 꽤 멀리 떨어진 신요고군의 좌측 대열, 즉 기 마병단 쪽을 향하게 하고 있었다.

아르무 옆에 서 있는 대장이 소리쳤다.

"돌을 실은 아르무, 공격을 시작하라!"

그 순간 무시무시한 소리와 함께 우측 대열을 향하고 있던 세 기의 아르무의 팔이 세게 튀었다.

아르무라는 목제 거인이 혼신의 힘을 다해서 하늘을 향해 던진 큰 돌은 쌩하고 소리를 내면서 원을 그리며 하늘 높이 날아올랐다.

신요고 황국 병사들은 믿을 수 없는 심정으로 자신들을 향해 날아오는 큰 돌을 바라보고 있었다. 머리 위가 어두워지며 그것이 낙하하는 것을 보면서도 빽빽하게 밀집해 있는 병사들은 도망칠 곳이 없었다.

방패로 막아 몸을 지키려고 하는 부질없는 동작을 하면서, 돌에 짓눌리고, 튀어 오른 돌조각에 맞아 병사들은 즉사했다.

한 번의 공격으로 직격탄을 맞아 죽은 병사의 수는 그렇게 많지 않았지만, 정체 모를 공격을 받은 공포는 걷잡을 수 없을 정도였다. 짓눌려서 사방으로 튄 동료의 몸의 파편을 뒤집어쓰고 신음하면서, 병사들은 도망치려고 우왕좌왕해 대혼란이 일어났다.

그 혼란이 가라앉을 틈도 없이, 두 번째 큰 돌이 날아왔다. 그리고 다음 순간 두 기의 거대한 아르무의 활이 당겨졌다.

하늘로 날아오른 거대한 화살은 예리한 선을 그리며 윙 소리를 내면서 신요고 황국군의 보물인 기마병단을 향해 날았다.

날아오는 거대한 화살을 본 기마병들은 물론이고, 야우루

산의 진지에서 내려다보고 있던 지휘관들도 자신들이 보고 있는 장면을 믿을 수가 없었다.

대치하고 있는 병사들의 이쪽 끝에서 저쪽 끝까지 날 수 있는 거대한 화살이 있으리라고는 신요고 병사들은 아무도 상상조차 한 적이 없었다.

날아오른 거대한 화살은 말과 함께 기마병들의 몸을 난도 질했으며, 흙먼지를 일으키며 땅을 깎아내고, 수많은 병사들을 쓰러트렸다.

타르슈군의 북이 울리고, 잠깐 사이에 신요고 황국군의 좌측과 우측의 대열은 돌과 화살 공격에 밀려서 중앙으로, 그리고 앞뒤로 크게 일그러지기 시작했다.

야우루산에서 그 광경을 내려다보며 톳카사무가 소리쳤다.

"공격을 시작하라! 궁병에게 저 공성기를 조작하고 있는 병사를 쏘게 하라!"

부관이 흥분한 목소리로 말했다.

"하지만 저 거리에서는 아군 궁병의 화살은 공성기까지 못 미칩니다!"

"그러면 전진시켜라! 대열을 가다듬고, 방패로 단단히 지키면서 전진을 개시하게 하라!"

부관은 직립부동의 자세로 명령을 복창하고, 곧바로 수기로 산기슭에 있는 지휘관들에게 신호를 보내기 시작했다.

🌺❈🌺

토우하타 산맥 중턱에서 야우루산의 수기를 본 슈발 장군의 눈이 빛났다.

"…좋아, 중앙으로 모여들었군. 방패병을 출격시켜라. 중앙에서 맞부딪히면 기병들에게 신호를 보낸다. 구로무(어금니)를 달아라."

그 지령은 북소리가 되어 병사들에게 전해졌다.

산 위에서 보고 있는 신요고의 지휘관들은 깜짝 놀라 눈을 크게 떴다.

조금 전까지 완벽한 정사각형을 이루고 있던 여러 개의 상자 형태의 타르슈 군단이 순식간에 전후좌우로, 몇 개씩 뭉쳐서 진형을 바꾼 것이다.

기마병단은 움직이지 않는다. 그러나 여러 개의 병단들이 공성기를 지키기 위해 넓게 퍼져서, 중앙에는 방패를 든 병사들의 보호를 받은 궁병과 중장보병들이 두툼한 방벽을 이루고 있었다.

북이 타르슈 병사들에게 알렸다.

'방패병과 궁병 전진.'

쏴아… 하고 파도가 밀려오는 듯한 소리를 내면서 방패병이 움직이기 시작했다.

망원경을 갖고 있지 않은 신요고 지휘관들은 모르고 있었지만, 타르슈 병단의 최전열에 죽 늘어서서 전진을 시작한 방패병들은 자신의 키의 배에 가까울 정도로 길고 거대한 장방형의 방패를 들고 있었다.

가죽을 나뭇진으로 몇 장이나 덧붙인 그 방패는 튼튼하지만, 쇠로 된 방패만큼 무겁지 않다. 게다가 아래에는 자그마한 바퀴가 달려 있다. 방패병들은 왼팔을 그 방패 뒤쪽에 있는 두꺼운 바퀴로 밀어 넣어, 왼팔과 어깨로 방패를 거의 메듯이 해서 받치면서, 땅에 방패를 대고서 덜컹덜컹 소리를 내며 전진을 했다.

평지에서만 쓸 수 있는 거대한 방패지만, 평지 전투에서는 절대적인 힘을 발휘한다.

탄다를 비롯한 민병들이 벽 같다고 생각한 것은 이 방패가 죽 늘어선 광경이었다.

피투성이의 학살은 눈 깜짝할 사이에 시작되었다.

비명과 함께 사람들의 무리를 흔드는 파도가 천천히 중앙에 있는 민병들 쪽으로도 전해지기 시작했을 때, 타르슈군 쪽에서는 북소리가, 신요고군 쪽에서는 새된 피리 소리가 울렸다.

검은 해일이 밀려오듯이 타르슈군이 밀려왔다. 수천 명의 적이 내는 발소리가 대지를 흔들고, 점점 벽 같은 방패의 대열이 다가왔다.

그 방패의 물결이 사정거리 안으로 들어온 순간, 탄다는 아군의 궁병에게 발사를 명하는 높은 피리 소리를 들었다.

수천 개의 시위가 당겨지는 무시무시한 소리가 들리고, 핑 핑 하고 화살이 타르슈 병사를 향해 날아갔다.

화살은 일단 하늘 높이 날아올라, 검은 구름처럼 잠시 하늘의 한 점에 머문 다음, 일제히 타르슈 병사를 향해 낙하하기 시작했다.

타르슈의 방패병들은 북소리에 의지해 앞도 보지 않고 오로지 전진을 했다.

북소리가 바뀐 순간, 방패병들이 갑자기 멈춰 섰고, 그 뒤에 기의 바싹 붙어서 전진하던 궁병이 땅에 한쪽 무릎을 꿇고 앉았다.

방패병이 자신과 궁병의 몸을 덮듯이 거대한 방패를 비스듬히 기울였을 때, 비처럼 화살이 쏟아지기 시작했다.

그러나 화살은 거대한 방패에 거의 대부분 막혔다.

화살이 방패에 박히는 소리를 들은 다음 순간, 방패병들은 방패를 세워, 옆에 선 두 명의 방패병이 서로의 방패를 좌우에서 갖다 붙였다.

두 방패가 하나가 되어 1열씩 방패가 없는 공간이 생겼다. 그 틈새에서 활을 거머쥔 궁병이 나타나 일제히 활을 쐈다.

탄다는 뇌우 같은 소리를 들었다.

순간 하늘이 어두워졌고, 올려다본 순간 수많은 화살이 떨어지는 것이 보였다.

순간적으로 머리를 감싸고 왼손에 든 방패를 들어 올리자, 퍽 퍽 둔탁한 소리와 함께 화살이 방패에 박혔다가 이윽고 방패를 뚫었고, 왼팔에 벌에 쏘인 것 같은 통증이 흘렀다.

비명이 여기저기서 들리고, 동료들이 화살을 맞아 쓰러져 갔다.

그것을 볼 새도 없이 땅울림이 몸을 흔들었다.

타르슈의 방패 벽이 지켜주는 창의 창끝들이 번쩍이며 몰려왔다. 궁병 뒤를 따르던 중장보병의 돌진이 시작된 것이다.

창을 거머쥐라는 신호의 피리가 울렸는지도 모르겠지만, 탄다에게는 안 들렸다. 단지 살아남은 주위 남자들이 흩어져 창을 땅바닥에 대고 배운 대로 공격 자세를 취하기에, 탄다도 따라서 했다.

헉 헉 헉… 하고 숨을 가쁘게 쉬면서, 눈을 크게 뜨고서 탄다는 검은 물체가 몰려오는 것을 바라보고 있었다.

아군의 최전열의 창이 딱딱한 것에 부딪히는 소리가 났다.

타르슈의 방패병은 신요고 민병들이 든 창의 창끝에 방패가 다가간 순간, 방패를 들고 있는 팔을 빼서, 길고 큰 방패를 창끝에 덮어씌우듯이 해서 쓰러뜨리더니, 그 방패 위로 올라탔다.

눈 깜짝할 사이에 신요고 병사의 전방 2열은 창을 든 채로 타르슈의 방패 밑에 깔렸다. 방패병들은 허리띠에 차고 있던 단검을 뽑으면서, 자신이 들고 온 방패를 밟고 펄쩍 뛰어올라, 창을 거머쥐고 있는 3열의 민병들 위로 뛰어내리면서, 정확하게 칼날을 휘둘러 민병들의 목을 베었다.

탄다는 눈앞의 병사가 핏방울을 튀기면서 쓰러지는 것을 멍하니 바라보고 있었다. 햇빛을 등진 검은 형체가 다가왔고, 그 형체에서 눈이 번쩍이는 것을 봤다.

창에 쿵 하고 무게가 실려, 탄다는 창을 떨어뜨리고 말았다. 깜짝 놀라 방패를 치켜올리며 몸을 비튼 순간, 방패를 든 왼손 손목 위 근처에 불로 지지는 듯한 통증이 흘렀다.

탄다의 목을 노린 타르슈 병사의 단검은 왼팔 뼈에 닿았고, 뼈를 따라 한 바퀴 돌아서 살을 찢으면서 미끄러졌다.

탄다는 타르슈 병사와 뒤엉키듯이 하며 쓰러졌다. 타르슈 병사가 몸에 부딪힐 때의 힘과, 왼손으로 들고 있던 방패가 흔들린 무게로 인해 회전하면서 땅바닥에 고꾸라졌다.

묵직한 것이 몸을 덮치더니 가차 없이 짓밟고 간다. 극심한 통증이 온몸에 흐르고, 숨을 쉴 수가 없어졌다. 방패 밖으로 나와 있는 발뼈가 부러지는 소리를 듣고, 자신의 피와 진흙 속에 얼굴이 파묻히는 것을 느낀 것을 끝으로 탄다는 어둠의 나락 속으로 떨어져 내렸다.

4
버려진 마을

바르사는 나무줄기에 손을 얹고서 나무들 사이로 보이는 광경을 바라보고 있었다. 협곡 바닥을 관통하는 가도를 막듯이 요새가 지어져 있었다.

예전에는 많은 상인들이 왕래해 떠들썩하던 가도에 사람의 모습이 전혀 없었다.

바르사는 처음에 청무 산맥 기슭으로 해서 타라노 평야로 바로 내려갈 생각이었다. 그런데 길이 여기저기 폐쇄되어 우회할 수밖에 없었고, 요새로 인한 봉쇄선을 피해 산길을 빠져나기디 보니 진로기 예정보다 조금씩 서쪽으로 치우치게 되어 사로가에 가까운 산길로 나온 것을 알게 되었다.

요새와 마주칠 때마다 초조함과 불안이 가슴을 찔렀다. 조바심으로 괴로워하면서 여기까지 왔다. 첫 전투가 시작되기 전에 전쟁터에 도착하고 싶다는 필사적인 소망은 이루지도 못했으며, 타르슈 제국 측이 정한 최후통첩의 응답 기한은 사흘 전에 지나버렸다.

이제부터 타라노 평야에 가도 이미 전투는 끝났을 것이다. 그렇다면 바로 타라노 평야로 내려갈 게 아니라 사로가에 한 번 가봐야 한다.

사로가 상인들이라면 어느 길을 이용하면 병사들의 제지를 받지 않고 타라노 평야로 갈 수 있을지 알지도 모른다. 게다가 사로가에는 아스라 남매도 있다. 두 아이가 무사한지 확인하고 싶었다.

사로가로 가기 위해서는 저 요새를 우회해서 길이 없는 산속을 내려가는 수밖에 없다. 바르사는 걷기 전에 다시 한 번 요새를 쳐다봤다.

요새를 지키고 있는 병사의 수는 무척 적다. 보초를 서는 병사도 둘밖에 안 보인다. 요새도 무척 조잡하게 만들었다. 가도 쪽에서 올려다보면 견고한 요새로 보일지도 모르지만, 산 쪽에서 내려다보고 있는 바르사한테는 안쪽이 마치 임시로 만든 입간판처럼 몇 개의 통나무로만 지탱되어 있고, 돌로 제대로 쌓지 않은 것이 보였다.

이제까지 몇 개의 요새를 봐왔는데, 남부의 국경선부터 도읍으로 올라갈 때 주로 이용하는 주요 가도의 요새는 매우 견고했었다. 그에 비해 도읍으로 향하려면 약간 우회하는 가도에 만들어진 요새는 이 요새처럼 조잡하게 만든 것이 많았다.

약 2년 사이에 적은 인력으로 급히 요새를 만들어간 것이리라. 대충 만들 곳과 제대로 만들 곳을 구분한 것 같았다.

바르사는 얼굴을 찌푸렸다.

'타르슈의 밀정들은 어느 요새가 위장용인지 일찌감치 조사를 마쳤겠구나.'

타르슈의 밀정들이 얼마나 무서운 존재들인지는 뼈저리게 알고 있다. 그들 대부분은 이 북쪽 대륙에 있어도 눈에 띄지 않는 요고인이고, 이 나라가 쇄국을 하기 전에 많이 잠입해 있었던 게 틀림없다.

그렇다면 타르슈군은 신요고군의 예상을 역으로 이용해, 설령 우회를 하더라도 무너뜨리기 쉬운 요새가 있는 가도를 선택해 도읍으로 공격해 올라가지 않을까?

'타라노 평야 쪽에서 공격해 올라간다면, 일단 이 가도를 노릴 것이다. 신요고군이 녀석들을 막는다면 이야기는 달라지겠지만….'

바르사는 통증을 참듯이 이를 악물었다.

첫 전투에 대해 생각하지 않으려고 해도 아무래도 그럴 수가 없다.

'괜찮을 거야. …그 녀석은 운이 좋은 사내니까.'

아무런 근거도 없지만, 바르사는 탄다가 죽으면 자신에게 어떤 느낌이 전해질 거라는 믿음을 갖고 있었다. 그것을 못 느낀다는 것은 탄다가 살아 있다는 뜻이다.

터무니없는 확신이라 해도 그렇게 생각하고 싶었다.

바르사는 길이 없는 산속을 요새 쪽에서 안 보이는 근처까지 천천히 내려갔다. 말을 타고는 못 넘는 산속이라도 바르사처럼 산길에 익숙한 사람이라면 어떻게든 넘을 수가 있다. 그래도 가도를 걸으면 반 단(약 30분) 정도의 거리가 2단 가까이 걸렸고, 결국 사로가에는 야심한 시각에 도착하게 되었다.

도착해보고서 놀랐다. 가도에서 마을로 들어가는 대문에 거대한 출입문이 만들어져 있었고, 꽉 잠겨 있었기 때문이다. 대문 옆 망루에는 횃불이 벌겋게 타오르고 있었고, 망보는 사람의 모습이 보였다. 힐끗 보이는 그 모습은 아무래도 정규병으로는 안 보였다.

망보는 사람이 횃불 옆으로 왔을 때, 순간적으로 그 얼굴이 불빛에 드러났다. 바르사는 깜짝 놀랐다. 잘 아는 얼굴이었기 때문이다.

"…오발!"

바르사가 부르자 망을 보던 남자가 발걸음을 멈추고, 망루에서 몸을 쑥 내밀어 바르사 쪽을 내려다봤다.

단창을 흔들어 보이자 남자의 얼굴이 확 밝아졌다.

"바르사 씨 아냐!"

"이런 나무문이 만들어진 줄 몰랐네. 아침까지 기다려야만 들어갈 수 있는 건가?"

위에서 웃음소리가 들려왔다.

"아이고, 잠깐만 기다려. 거기 있어."

바르사는 시키는 대로 나무문 앞에서 기다리고 있었다.

오발은 꽤 오래전부터 아는 사이다. 나이는 많지 않지만 실력이 좋은 호위무사다. 함께 대상을 호위해서 로타까지 간 적도 있다. 아무래도 사로가를 지키고 있는 사람들은 병사들이 아니라 마을 유지들이 돈 주고 고용한 호위무사들인 것 같았다.

달그락거리는 소리가 나고, 나무문 옆의 자그마한 출입문이 열렸다. 오발이 손짓을 하고 있었다.

들어가니 뜻밖에도 상점의 토방 같은 공간으로 나왔다. 대문의 마을 쪽에 지어진 오두막으로, 나무문을 통해 들어갈 수 있게 되어 있었던 것이다.

꽤 넓은 토방 중앙에는 화로가 만들어져 불이 타오르고 있었다. 벽에는 창과 칼, 활과 화살이 죽 놓여 있었고, 남자들 열 명 정도가 불을 둘러싸고 앉아 있었다.

바르사가 그들을 둘러보고 씩 웃었다.

"아니, 이게 뭐야? …험상궂은 얼굴의 전시장이라도 열렸나?"

남자들이 히쭉히쭉 웃었다.

"멋진 인사로군. 험상궂은 얼굴로 말할 것 같으면 바르사 씨도 장난이 아닌데."

그중 하나가 바르사의 어깨를 두드리면서 불 쪽으로 데려갔다.

오발이 냄비 속에서 사기로 된 술병을 집어 올려, 잔에 뜨거운 술을 따라서 바르사에게 건넸다.

"자, 우선 한잔해. 얘기는 마신 후에 하기로 하고."

"어이, 오발, 넌 망을 봐야 하잖아. 그렇게 한가하게 술을 따를 처지가 아닐 텐데."

"깐깐하게 굴지 마. 한잔 걸칠 뿐이야."

거기 있는 남자들은 모두 바르사에게는 오랜 친구들이었

다. 실력이 좋은 녀석도, 시원치 않은 녀석도 있지만, 여하튼 오랜 세월 호위무사로 살아온 사람들로, 바르사가 종종 들르는 호위무사소개소인 타치야의 단골도 있었다.

권하는 의자에 앉으면서, 바르사는 잔을 건네려고 하는 오발의 손을 막았다.

"고맙지만 속이 텅 비었어. 염치없지만 뭔가 먹을 것이 남아 있을까?"

"어, 그거 잘됐군. 속이 텅 빈 바르사 씨에게 술을 먹이면 어떻게 되는지 보고 싶군."

그렇게 농담을 하면서도 오발은 술은 자신이 마셔버리고, 화로의 재 속에 있는 냄비에서 새를 푹 끓인 국물을 나무그릇에 떠서 바르사에게 건네주었다.

고맙다고 하며 그릇을 받아 들고, 바르사는 상대를 특정하지 않고 말을 걸었다.

"이 대문은 왜 지키는 거지?"

바르사의 질문에 남자들은 깜짝 놀라는 얼굴을 했다.

"뭐지, 바르사 씨, 이제까지 어디 있었던 거야? 어느 마을이나 같은 상황이라고 들었는데, 그렇지 않은가?"

"아, 나는 최근까지 칸발에 있었거든."

"그래? 그러고 보니 들은 적이 있군. 바르사 씨가 로타나 칸발로 사람들을 돌려보내주는 일을 맡고 있다는 말을. 참 대단한 배짱이야. 병사들이 살기가 등등한 이 상황에서는 목숨이 몇 개라도 부족한 일일 텐데."

그들의 이야기를 듣는 사이에, 바르사는 지금의 이 나라 상황을 마침내 확실히 파악한 느낌이 들었다.

참혹한 이야기였다. 신요고 황국군은 도읍과 그 주변 지역을 단단히 지키기 위해 남부의 크고 작은 마을들을 버린 것이다.

도읍이 있는 중부에서 북부를 지키기 위해 도남가도(都南街道), 도서가도(都西街道)와 같이 대군이 치고 올라갈 가능성이 있는 주요 가도에 요새를 만들어, 수비병을 거기에 집중적으로 배치하고 있었다. 그 방어선 남쪽에 있는 마을들은 병사들이 지키지 않았다.

바르사가 넘어온 요새는 이 사로가의 북동쪽에 있다. 적군이 있는 곳은 남부니까 이 마을은 적군과 요새 사이에 끼어 있는 셈이 된다.

이 마을 남쪽에는 저지대가 많아, 요새를 만들어 가도를 막아도 적의 진군을 제대로 막을 수 없다. 그렇기 때문에 황국군은 이 마을을 버리고, 마을 뒤에 있는 북동쪽의, 가도가 좁아지는 계곡길 부분에 요새를 만든 것이겠지만, 타르슈군이 이쪽 방향에서 도읍으로 공격해 올라가기로 정했다면, 이 마을은 그들에게 점령되어 요새를 공격하기 위한 야영지로 변해버릴 것이다.

호위무사 하나가 어두운 눈빛으로 말했다.

"황국군은 마을을 안 지켜주는 것만이 아니야. …타르슈군이 이쪽으로 올 거라는 걸 알게 되면, 적에게 식량을 빼앗기지 않으려고 식량을 강제로 거둬들이고 이 마을에 불을 지르지 않을까 하는 소문마저 떠돌고 있지."

바르사가 얼굴을 찌푸리며 남자들을 쳐다봤다.

"…설마, 당신들은 그걸 막기 위해서 마을 사람들한테 고용된 거야?"

남자들이 순간 입을 다물었다.

잠시 후에 그들이 너도나도 한마디씩 했다.

"아직 마을 사람들은 그런 결심까지 하지는 않았어. 우리가 여기 있는 것은 마음의 평화를 얻기 위한 것과 같은 거지."

"가능하다면 황국군을 거스르고 싶지는 않아. 반역죄는 참수형이니까. 하지만 남쪽에서는 타르슈군, 북쪽에서는 황국군. 로타로의 국경은 봉쇄. 우리에게는 갈 곳이 없어."

첫 전투가 어떻게 되었냐고 물으려고 바르사가 입을 열려고 했을 때, 문이 열리고 상인 여럿이 들어왔다. 모두 마을의 유력자들인 듯, 관록이 있는 남자들이었다.

"수고가 많군, 모두. 오늘 밤은 무척 춥다. 위로 삼아 술을 가져왔다."

"아이고, 고맙습니다."

호위무사들이 기뻐하며 술단지를 받아 들었을 때, 상인 하나가 바르사를 발견하고 눈이 휘둥그레졌다.

"아니, 바르사 씨 아닙니까!"

바르사의 얼굴도 환해졌다.

"토우노 씨, 여기서 만나다니 잘됐네요. 이제부터 사마도 의상점으로 찾아가려던 참이에요. 이렇게 늦은 시각에 찾아가서는 폐가 될지도 모르겠지만…."

토우노가 웃음을 터뜨렸다.

"우리 사이에 무슨 그런 말씀을! 대환영입니다. 어머니는 물론이고 아스라나 치키사가 무척 기뻐할 겁니다. 이렇게 만나다니."

바르사 옆에 앉으면서, 토우노가 진지한 얼굴로 돌아와 말했다.

"이런 시기이다 보니 더욱 반갑네요. 상의드릴 일이 많거든요."

바르사가 고개를 끄덕였다.

"이 마을이 이런 상황이 되었다는 것은 몰랐어요. 내가 할수 있는 일이 있으면 뭐든지 시켜주세요."

사로가의 노포(老鋪) 사마도 의상점 주인인 이 토우노와 그의 어머니 마사가 아스라와 치키사의 양육을 맡아주었기에, 바르사는 두 사람에게 큰 은혜를 입었다고 생각하고 있었다. 그들 모두의 목숨이 위험에 처해 있다면, 나 몰라라 할 수는 없었다.

그래도 마음속에는 강렬한 초조함이 있었다. 망설인 끝에 바르사가 토우노에게 말했다.

"다만, 토우노 씨… 사실은 나는 타라노 평야에 가고 싶어요."

토우노의 굵은 눈썹이 올라갔다.

"뭐라고요? 타라노 평야라고요? …말도 안 돼. 거기는 전쟁터예요."

그렇게 말하고 나서 갑자기 토우노가 입을 다물었다. 그 눈에 이유를 알겠다는 빛이 떠올랐다.

"그렇구나. …탄다 씨를 걱정하시는 거군요."

바르사가 깜짝 놀랐다.

"아셨나요?"

"네. 치키사한테서 들었어요. 민병으로 가셨다고. 우리 가게에서도 한 명 민병으로 뽑혔는데, 모두 남일 같지가 않아서…."

그렇게 말하고 토우노는 시선을 피하며 목소리를 낮췄다.

"첫 전투가 어떻게 되었는지 대충은 전해 들었어요. 참패였다고 해요. 살아남은 황국군은 도남가도에 지어진 요새로 후퇴하고, 타라노 평야에 배치된 민병 대부분은 전사. 민병 중 부상병은 방치되었다는 소문이에요."

가슴에서 턱 부근까지 싸늘해지며 굳어갔다.

바르사는 넋이 나간 채 입 주위를 오른손으로 누르고 화롯불을 지그시 바라보다가, 잠시 후에 불쑥 물었다.

"…살아남은 민병은 어디로 갔죠?"

"싸울 수 있는 민병은 아마도 정규군과 함께 요새로 갔을 거예요."

오른손을 무릎으로 내리고 바르사가 중얼거렸다.

"살아 있다면 요새. 부상을 입었다면 타라노 평야에 방치…."

토우노가 바르사의 옆얼굴을 보면서 낮은 목소리로 물었다.

"가보실 생각입니까?"

바르사는 한참을 잠자코 있다가, 이윽고 잠긴 목소리로 대답했다.

"언젠가는. …하지만 지금은 우선 아스라와 치키사 생각을 해야죠.

탄다는… 요새에 있다고 해도, 타라노 평야에 있다고 해도 이렇게 된 마당에는 내가 달려간들 할 수 있는 일이 별로 없어요."

화로의 흔들리는 불빛이 불꽃을 지그시 바라보는 바르사의 얼굴을 비추고 있었다.

5
아스라와의 재회

작은 새가 짹짹거린다.

아침 이슬이 촉촉이 내려앉은 이른 아침의 정원을 치키사는 정성껏 쓸어내고 있었다.

사마도 의상점의 아침은 청소로 시작된다. 자신들을 먹여 살려주는 가게에 감사하는 마음을 담아 깨끗이 쓸어야 해… 하고 '마나님' 마사는 종종 말하곤 했다.

엄격하지만 합리적인 마사를 치키사는 좋아했다. 주인 토우노도 화내면 무섭지만 너그럽고 관록이 있는 남자이고, 점원들도 모두 좋은 사람들이다. 불쑥 찾아온 자신들을 그들이 따뜻하게 맞아준 것에 치키사는 진심으로 고마워하고 있었다. 특히 평범한 아가씨처럼은 살 수 없는 여동생 아스라를 그들이 육친처럼 보살펴주고 있는 것에….

치키사의 여동생 아스라는 무시무시한 신의 출현을 막기 위해 자신의 몸과 마음을 희생시켰다. 다른 세계의 신을 가둬·두 번 다시 못 나오도록, 목에 달라붙어 있던 기생나무의 고리를 잡아 뜯은 것이다.

자신이 불러낸 신이 많은 사람들을 죽였다는 사실은 아스라의 혼을 어둠의 나락으로 떨어뜨렸고, 치키사는 여동생이 두 번 다시 눈을 뜨지 않을 거라고 포기했었다.

그런 아스라를 바르사와 탄다는 포기하지 않고 끈기 있게 간호해주었다.

그해, 긴 겨울이 지나고 봄이 찾아왔을 때 아스라의 혼은 어렴풋이 소생해, 여름이 될 무렵에는 마침내 혼자서 음식을 먹고, 서서 걸을 수 있게 되었다.

지금 아스라는 마사 씨에게 배워서 옷감을 짤 정도로 회복되었다. 그래도 목소리는 잃은 상태다. 종종 악몽을 꾸고는 땀에 흠뻑 젖어서 벌떡 일어나곤 한다. 아스라가 목소리를 되찾아 옛날처럼 즐겁게 웃을 날이 빨리 왔으면 싶었다.

아침을 먹으라는 종이 울렸다.

치키사는 빗자루를 정리하더니 허드렛일을 하는 다른 소

년들과 함께 우물에서 손과 얼굴을 씻으면서, 여동생이 베 짜는 곳에서 나오기를 기다렸다. 아스라의 아침 일은 베 짜는 곳의 청소다.

이윽고 베 짜는 곳의 토방에 아가씨들의 모습이 나타나고, 수다를 떨면서 우물 쪽으로 왔다. 아가씨들 뒤에서 아스라는 고개를 숙이고 걸어왔다. 치키사는 여동생이 옆으로 오자, 손을 잡아끌어 우물 옆에 앉히고 국자로 손에 물을 끼얹어주었다.

전쟁이 시작된 이후로 가게의 모두의 얼굴에서는 평소의 쾌활함이 사라졌다. 일은 전과 마찬가지로 하고 있지만, 지금은 옷이 거의 안 팔린다. 마을 사람들은 가능하면 돈을 쓰지 않고 필사적으로 식량을 비축했다.

처음 사로가에 도착했을 때는 번화하고 사람이 많은 큰 마을이라고 생각했는데, 교역을 위해 찾아오는 사람이 없어지자 휑하고 쓸쓸하고 인적이 없는 마을이 되어버렸다. 낮에도 거리를 걷는 사람이 드물었고, 모두 긴장한 얼굴로 잰걸음으로 걸어간다. 가게 앞에 늘어선 다양한 색깔의 옷에 눈길을 주는 사람조차 없다. 앞으로 어떻게 될지 모두가 불안해하며 겁을 먹고 있었다.

그래도 식당에는 평소처럼 따뜻한 국 냄새와 갓 지은 쌀밥 냄새가 가득 차 있어, 들어가자 마음이 확 밝아졌다.

옆에서 아스라가 움찔 몸을 떨었기에, 치키사는 깜짝 놀라 아스라를 쳐다봤다.

아스라가 눈이 동그래지며 식당 구석을 바라보고 있었다.

여동생이 보고 있는 쪽을 본 순간, 치키사는 자기도 모르게 큰 소리로 외치고 말았다.

"…바르사 씨!"

구석의 식탁에 앉아 있던 바르사가 미소를 지으며 손을 들었다.

치키사와 아스라는 신발을 벗기가 무섭게 마룻바닥 위로 올라가더니 바르사한테로 달려갔다.

아스라가 맹렬하게 달려들어 바르사에게 안겼기에 치키사는 깜짝 놀랐다. 여동생이 이런 식으로 감정을 드러내는 모습은 거의 본 적이 없었기 때문이다.

바르사도 놀라고 있었다. 자신에게 안겨 등을 잡고 있는 손의 강한 힘과 온기가 몸으로 전해져 와서, 바르사는 얼굴을 일그러뜨리며 아스라를 꽉 끌어안았다.

"…그동안 못 찾아와서 미안."

신음하듯이 울고 있는 아스라의 등을 문지르면서 바르사가 속삭였다.

"바르사 씨, 언제 여기 왔어요?"

치키사의 질문에 바르사가 아스라를 안은 채로 대답했다.

"어젯밤 늦게 도착했어. 둘 다 자고 있어서 깨우지 않은 거야."

치키사가 바르사 옆에 무릎을 꿇고 흥분해서 말했다.

"오래 있을 수 있어요?"

바르사가 오른손을 뻗어서 치키사의 머리를 쓰다듬었다.

"너까지 그런 얼굴 하지 마."

스윽, 스윽 버선 스치는 발소리가 나고, 웃음을 머금은 목소리가 들렸다.

"어머나, 너희들 그렇게 달라붙어 있으면 어떻게 하니? 바르사 씨 식사도 못 하겠네."

백발을 꽉 묶어서 올린 노부인이 서 있었다. 토우노의 어머니 마사였다.

치키사는 얼른 자세를 바로잡았다. 아스라도 창피한 듯이 고개를 숙이면서 바르사한테서 떨어져서 무릎을 꿇고 앉았다.

마사는 그들 앞에 무릎을 꿇고 앉더니 미소를 지으며 온화한 목소리로 말했다.

"바르사 씨는 너희와 함께 아침을 먹으려고 기다려주셨단다. 너희 밥을 이리 갖고 와서 함께 먹으렴."

아스라의 얼굴에 아주 잠깐이지만 밝은 빛이 떠오른 것을 보고 치키사는 무척 기뻤다.

하지만 바르사는 아스라와 치키사와의 재회를 느긋하게 즐기고 있을 수가 없었다.

이날 새벽에 신요고 황국군의 기마병 셋이 도깨비한테 쫓기듯이 남쪽에서 와서, 대문을 열게 하더니 요새 쪽으로 달려갔다는 이야기를 방금 전에 토우노한테서 들었다.

말을 타고 지나갔다는 기마병은 척후병일 것이다. 타르슈군이 진군해 오는 것을 발견하고, 이쪽으로 온다는 것을 요새에 알리러 간 것이 아닐까 하고 토우노는 걱정하고 있었다.

아마도 그 말이 맞을 것이다. 엉성하게 지어진 그 요새를 봤을 때부터 이렇게 되지 않을까 생각했는데, 역시 타르슈군은 어느 요새가 허술해서 공격하기 쉬운지에 대한 정보를 갖고 있었던 것이다. 견고한 요새가 있는 도남가도를 올라가는 길을 택하지 않고, 멀리 돌아가지만 확실히 그리고 빨리 함락시킬 수 있는 요새가 있는 이쪽 길을 택한 것이리라.

아침 식사를 마치자 바르사는 토우노와 함께 마을의 집회당으로 향했는데, 온 마을이 어수선한 분위기에 휩싸여 있었다.

집회당에는 이미 많은 남자들이 모여 있었다. 각 지역의 지역장이랑 다양한 직종의 대표들이 전부 모여 있었다. 망을 봐야 하는 자를 제외한 많은 호위무사들, 술집의 호위꾼들까지 모여 있었다.

이 마을 대표 아오노 탄도가 일어서서 모두를 둘러보며 입을 열었다.

"이렇게 모여줘서 고맙다. 척후병 얘기는 이미 들었겠지만, 아무래도 이제 멍청히 있을 시간이 없는 듯하다. 마을을 지키려면 어떻게 해야 좋을지 의견이 있는 사람은 꼭 얘기해 주기 바란다."

심각한 표정으로 남자들이 서로 대화를 나누기 시작하는 것을 바르사는 집회당 구석에 앉아서 잠자코 듣고 있었다.

타르슈군이 공격해 오면 마을 대문을 닫는 정도로는 그들의 침입을 못 막는다. 가도에서 마을로 들어오는 대문과 그 주위는 돌담으로 둘러싸여 있지만, 농지나 강에 면해 있는 경계에는 울타리조차 없다.

이제 와서 마을을 빙 둘러싸는 돌담 같은 걸 쌓는 것도 불가능하다. 남자들은 공포와 불안으로 얼굴이 굳은 채 뭔가 좋은 방법이 없을지 그저 말만 되풀이하고 있었다.

거의 1단(1시간)쯤 그들의 이야기를 들으면서, 바르사는 내내 그들의 발상과는 근본부터 다른 생각을 하고 있었다.

마을의 방어 상황이 명확해짐에 따라서, 타르슈군이 쳐들어오면 마을을 무사히 지킬 가능성은 절대로 없다는 것을 확실히 알 수 있었다.

타르슈군은 도서가도로 이르는 길을 막고 있는 요새를 함락시키기 위해 이 마을을 식량보급지로 쓸 것이다. 그리고 호위무사들이 말한 것처럼, 요새에 있는 황국군의 지휘관은 그것을 어떻게든 막으려고 할 게 틀림없다.

타르슈군이 여기로 오기 전에 먼저 요새에 있는 신요고 황국군이 이 마을의 식량을 거둬들이러 올 것이다. 요새에 있는 병사는 그렇게 많지 않다. 지원군을 기다리는 동안 조금이라도 유리하게 방어하기 위해서 마을에 불을 지를 가능성도 높다. 식량을 빼앗긴 데다가 불타버리고, 게다가 적군까지 오게 되면 얼마나 비참한 일이 일어날까….

이 마을 사람들이 살아남기 위해 할 수 있는 것은 딱 두 가지라고 바르사는 생각했다.

타지 사람인 자신이 끼어들어도 좋을지 순간 바르사는 망설였지만, 곧바로 마음을 정했다. 여하튼 말해보는 수밖에 없다. 게다가 바르사의 의견을 받아들일지 말지는 그들의 판단에 맡기면 된다.

이야기가 계속 제자리를 맴돌기 시작해 남자들이 지쳐서 입을 다물었을 때, 바르사가 입을 열었다.

"나 같은 타지 사람이 쓸데없는 참견을 해서는 안 될지도 모르지만, 한마디 해도 좋을까?"

남자들이 얼굴을 들어 바르사를 봤다. 마을 대표 아오노가 고개를 끄덕였다.

"괜찮다. 뭔가 묘안이 있다면 말해주기 바란다."

바르사가 차분한 목소리로 말했다.

"지금까지 계속 모두의 이야기를 듣고 있었지만, 대상의 호위를 오랫동안 해온 사람으로서 말하자면, 이 마을을 타르슈군이나 황국군으로부터 지키는 것은 절대로 무리라고 생각한다. …나라면 도망칠 생각을 하겠다."

남자들 사이에 술렁임이 일었다.

상인들이 안색을 바꾸고 입을 열었다.

"도망친다고? 마을을 버리고?"

"말도 안 돼. 우리 집은 4대째 이어온 노포다. 다른 나라의 병사에게 가게를 줄 바에는 가게와 운명을 함께하고 말겠다."

바르사가 일어서더니 힘찬 목소리로 말했다.

"남의 말은 끝까지 들어야 하는 법. 그렇지 않은가?"

기세에 눌린 듯이 입을 다문 상인들에게 바르사가 말했다.

"도망치고 싶지 않은 사람까지 도망치라고 하는 게 아니다. 타르슈 병사에게 잠자리와 술과 음식을 주고 살아남는 방법도 있을 테고, 타르슈 병사와 싸워서 죽고 싶은 사람은 그렇게 하면 된다.

하지만 가족과 자신의 목숨이 무엇보다도 소중하다고 생각하는 사람, 집도 고향도 버리고 어떻게든 살고 싶다고 생각하는 사람이 있다면 한시라도 빨리 도망칠 준비를 해야 한다. 나라면 저 요새에 있는 신요고 황국의 병사들이 식량을 강제로 거두러 오기 전에, 갖고 갈 수 있는 만큼의 식량과 재물을 짐수레에 쌓아서 도망칠 준비를 하겠다."

맞은편 벽에 등을 기대고 있던 초로의 호위무사가 입을 열었다.

"…그건 누구나 한 번은 생각한 것이다. 하지만 어디로 도망치지? 남부는 어디나 같은 상황일 것이다. 산으로 도망쳐 들어가서 타르슈군이 마을을 떠나기를 기다릴까?"

호위무사 중 가장 나이가 많은 가쉐의 침착한 얼굴을 쳐다보며 바르사가 대답했다.

"그것도 한 가지 방법이겠지요. 다행히 이제부터 따뜻해지는 계절이기도 하고. 하지만 내가 생각한 것은 다른 길입니다."

가쉐가 미간을 모았다.

"다른 길? 그런 것이 있나?"

바르사가 고개를 끄덕였다.

"있습니다. 로타로 가는 겁니다."

순간 집회당 안에 침묵이 퍼졌다.

잠시 후에 남자들이 일제히 입을 열어 무슨 말을 하는지 알 수 없을 정도로 소란스러워졌다.

마을 대표 아오노가 중앙의 책상을 주먹으로 쳐서 남자들을 조용히 시켰다. 아오노가 바르사를 쳐다보며 엄한 목소리로 물었다.

"로타라고? 국경이 폐쇄되었다는 것을 알면서 하는 말인가?"

바르사가 조용한 목소리로 대답했다.

"알고 있습니다."

바르사의 오른쪽에 있던 호위무사 오발이 끼어들었다.

"바르사 씨는 국경을 피할 수 있는 길을 많이 알고 있다는 소문이 있으니까. 그런 길을 이용하겠다는 뜻인가?"

바르사가 고개를 저었다.

"아니다. 그런 길은 노인이나 아이를 데리고 많은 사람이 넘을 수 없다.

하지만 여기는 사로가 아닌가? 로타와의 국경, 사마루 고개가 아주 가깝다. 당신들이 자주 왕래해온 저 고개를 넘어서 로타로 도망치는 것이다."

호위무사 하나가 고개를 저었다.

"말도 안 돼. 사마루 고개에는 100명에 가까운 병사가 있다. 여자들에다 노인까지 섞여 있는 많은 사람들을 데리고 돌파하는 건 불가능하다."

바르사가 그 남자한테로 얼굴을 돌렸다.

"이제까지는 그랬을 것이다. 하지만 타르슈군이 공격해 오면 상황이 바뀔 것이다. 그렇지 않겠느냐?

황국군이 세운 요새는 사마루 고개와는 반대편에 있다.

나는 저 요새를 뒤쪽에서 보며 왔는데, 거기는 다른 요새보다 훨씬 허술하고 병사 수도 적었다. 타르슈군이 공격해 오면 그 숫자로는 절대로 못 막아낸다. 지원군을 기다리면서 요새를 지키려고 하면 국경을 지키기 위해서 병사를 배치할 여유가 없을 것이다. 사마루 고개의 병사는 대부분이 요새로 이동하지 않을까?

100명이 넘는 정규병이 있다면 우리 호위무사만으로는 상대가 안 되겠지만, 10여 명 정도라면 우리가 어떻게든 상대할 수 있다. 그렇지 않은가?"

이야기의 윤곽이 드러나면서 호위무사들은 빙긋이 웃기 시작했다. 창이나 칼을 어루만지면서 어깨를 흔들며 무인 특유의 번쩍이는 눈으로 바르사를 보고 있었다.

방의 공기가 바뀌기 시작했다. 이전의 공포와 불안에서 약간의 희망으로 모두의 기분이 움직이기 시작했다.

바르사가 말했다.

"여기는 로타와의 교역으로 번영한 상인들의 마을일 것이다. 이 자리에도 로타인이 있을 정도여서 로타에 연고가 있는 사람도 많을 것이다. 로타에 가면 살아갈 길을 찾을 수 있지 않을까?"

생각에 잠겨 있던 마을 대표 아오노가 얼굴을 들어 천천히 남자들을 둘러봤다.

"…해볼 생각이 있는 사람이 있나?"

노포의 상가 주인들은 얼굴을 찌푸린 채로 입을 다물고 있었지만, 다른 남자들의 얼굴에는 생기가 돌아와 있었다. 그들은 아오노에게 고개를 끄덕여 보였다.

그것을 보고 아오노가 바르사한테로 시선을 돌렸다.

"당신이 '단창술사 바르사' 씨지? 당신 얘기는 중개업자 타치야한테서 들은 적이 있다. 타치야는 사람을 보는 눈이 있는 남자다. 그 녀석이 전폭적으로 신뢰하는 당신이라면 무책임한 말은 안 할 것이다."

그렇게 말하고 나서 아오노가 호위무사들을 둘러봤다.

"당신들은 어떻게 생각하느냐?"

노포 상가에 고용된 자들은 고용주를 생각해서 눈을 내리깔았지만, 그 이외의 남자들은 아오노에게 고개를 끄덕여 보였다.

호위무사 중 가장 나이가 많은 가쉐가 입을 열었다.

"우리는 원래 이 정도 숫자로는 마을을 지키는 게 무리인 것을 알고 있었다.

1만 대군으로 맞서 싸워도 못 당한 타르슈군의 상대가 될리가 없는 것은 물론이고, 이 숫자로는 황국군의 병사들을 상대로 싸우는 것조차도 무리일 것이다.

여기는 요새가 아니다. 대문을 닫아봤자 상대가 불화살을 쏘면 어쩔 도리가 없다."

상인들은 파랗게 질린 얼굴로 가쉐의 말을 듣고 있었다. 가쉐가 말을 이었다.

"바르사의 의견이 살아남기 위한 최선의 길이라는 것이 내생각이다.

마을 사람들이 합당한 돈을 내주신다면 나는 로다로 도망치는 사람들의 호위를 맡겠다."

아오노가 고개를 끄덕이며 사람들을 둘러봤다.

"호위 비용을 마을의 공동기금에서 지불하는 것은 어떠냐? 이의는 없나?"

이 말에는 모든 상인들이 고개를 끄덕였다.

그것을 보자마자 많은 호위무사들이 앞을 다투어 호위를 맡겠다고 나섰다. 아오노가 손을 들어 그들을 조용히 시키고 바르사와 가쉐를 번갈아가며 봤다.

"이것은 평범한 대상의 호위가 아니다. 이제부터 고시(告示)를 내면 갓난아이부터 노인까지 이 마을에 사는 사람 대부분이 로타로 가기를 원할지도 모른다. 섣불리 했다가는 국경을 못 넘을 것이다. …그래도 시도해볼 생각이라면 이 마을에 있는 호위무사 전원을 고용하기로 하지. 바르사 씨, 가쉐 씨, 숙달된 일류 호위무사라고 평판이 자자한 당신들이 중심이 되어서 이 계획을 잘 짜주지 않겠나?"

가쉐는 고개를 끄덕였지만, 바르사는 고개를 저었다.

"고맙지만, 나는 마을 사람들에게 고용될 수는 없습니다. 국경의 고개를 넘는 데까지는 목숨 걸고 돕겠지만, 그 이후에는 신요고에 머물러야만 하는 이유가 있어서."

아오노가 얼굴을 찌푸렸지만, 곧바로 고개를 끄덕였다.

"뭐, 그래도 상관없겠지. 국경의 고개를 무사히 넘게 해주면, 거기까지의 수고비는 지불하지."

바르사는 살짝 고개를 숙이고 가쉐에게로 시선을 돌렸다. 가쉐는 노련한 호위무사다운 엄격한 눈빛으로 바르사를 쳐다보고 천천히 고개를 끄덕여 보였다.

6

불타오르는 사로가

석양의 어스름 속에 수많은 불이 보인다.

"…엄청난 숫자로군."

옆에서 오발이 중얼거렸다.

바르사를 비롯한 호위무사들은 숲속에 숨어서 사로가에서 말로 4단(약 4시간) 정도의 거리에 있는 밭을 내려다보고 있었다. 밭은 무참히 짓밟혀 대군단이 야영지로 쓰고 있었다.

바람 방향에 따라서는 연기 냄새만이 아니라 말 냄새도 풍겨 왔다. 자그마한 검은 형체로 보이는 보초병들의 움직임이 민첩해, 잘 훈련된 병사들인 것을 느끼게 했다. 야영지 주위에는, 적이 밤에 기습을 해 와도 단숨에는 돌진할 수 없도록 짐마차 같은 것이 빙 둘러서 배치되어 있었다.

오발이 바르사 쪽으로 얼굴을 돌리고 속삭였다.

"이 정도 규모의 군대가 행군하려면, 빨리 달리는 말보다는 시간이 더 걸릴 것이다. 내일 아침 진군을 시작한다 해도 사로가에 도착하는 것은 내일 저녁 무렵이 되지 않을까?"

바르사가 야영지를 응시한 채로 대답했다.

"대충 그럴 것 같군."

가쉐와 바르사는 호위무사들을 세 조로 나눴다.

가쉐가 지휘하는 제1조는 식량이랑 가재도구를 실은 짐수레들과 함께, 로타로 도망치기로 마음먹은 사람들을 사마루 고개에 가까운 산속의 골짜기로 이동시켜, 거기서 야영지를 만들어 대기시킨다.

제2조는 세 명으로, 로타 왕국과의 국경인 사마루 고개로 정찰을 떠나 어느 정도의 병사가 어떤 배치로 국경을 폐쇄하고 있는지 조사하고 온다.

그리고 바르사가 지휘하는 이 제3조는 타르슈군을 정찰하는 역할을 맡았다.

마을 사람들은 요새의 황국군이 식량을 거둬들이러 오면 응하기로 마음먹고 있었다.

황국군 병사들이 만족할 정도의 식량을 대문 근처에 모아 놓고 엎드려서 그들을 맞이해, 마을을 불태우는 것 같은 난

폭한 짓을 하지 않도록 달랠 생각이라고 아오노가 말했다.

두 개의 군대 사이에 끼게 된 사로가 사람들에게는 그 길 밖에 남아 있지 않았다.

바르사 일행은 이른 아침에 마을을 빠져나갔다는 정찰 담당 기마병들의 말굽 흔적을 역추적해서 가도를 남하해, 도중에 숲으로 들어가서 타르슈군의 야영지를 내려다볼 수 있는 벼랑으로 나왔다.

"…이렇게 가까이까지 와 있을 줄이야."

호위무사 하나가 나지막이 말했다.

"서둘러 돌아가자. 느긋하게 도망칠 준비를 하고 있을 여유가 없다."

고개를 끄덕이고 바르사가 모두에게 신호를 보내고는 일어섰다.

해가 떨어진 어둠 속을 바르사 일행은 사로가를 향해 말을 타고 달렸다.

가능하면 횃불은 켜고 싶지 않았지만, 칠흑같이 어두운 길을 말로 전력질주 하는 것은 너무 위험하다. 지금은 속도가 무엇보다도 중요했다. 바르사는 횃불을 들고 선두를 달렸다.

하염없이 말을 몰고 또 몰아… 어느 지점까지 왔을 때 오발이 안심한 듯한 목소리를 냈다.

"쓰레기 언덕이다. 이제 반 단(약 30분) 정도면 마을이다."

뭔가 썩는 냄새가 어둠 속에 가득 차 있었다. 여기서부터 샛길로 접어든 곳에 마을의 쓰레기처리장, 통칭 쓰레기 언덕이 있다. 냄새가 지독할 뿐만 아니라 밤이 되면 푸른빛이 공중을 떠다닌다는 소문이 있어서, 사로가 아이들에게는 담력을 시험하러 오는 그런 무서운 곳이기도 했다.

"이 냄새를 맡고 안심하리라고는 생각지도 않았네…."

오발이 웃으면서 말한 순간, 바르사는 문득 뭔가를 느끼고 말고삐를 잡아당겼다.

"멈춰라!"

바르사의 날카로운 목소리에 남자들이 황급히 말을 멈춰 세웠다.

"무슨 일이야?"

"쉿…."

얼른 조용히 시키고, 바르사는 전방의 어둠을 응시하며 귀를 기울였다.

바람을 타고 희미하게 말발굽 소리가 들렸다.

"숲으로 들어가지 마라. 누가 온다."

바르사는 땅바닥에 횃불을 눌러서 끄고, 있는 힘껏 멀리 내던졌다. 연기 냄새를 맡으면 사람이 있는 것이 들통 나기 때문이다.

"동료 중 누군가가 우리에게 연락을 하러 온 건지도 모르잖아."

오발이 나지막이 말했다.

"그런 것 같으면 나가면 되지."

바르사 역시 속삭이는 목소리로 대꾸하고 남자들에게 명령했다.

"말을 단단히 붙잡아 조용히 시켜라. 타르슈군 척후병이라 할지라도 우리 쪽에서 절대로 공격해선 안 된다. 단, 활만은 준비해둬라. 매복으로 착각하면 공격해 올지도 모르니까."

남자들은 고개를 끄덕였지만, 한 명이 이해할 수 없다는 듯이 말했다.

"왜 타르슈의 척후병이 마을 쪽에서 오지?"

오발이 짧게 대답했다.

"우리가 야영지를 보기 위해 숲으로 들어가 있는 동안에 엇갈렸겠지."

그들이 숨을 죽이고 덤불에 웅크리고 앉아서 지켜보는 사이에 기마 다섯 기의 형체가 나타났다. 횃불을 들지 않고 잰걸음 정도의 속도로 말을 걸리고 있었다.

그들이 바르사 일행 옆을 지나친 바로 그때, 말 냄새를 맡았는지 오발의 말이 킁킁거렸다.

그 소리는 아주 작은 소리였다. 타르슈의 척후병들이 빨리 달리고 있었다면 못 들을 정도의 소리였다. 하지만 그 순간 다섯 기의 형체가 움직임을 딱 멈추고, 한 명이 귀신처럼 재빨리 활에 화살을 끼우더니 소리가 난 쪽으로 쐈다.

화살은 오발의 소매를 스치고 날아, 겁을 먹은 말이 뒷발로 곧추섰다. 오발이 활을 거머쥔 것을 손으로 막으며, 바르사가 남자들에게 날카로운 목소리로 명령했다.

"명령할 때까지 활은 쏘지 마라!"

그렇게 말하고 나서 바르사는 활을 잡아당겨 말을 노리고 쐈다. 화살은 말 어깨를 스치고 날아, 비명을 지르면서 말이 곧추서서 척후병이 땅바닥으로 떨어졌다.

다음 순간 바르사가 취한 행동에 호위무사들은 간담이 서늘해졌다.

바르사가 가도로 뛰쳐나가, 단창을 거머쥐면서 척후병들에게 요고어로 말을 건 것이다.

"움직이지 마라. 화살이 너희들을 노리고 있다! 조금이라도 움직이면 목숨은 없다!"

가도에 있는 기마는 눈으로 보이는 표적이었지만, 척후병들한테는 숲의 어둠 속에 숨어 있는 동료들의 모습이 안 보인다. 활 싸움에서는 바르사 쪽이 훨씬 유리했다.

척후병들도 그 사실을 깨달은 것이리라. 바르사 쪽을 향해 화살을 시위에 메긴 채로 움직임을 멈췄다.

바르사가 차분한 목소리로 말했다.

"우리는 너희들을 죽일 의도가 없다. 이야기를 들을 생각은 있느냐?"

정규군이 아닌 것이 분명한 여자 목소리와 의외의 말에 척후병들은 당황한 듯이 몸을 살짝 움직였다.

그중 하나, 처음에 활을 쏜 기마병이 바르사에게 화살을 겨눈 채로 알아듣기 힘든 요고어로 말했다.

"…이야기를 듣기로 하지. 너희들은, 누구냐?"

바르사가 대답했다.

"우리는 마을 사람들에게 고용된 호위무사들이다. 마을 사람들은 정규군에게 버림을 받아, 너희들 타르슈군에 살해당하지 않을까 겁을 먹고 있다.

마을 사람들은 너희들을 적으로 돌릴 생각은 전혀 없다. 자신들을 버린 신요고 황국군에게 충성심 따위는 느끼지 않는다. 너희가 마을에 온다면 싸우지 않고 맞이해줄 것이다.

너희들의 대장에게 그 말을 전해준다면 무사히 너희들을

돌려보내주지."

선두의 남자가 화살 끝을 땅바닥으로 내렸다.

"그 말, 대장에게 전하지."

바르사가 고개를 끄덕이더니, 몸을 돌려서 숲의 어둠 속으로 뛰어들었다.

척후병들이 방심하지 않고 활과 화살을 거머쥐고서 뒤쪽을 신경 쓰면서 사라져가는 것을 지켜보며 오발이 속삭였다.

"녀석들 정말로 대장한테 전해줄까?"

바르사가 어깨를 으쓱했다.

"글쎄. 설령 전한다 해도 대장은 마을에 불을 지르는 쪽을 택할지도 모르지.

하지만 그냥 녀석들을 죽여도, 혹은 죽이려다 실패해 녀석들이 도망쳐도, 매복한 자들한테 당했다고 타르슈군은 판단했을 거다. 그렇게 되면 타르슈군은 마을을 적으로 보고 교전할 작정으로 진군해 오겠지. …그것만은 피하고 싶었던 거야."

낮은 목소리로 그렇게 말하더니, 바르사는 말에 올라탔다.

"자, 마을로 돌아가자."

그들은 또다시 말에 올라타 밤길을 달리기 시작했는데, 슬슬 마을이 보이기 시작하는 곳까지 왔을 때, 모두가 하늘을 올려다보고 할 말을 잃었다.

마을의 상공이 검붉은 빛으로 물들어 있었다. 마을이 불타고 있었던 것이다. 요새의 황국군이 식량만으로는 만족하지 않고 불을 지른 것이리라.

바람을 타고 풍겨 오는 찌르는 듯한 연기 냄새를 맡으면서 남자들은 멍하니 그 하늘을 바라보고 있었다.

"…젠장."

바르사 옆에서 오발이 중얼거렸다.

"이것이 자부심 강한 요고의 무인들이 할 짓인가…?"

호위무사가 되는 남자들은 농촌의 가난한 무사 출신이 많다. 최하급의 무인인 그들 중에서는 황국의 병사로서 봉급을 받는 무인이 될 수 있는 것은 장남만이다. 나머지 아이들은 농민이나 상가에 고용되어 살아간다.

하지만 자존심만은 강한 그들은 농민도 고용인도 못 되고, 아버지나 형제로부터 배운 무술 실력에 의지해 호위무사나 호위꾼이 되는 사람이 많았다.

이 전쟁을 위해 징병이 시작되었을 때, 이런 가업의 남자들 대다수는 징병에 응해 하급병사가 되었다. 하지만 떠돌이 생활이 몸에 배어버린 자들은 징병을 피해 사로가 같은 곳의 상가에 고용되는 길을 택했다.

오발의 형은 황국군 병사였다. 그렇기에 더더욱 오발로서는 그들이 정말로 마을에 불을 질렀다는 것에 충격을 받았다.

바르사는 숨을 들이마시고 남자들에게 말했다.

"…미처 도망치지 못한 사람들이 있을지도 모른다. 살릴 수 있을 것 같으면 살리자."

남자들은 고개를 끄덕이고 말을 몰기 시작했다.

그러나 마을에 다가감에 따라서 연기가 엄청나 도저히 마을 안으로는 들어갈 수 없다는 것을 알게 되었다. 열기로 인해 바람이 소용돌이를 쳐서, 검은 연기와 불길이 마을 전체를 뒤흔들고 있었다.

긴 역사를 자랑하는 교역의 중심지 사로가가 지금 불길 속으로 사라지려 하고 있었다.

"…마을로 들어가는 것은 무리로군. 골짜기로 가자."

바르사가 나지막이 말하자, 남자들이 어두운 얼굴로 고개를 끄덕였다.

골짜기로 향하는 산길에는 많은 사람들의 형체가 있었다.

직전까지 도망칠 결심을 못 하고 마을에 남아 있던 사람들이 입은 옷 그대로 도망쳐 온 것이다.

바르사 일행은 제각기 횃불을 들고 그 피난민 무리들을 유도하기 시작했다.

사마루 고개로 가는 길은 잘 정비된 넓은 길이어서 밤에도 걸을 수 있지만, 다른 피난민들과 합류하려면 도중에 산길을 이용해야만 한다.

겁을 먹고 혼란에 빠져 있는 피난민들을 안내하는 것은 쉬운 일이 아니었다.

"…오발."

바르사가 오발을 불렀다.

"넌 한발 먼저 가서 골짜기에 있는 가쉐에게 상황을 이야기하고, 사람을 이쪽으로 좀 보내달라고 부탁해줬으면 좋겠는데."

장시간 말을 타고 빨리 달리느라 지쳤을 텐데도 오발은 피곤한 내색도 하지 않고 고개를 끄덕이더니, 재빨리 산길을 달려갔다.

오발이 동료를 데리고 돌아온 것은 이미 한밤중을 넘은 시각이었다.

피난민을 쉬게 하기 위해 선택한 골짜기는 계곡을 끼고 완만한 풀밭이 펼쳐져 있는 곳이었다. 정오 전부터 도망칠 준비를 시작해 가장 일찍 떠났던 피난민들은 이미 골짜기에 간이천막을 치고 있었지만, 계속해서 산길을 내려오는 새로운 피난민들은 천막 같은 것도 갖고 있지 않았다.

바르사는 가쉐를 발견하자, 서로의 상황을 설명하고 앞으로의 일을 상의했다. 가쉐는 침착하게 마을이 불탔다는 이야기를 듣고 있었다.

"…사로가가, 불탔구나."

흰 수염이 섞인 턱수염을 어루만지면서 그렇게 말하더니, 가쉐가 바르사를 봤다.

"뭐, 나쁜 일만 있는 건 아니다. 네가 예측한 대로 국경 경비병 대부분이 저녁 무렵까지 요새로 옮겼다. 내일 아침에는 나머지도 움직일 것 같다. 국경을 넘기가 쉬워졌다."

바르사가 낮은 목소리로 말했다.

"국경은 넘을 수 있어도 그다음이 힘들 거예요. 아무것도 못 챙기고 도망쳐 온 사람들이 저렇게 많으면 내분이 일어날 테니까요."

가쉐가 어깨를 으쓱했다.

"거기까지는 어떻게 할 도리가 없다. 그런 것은 마을 사람들한테 맡겨야지."

바르사가 쓴웃음을 지었다. 이것이 호위무사의 기질이다.

자신의 일과 자신의 일이 아닌 것을 확실히 구분해, 자신과 관계없는 일에는 신경 쓰지 않는다.

바르사는 몇 가지 더 이런저런 상의를 하고 나서 가쉐의 천막을 떠났다.

정오 전에 마을을 떠날 때, 마사에게 가쉐를 비롯한 호위무사의 천막 옆에 천막을 쳐달라고 부탁해뒀었다.

4대째 이어온 노포 사마도 의상점을 버리고 타국으로 도망칠 결심을 하는 것은 마사처럼 나이 많은 사람에게는 특히 힘든 일이었을 것이다.

그래도 그녀는 아들한테서 상황을 듣자마자 곧바로 말했다.

"도망칠 수 있다면 도망치자."

베 짜는 기계나 옷감 등 의상점을 계속하기 위해 중요한 것만을 골라 다섯 대의 짐마차에 싣고, 그러고는 식량이랑 천막 등을 세 대의 짐마차에 싣고 그들은 마을을 떠났다.

가족 곁으로 돌아가기를 바라는 고용인들은 돌려보내고, 따라오고 싶은 사람은 따라오게 했다.

"사마도 의상점 간판을 천막에 세워놓을게요."

헤어질 때 마사는 씩씩한 목소리로 바르사에게 그렇게 말했지만, 입가가 살짝 떨리고 있었다.

사마도 의상점 간판이 세워져 있는 천막은 바로 눈에 띄었지만, 놀랍게도 다른 많은 천막에도 간판이 세워져 있었다. 마사가 하는 것을 보고 좋은 방법이라고 생각한 건지도 모른다. 나중에 도착한 사람들이 횃불을 들고서 아는 사람의 간판을 찾아서 걸고 있는 모습이 어둠 속에서 흘끗흘끗 보였다.

사마도 의상점 천막은 다섯 개가 있었다. 네 개는 어두웠지만, 하나만은 아직 밝았다. 말을 걸리면서 그 천막의 가리개를 들어 올리자, 마사와 아들 토우노가 얼굴을 들고 입구를 보고 있었다.

"…바르사 씨."

토우노가 창백해진 얼굴을 일그러뜨리며 말했다.

"마을이 불탔다는 게 사실인가요? 우리 집 근처는…?"

바르사가 낮은 목소리로 대답했다.

"마을 전체가 불바다였어요."

마사가 바르사한테서 시선을 딴 데로 돌렸다. 넋이 나간 눈으로, 흔들리는 불빛이 천막에 드리우는 그림자를 보고 있었다. 뭔가가 빠져서 오그라든 것 같은 그 모습을 바르사는 음울한 기분으로 보고 있었다.

바르사가 토우노에게로 시선을 되돌렸다.

"드리고 싶은 말씀이 좀 있습니다."

토우노가 고개를 끄덕였다. 마사도 천천히 바르사에게로 눈을 돌렸다.

아스라와 치키사가 로타인들한테 혐오와 공포의 대상인 타르족이라는 사실과, 신의 출현을 막았다는 이야기는 이미 두 사람에게 털어놨지만, 그 외에도 말해둬야만 하는 것이 몇 가지 있었다.

아스라 남매와 이한 왕자와의 관계. 그리고 로타 왕국의 남부와 북부의 관계. 칸발 왕이 로타 왕과의 동맹을 결정한 것 등을 바르사는 하나하나 이야기했다.

챠그무에 대해서는 언급하지 않고, 로타와 칸발의 동맹 관계가 신요고에 어떤 영향을 미칠지도 말하지 않았지만, 앞으로 아스라 남매를 데리고 마사와 토우노가 로타에서 살아가기 위해 조금이라도 도움이 될 만한 것은 전부 말했다.

"로타로 들어가면 최종적으로는 이한 왕자의 성이 있는 지탄으로 가는 것이 최선일 거라고 생각해요. 북부가 풍요로워지고 있기도 하고, 무슨 일이 일어났을 때는 이한 왕자라면 아스라 남매와의 인연이 있으니까 도와주실 거예요."

마사가 고개를 저었다.

"어쩔 수 없는 상황이 되면 그렇게 할게요. 그런 인연이라면 가능하면 그 왕자님과 아스라 남매를 만나지 않게 하는 편이 좋을 것 같아요."

"…그건 그럴지도 모릅니다."

마사가 핏기 없는 얼굴에 살짝 미소를 지었다.

"걱정 말아요. 지탄에는 친한 거래처가 있어요. 데리고 있던 점원이 가게를 내기도 했고. 어떻게든 될 거예요."

바르사가 마사를 쳐다봤다.

"이런 때에 마사 씨한테 그 아이들을 떠맡겨버려서…."

말을 꺼낸 순간, 마사의 눈에 강렬한 빛이 떠올랐다.

"무슨 말씀을. 이런 때에도 운명을 함께할 각오가 없었다면, 애당초 맡지도 않았어요. 쓸데없는 신경 쓰지 마세요."

그렇게 말하고 나서 마사가 갑자기 어조를 바꿔 쉰 목소리로 말했다.

"…근데 바르사 씨, 정말로 탄다 씨를 찾으러 갈 생각이에요? 탄다 씨가 어디 있든 그곳은 전쟁터일 텐데…."

바르사는 아무 말도 하지 않고, 그저 살며시 미소만 지었다.

7
떠나는 사람들, 오는 사람들

다음 날 아침, 국경의 고개를 살펴보러 갔던 호위무사들이 돌아왔다.

만면에 미소를 띠고 그들이 큰 소리로 보고했다.

"국경의 병사들이 전원 사마루 고개를 떠났다! 조금 전에 녀석들이 말을 타고 요새 쪽으로 갔다!"

그 말을 들은 사람들 사이에서 환호성이 일었다.

바르사가 가쉐를 봤다. 가쉐가 고개를 끄덕였다.

"좋다. 피난민들을 이동시키자. 고개를 넘는 거다."

골짜기 전체가 출발 전의 어수선한 흥분에 휩싸였다.

바르사는 마사네 천막으로 가더니 조금 떨어진 곳에서 발걸음을 멈추고, 천막 접는 것을 돕고 있는 아스라의 모습을 바라봤다.

또래의 소녀와 눈으로 고개를 끄덕이면서 호흡을 맞추며 천막을 접고 있었다.

자신의 발로 서는 것도, 음식을 먹는 것도 제대로 못 하던, 혼이 나간 빈껍데기 같았던 아스라의 모습이 마음속에 떠올라, 이 아이를 이 정도까지 회복시켜준 마사에 대한 감사의 마음이 솟구쳐 왔다.

아스라는 이제 염려 없다. 고통은 뼛속으로 스며들어 남아 있겠지만, 언젠가 틀림없이 목소리도 미소도 되찾을 것이다.

시선을 느꼈는지 아스라가 갑자기 바르사 쪽으로 돌아봤다.

바르사를 발견하고 그 큰 눈이 흔들렸다.

바르사가 다가가서 살며시 손을 뻗어 아스라의 머리를 안으며 나지막이 말했다.

"…너희와 함께 가주지 못해 미안하다."

아스라가 얼굴을 일그러뜨리며 바르사의 가슴에 얼굴을 묻었다.

"이 전쟁이 끝났을 때, 내가 아직 살아 있다면 반드시 로타로 만나러 갈게. 그때까지 건강하게 지내야 한다."

아스라가 고개를 끄덕인 것을 가슴으로 느끼면서, 바르사는 오랫동안 아스라를 꽉 안고 있었다.

쾌청한 날이었다.

전쟁이 없었을 때는 매일같이 수많은 상인들이 왕래하던 사마루 고개의 대문을 짐마차를 끈 피난민 행렬이 지나간다.

봄 햇살을 받아 길게 이어지던 행렬의 마지막 말이 문으로 들어설 때까지, 바르사는 문 옆에서 말고삐를 잡고 배웅하고 있었다.

맨 뒤쪽을 책임지고 있는 오발이 말을 멈춰 세우고 바르사를 내려다봤다.

"바르사 씨, 우리와 함께 가요. …돌아가도 괴롭기만 할 거예요."

바르사가 웃으며 고개를 저었다.

"모두를 부탁할게."

오발은 한숨을 한 번 쉬더니, 고개를 끄덕이고 말의 머리를 휙 돌렸다.

호위무사 일을 하는 사람들은 재회를 기약하는 말을 입에 담지 않는다. 운명에 농락당하지 않도록 미래에 대해 말하지 않는다.

바르사는 마음속으로 그들의 행운을 빌었다.

이 국경 너머, 로타 왕국은 내전의 위기를 잘 넘겼을까?

칸발의 기마병단을 데리고 로타로 향한 챠그무는 별일이

없었다면 이미 지탄에 도착했을 것이다.

사람을 죽이는 것을 무척 싫어하고, 병사를 전쟁터로 끌고 가야만 하는 운명을 증오하던 챠그무. 이제 곧 다른 나라의 병사를 이끌고 이 나라로 돌아올 것이다. 그리고 타르슈의 대군과 싸우게 된다….

바르사는 한동안 흙먼지를 일으키며 사라져가는 행렬의 뒷모습을 바라보다가, 이윽고 말의 머리를 한 번 두드리더니 등에 올라탔다.

요새가 있는 방향의 하늘에 연기가 어렴풋이 보인다. 타르슈군의 공격이 시작된 것이리라.

'…살아 있다면 도남가도에 세워진 요새. 부상을 입었다면 전쟁이 일어났던 타라노 평야에 방치되어….'

깊이 숨을 들이마시더니 바르사는 국경의 문을 등지고, 말의 머리를 타라노 평야 쪽으로 돌렸다.

❧❀❧

사마루 고개를 빠져나간 피난민 행렬은 산을 내려가 야무시루 가도를 북서쪽으로 향하고 있었다. 이 가도를 좀 더 가면 왕도로 향하는 길과, 이한 왕자의 성이 있는 북쪽의 큰 마을인 지탄으로 향하는 라크루도(道)로 갈라진다. 라크루 지방은 초원과 삼림이 펼쳐져 있는 지역이지만, 이 길을 따라서는 교역시장이랑 토르안 같은 큰 마을도 있었다.

바르사한테서 이 나라의 내부 사정을 들은 호위무사들의 대장 격인 가쉐는 마을 대표 아오노를 비롯한 마을 사람들과 일단은 지탄으로 가기로 정했었다. 도중에 따로 가고 싶어 하는 사람들은 그냥 놔두기로 했다. 딱히 갈 곳이 없는 사람들은 지탄으로 가기로 했다. 그런 대략적인 안이 사람들에게 전달되었다.

로타의 목부(牧夫)들은 갑자기 나타난 피난민 행렬을 눈을 둥그렇게 뜨고 지켜봤다. 사정을 듣더니 그들은 동정하며, 밭에 천막을 치는 것은 곤란하지만 목초지라면 상관없다며 하룻밤의 야영을 허락해주었다.

야무시루 가도의 분기점에 가까워진 곳에서 피난민 행렬보다 한참을 앞장서서 전방을 살피던 호위무사가 갑자기 눈살을 찌푸렸다.

길 전방의 저 멀리에서 뭔가가 반짝반짝 빛났다. 뚫어지게 바라보다 보니 그 빛의 정체가 보였다. 그는 살짝 입을 벌리고 눈을 크게 뜨고 바라보다가, 이윽고 고삐를 당기더니 말을 되돌려서 피난민 쪽으로 달려갔다.

자신을 부르는 소리에 가쉐가 얼굴을 들었다. 앞장서서 가던 젊은이가 당황한 얼굴로 말을 바싹 옆으로 붙였다.

"무슨 일이지?"

"기마가 옵니다. 전방에서. 엄청난 수입니다."

"기마? 도적인가?"

"아뇨, 깨끗한 투구를 쓰고 있습니다. 정규병 군단으로 보였습니다."

가쉐가 얼굴을 찌푸리고 잠시 젊은이를 보다가, 이윽고 호위무사들에게 척척 지령을 내렸다.

"분담을 해서 행렬 맨 뒤쪽까지 전령을 전하도록 해라. 길을 내려가 옆에 있는 초원에서 대기하라고 전해라. 피난민들이 초원으로 내려가면, 우리는 말에서 내려 그들의 전면에 늘어서서 기마대와 피난민 사이에 선다. 알았느냐!"

호위무사들이 고개를 끄덕이고 말의 옆구리를 차더니 흩어져서 갔다.

흙먼지 속에서 빛이 보였다고 생각할 틈도 없이, 길 저편에서 대규모의 기마병단이 모습을 드러냈다. 기마병단과의 거리가 점점 좁혀졌다.

초원으로 내려가 불안으로 몸을 움츠린 채로, 피난민들은 빠른 걸음으로 다가오는 기마병단을 응시하고 있었다.

선발대 병사들이 피난민들을 발견하고 놀란 얼굴로 말을 멈춰 세웠다.

그중 하나가 피난민들을 지키듯이 늘어선 가쉐 일행에게 요고어로 말을 걸었다.

"너희들은 요고인이냐?"

가쉐가 대답했다.

"신요고에서 도망쳐 왔습니다. 우리는 사로가에서 화재를 피해 도망친 피난민입니다."

로타 기병들이 얼굴을 서로 마주 보며 뭔가 상의하다가, 곧바로 세 명 정도가 본대로 되돌아가고, 선발대의 나머지 병사들은 다시 전진을 시작했다.

돌아간 세 명이 본대 안으로 사라지더니, 이윽고 본대의 움직임이 느려졌다. 잰걸음이 아니라 보통 걸음으로 말을 걸리면서 천천히 전진해 왔다.

선두의 기마 무사가 다가와 얼굴이 보이기 시작했을 때, 가쉐는 눈이 휘둥그레졌다.

그것은 묘한 광경이었다. 선두의 기마무사 주위에는 그를 지키듯이 늠름한 기마무사들이 말의 머리를 나란히 하고 있었는데 그들은 로타 기병만이 아니었다. 절반 정도가 독특한 단창을 든 칸발 기병이었던 것이다.

그리고 로타와 칸발의 기마병을 이끌고, 손질이 잘된 칸발 풍의 갑옷을 입고 있는 선두의 기마무사는 놀랍게도 요고인 이었다. 게다가 젊었다. 아직 스무 살도 안 되어 보였다.

눈 옆에 칼자국이 있는 그 젊은이가 내려다봤을 때, 가쉐는 자기도 모르게 등을 쭉 폈다. …그렇게 하지 않을 수 없게 만 드는 뭔가가 그 젊은이한테는 있었다.

"신요고에서 도망쳐 왔다고 들었는데, 그대가 대장인가?"

귀족계급의 말투였다. 가쉐는 눈을 깜빡이며 고개를 끄덕 여 보이고, 그런 다음 눈으로 마을 대표 아오노를 찾았다. 아 오노가 당황한 듯이 달려오는 것을 맞이해, 가쉐가 그의 어 깨를 밀면서 젊은이에게 대답했다.

"저는 호위무사 대장입니다. 이쪽이 마을 대표입니다."

젊은이가 고개를 끄덕였다.

"사로가 사람들이라고 했지? 무슨 일이 일어났는지 듣고 싶구나."

아오노가 이제까지의 상황을 이야기하는 것을 젊은이는 잠자코 이따금 고개를 끄덕이면서 듣고 있다가, 신요고 황국 군이 마을에 불을 질렀다는 이야기를 들은 순간, 그 눈에 뭐 라고 형용할 수 없는 표정이 떠올랐다. 그 눈 속에는 슬픔과 분노의 빛이 담겨 있었다.

아오노가 말을 마치자, 젊은이는 말없이 피난민들을 둘러봤다.

그리고 갑자기 말에서 내렸다.

그를 지키듯이 주위를 둘러싸고 있던 기마병들이 당황해서 일제히 말에서 내리려고 하는 것을 젊은이가 돌아보며 말렸다. 그리고 로타어로 말했다.

"모두에게 반 크룬(약 30분) 휴식을 취하게 하라. 카론 부대장과 카무 부대장은 나와 함께 이 자리에 있어주기 바란다. …오라쿠, 문서를 쓰고자 한다. 준비해 오도록 하라."

기마병들이 민첩한 동작으로 명령에 따르는 것을 확인하고, 젊은이는 다시 아오노 쪽을 쳐다봤다. 젊은이는 투구를 벗어 옆구리에 끼더니 조용한 목소리로 말했다.

"그대들에게 문서를 건네겠다. 이한 왕자께 보내는 문서다. 전쟁이 끝날 때까지 우리 나라에서 피난해 오는 백성들을 받아달라고 전하게 부탁하겠다. 지탄에 도착하면 왕성으로 가서 이 문서를 전하는 게 좋을 거다. 피난민들이 로타 백성에게 폐를 끼치지 않도록, 부디 그 점을 명심하고 그들을 이끌어주기 바란다."

조립식 책상과 의자가 운반되었다. 젊은이는 의자에 앉더니 양피지에 로타어로 글을 써 내려갔다.

지그시 젊은이의 손끝을 바라보고 있던 아오노는 글을 다
쓴 그가 말미에 남긴 서명을 본 순간 숨을 멈췄다.

얼어붙은 듯이 자신을 보고 있는 아오노를 젊은이가 조용
히 마주 쳐다봤다.

아오노가 눈을 가리기 위해 손을 움직이는 것을 보고 젊은
이가 말했다.

"눈을 가리지 않아도 된다. 눈이 먼다면 벌써 멀었을 것이
다. 그건 전설에 불과하다."

아오노가 덜덜 떨면서 그래도 눈을 가렸다.

"저… 전하께서는, 사… 살아…."

목이 쉬고 가여울 정도로 떨고 있는 그에게 젊은이가 대답
했다.

"살아 있다. 바다에서 살아서 돌아왔다."

그리고 일어서더니 젊은이는 문서를 정성껏 말아서 끈으
로 묶었다. 종자가 녹인 밀랍을 그 끈에 떨어뜨리자, 젊은이
는 허리에 찬 단검을 뽑아, 칼자루 끝을 그 밀랍에 눌러서 봉
인을 했다. 그런 다음 말안장에 매달아놓은 짐을 펼쳐, 안에
서 꽤나 묵직해 보이는 주머니를 꺼내 그것을 두루마리와 함
께 아오노에게 건넸다.

"이것을 피난민들을 위해 쓰기 바란다."

그리고 얼굴을 들더니 많은 사람들에게 들리도록 분명한 목소리로 말했다.

"집이 불타고 타국에서 사는 것은 고통스러운 일일 것이다. 그러나 그런 상황이 영원히 계속되지는 않을 것이다.

칸발과 로타의 왕들은 북쪽 대륙을 타르슈로부터 지키기 위해 거병을 했다. 우리는 이제부터 신요고로 향한다. 그대들이 고향으로 돌아갈 수 있는 날이 반드시 올 것이다. 그때까지 견디기 바란다."

술렁임이 일었다. 그 술렁임 속에서 젊은이는 말에 올라타 뒤에 있는 병사들을 돌아봤다.

"사마루 고개의 봉쇄가 풀렸다. 서두르자."

젊은이의 말에 부대장들이 고개를 끄덕였다.

움직이기 시작한 기마병단을 피난민들은 매달리는 듯한 눈으로 배웅했다. 누군가가 환호성을 지르고, 그 환호성이 주위를 흔들기 시작했다.

그 환호성을 등에 받으면서, 젊은이는 고통을 참는 듯한 어두운 눈빛으로 똑바로 앞을 응시하고 있었다.

제2장

죽음을
넘어서

1

귀향

고향을 떠난 지 2년.

사마루 고개를 넘어 신요고 황국으로 발을 들여놓았을 때, 챠그무는 잠시 그 초록빛 산하에 시선을 빼앗겼다. 이제까지 올라왔던 산길의 풍경과 딱히 다른 것도 없을 텐데도 왠지 그 신록이 눈에 스며드는 느낌이 들었다.

봄의 해가 기울어, 새잎 끝부분이 불그스름한 빛을 띠었다.

"…연기는 안 보이는군요."

옆에서 카무가 나지막이 말했다.

칸발 병사를 주축으로 한 후방부대를 이끄는 지휘관 하구의 명령에 따라 챠그무의 근위대 지휘를 맡게 된 카무는 늘 챠그무 곁을 떠나지 않았다.

챠그무의 왼쪽에서 말을 몰고 있는 로타인 무장 카론이 시원시원한 어조로 말했다.

"피난민 얘기에 의하면, 타르슈군이 요새 공격을 시작한 것은 고작해야 닷새 전. 겨우 하루 이틀 만에 요새를 함락시켰다는 말인가….."

챠그무가 카론과 카무에게 말했다.

"이 근처에 피난민들이 천막을 쳤다는 골짜기가 있을 것이다. 오늘 밤은 거기서 야영을 하기로 하지. 척후병을 보내 요새의 상황을 살펴보게 하고 아침이 된 후에 요새로 향하기로 하자."

두 부대장이 고개를 끄덕였다.

야영지의 천막 속에서 잠잘 때만 챠그무는 혼자가 될 수 있다.

하루 종일 입고 있는 갑옷을 벗고, 젖은 수건으로 몸을 닦고 나서 침상으로 들어가자 몸이 개운해졌다.

그래도 좀처럼 잠은 오지 않았다. 야영지의 술렁거리는 소리를 들으면서 챠그무는 어두운 천막을 응시하고 있었다.

'…드디어 돌아왔구나.'

2년 이상을 계속 바라던 일이 마침내 현실이 되려고 한다.

로타 왕의 대리 역할을 맡고 있는 이한 왕자는 약속을 지켜줬다.

로타 왕국과 칸발 왕국이 동맹을 맺어, 북쪽 대륙을 타르슈 제국의 침략으로부터 지키기 위해 총력을 기울이겠다고 선언해준 것이다.

지탄의 성에서 만난 카샤루(사냥개)의 두령 격인 남자, 매를 조종하는 스파루가 매를 이용하면 범선의 세 배의 속도로 하늘을 난다는 말을 했다. 이 소식은 한 달 정도면 타르슈 제국에 있는 라울 왕자에게 전해질 것이다.

그 무렵이면 북쪽 대륙은 크게 바뀌어 있을 것이다. 바뀌어야만 한다.

챠그무가 칸발 왕이 보낸 동맹동의서를 갖고 1만 5,000에 이르는 기병을 데리고 지탄에 도착했다는 소식은 순식간에 매를 통해 영주들에게 전해졌다.

그 소식은 그때까지 남부 영주 쪽으로 기울어 있던 영주들의 마음을 위축시켰고, 타르슈의 밀정들도 재빨리 손을 떼어버렸다.

승산이 전혀 없다는 것을 깨달은 스안 대영주를 비롯한 남부의 대영주들은 병사들을 해산시키고 왕성을 방문해 병상의 로타 왕에게 새삼 충성을 맹세했지만, 그토록 관대한 로타 왕도 이번만큼은 그들을 용서하지 않았다.

스안을 위시해 주도적인 역할을 한 남부의 대영주는 반역을 꾀한 죄로 투옥되었고, 왕은 그들의 병력을 전부 왕 직속의 왕국군에 편입시켰다. 그리고 이 남부의 병사들에게, 영주들이 또다시 영토의 소유권을 인정받을지 여부는 그들이 하기 나름이라고 알렸다.

로타 왕의 용태가 썩 좋지 않아, 이한 왕자가 형 대신에 병력의 배분을 맡았다.

우선 남부와 북부의 병사를 섞어서, 그 약 9만 정도의 총병력을 셋으로 나눴다. 로타 왕국을 지키는 '수비병단' 2만 5,000. 산갈 반도로 파병해 신요고 황국을 공격하려고 하는 타르슈군의 보급로를 끊는 벽을 만들기 위한 '산갈 공략병단'은 해군을 포함해 5만.

그리고 이한 왕자는 챠그무에게 1만 5,000의 '신요고 황국 수호병단'을 줄 것을 형에게 진언해주었다. 로타 왕 요사무는 동생의 진언을 받아들여, 챠그무에게 군을 통솔하라고 문서로 전해 왔다.

병상에 있는 요사무 왕의 말을 받아 적은 그 편지는 챠그무의 마음에 용기를 북돋워주었다.

그대의 조국이 함락되면, 이웃 나라에 타르슈군의 발판이 생기고 만다.

신요고 황국을 구하는 것은 곧 로타와 칸발을 구하는 것이기도 하다.

타르슈의 원정군 수가 총 20만이라고 하지만, 실제로 산갈 반도에 상륙해 있는 병사의 수는 6만 정도. 그중에서 이미 신요고 황국 침공에 참가한 병사는 약 3만.

앞으로 함대가 온다고 해도, 산갈의 섬들의 제압을 위해 섬에 남겨야만 하는 병사도 많을 터.

그리고 우리가 총력을 기울여 타르슈와 부딪쳐서 그들의 침략을 막으면, 기회를 포착하는 데 뛰어난 산갈은 반드시 다시 이쪽으로 붙으려고 할 것이다.

하나의 말을 얻음으로 해서 많은 말이 잇달아서 자신의 색깔로 바뀌어가는 타아루즈(놀이판을 사용하는 경기)처럼, 운명의 풍향이라는 것은 약간의 변화만으로 잇달아서 커다란 변화를 일으키는 법이다. 그 파도를 함께 일으켰으면 한다. 챠그무 황태자 전하, 그대가 움직인 말 하나는 반드시 북쪽 대륙의 운명을 바꿀 것이다…

　이한 왕자는 형의 편지를 읽자마자 챠그무에게 자신의 심

복 카론을 대면시켰다.

카론은 아직 서른. 명민한 남자이고, 전술에 뛰어난 재능을 갖고 있다고 이한은 말하며, 그를 부대장으로 해서 북부 영주들의 병사를 중심으로 한 '신요고 황국 수비병단'을 움직이라며 신속히 준비시켜주었다.

또한 이한 왕자는 칸발의 원정군 지휘관에게도 챠그무 황자를 도와 신요고 황국을 구하기 위해 싸울 생각은 없느냐고 타진해주었다.

칸발의 기마병단 1만 5,000을 이끌고 온 무로 씨족 출신의 '왕의 창' 하구는 그 말을 듣자마자 고개를 크게 끄덕이고 즉각 응답했다.

"우리는 타르슈군의 침략으로부터 우리 나라를 지키기 위해 파견된 군대. 나라를 떠날 때 이미 왕으로부터 이런 경우의 재량권을 위임받았습니다. 칸발군이 청무 산맥 남쪽에 적이 진지를 구축 못 하도록 싸우는 것은 당연한 일입니다."

수염이 덥수룩한 얼굴을 일그러뜨리며 그렇게 말한 하구의 말을 들은 순간, 챠그무는 로타, 칸발, 그리고 신요고가 하나의 커다란 나라인 것 같은 기묘한 느낌을 받았다.

로타와 칸발은 천천히 손을 잡고 큰 파도를 넘으려 하고 있다. 그리고 그 손을 자신에게도 뻗어주고 있는 것이다.

로타와 칸발, 합해서 3만의 병사들이 이렇게 해서 챠그무와 함께 신요고로 향하게 되었다.

　이미 '산갈 공략병단' 5만 중 육군 4만은 나바루 고개를 넘어 신요고 쪽으로 들어가 남하를 시작했을 것이다. 해군도 새로운 함대의 상륙을 막기 위해 출항했다.

　그들이 타르슈군이 신요고로 속속 들어오는 것을 막고 보급로를 끊어주면, 신요고를 공격하고 있는 타르슈군은 고립된다. 그 고립된 타르슈군을 뒤에서 공격해 무찌르는 것이 챠그무가 이끄는 군대의 사명이었다.

　타라노 평야의 첫 전투에서 신요고 황국군이 어떻게 참패했는지 챠그무는 신요고에 잠입해 있던 카샤루의 보고로 알았다.

　약 3만의 타르슈군과 약 2만 5,000의 신요고 황국군이 격돌해, 타르슈 측의 사망자 및 부상자는 약 8,000명. 신요고의 사망자 및 부상자는 그것의 약 세 배로, 무려 2만 3,000에 달했다고 한다. 살아남아 아직 전력이 될 만한 병사는 도남가도의 요새로 퇴각했다.

　도남가도나 청궁천을 따라서 올라가는 것이 도읍 공격의 지름길이다. 황국군은 타르슈가 그 길을 택할 거라고 생각했겠지만, 실제로 타르슈가 택한 것은 꽤 멀리 돌아가는 이 사로가를 지나가는 길이었다.

카샤루의 보고에 의하면, 신요고 황국군이 세운 요새 중에는 급조한 조잡한 것이 있다고 한다.

라울 왕자는 궁정에 내통자가 있다고 말했었다. 휴우고와 같은 밀정도 많이 잠입해 있다. 타르슈군은 어디가 공격하기 쉬운지 잘 알고 있었음에 틀림없다.

타르슈군은 지금도 도읍을 향해 진군하고 있다.

'그대의 친족이 사는 궁에 불을 지르고, 그대의 어머니의 귀를 자르고, 여동생의 손발을 베어버리고, 그 울부짖는 소리를 그대에게 들려주지.'

라울 왕자의 목소리가 귓속에서 울렸다.

어머니와 여동생의 얼굴이 마음속에 떠올라, 챠그무는 눈을 꽉 감았다. 자신이 시기를 놓치면 어떻게 될지 그 생각을 해서는 안 된다….

말이 쿵쿵거리는 소리, 딸가닥딸가닥하는 말발굽 소리. 불침번을 서는 병사들이 걸을 때마다 들리는 금속 장식 소리.

많은 남자들이 이 어둠 속에 누워 있다. 그들의 기척에 휩싸여서 챠그무는 옅은 잠 속으로 빠져들었다.

※

한밤중부터 내리기 시작한 안개비가 날이 밝아도 그치지 않았다.

요새의 상황을 살피러 갔다가 돌아온 척후병들은 파랗게 질린 얼굴로 챠그무 앞에 무릎을 꿇더니, 요새가 이미 한참 전에 함락된 것 같다는 것, 타르슈군의 기척은 전혀 없다는 보고를 했다.

척후병이 머뭇거리며 챠그무에게 말했다.

"전하, 부디 오늘은 마차로 진군하시는 편이…."

챠그무가 눈살을 찌푸렸다.

"이유가 무엇이냐? 이 정도의 비라면 캇루(망토)를 쓰면 될 것을."

"아니, 비 때문이 아니옵니다. 다만, 요새의 광경은 안 보시는 편이…."

챠그무가 고개를 저었다.

"배려는 고맙지만, 나는 모두와 함께 말로 가겠다. 수고했다."

이제까지와 마찬가지로, 카론이랑 카무와 함께 말을 타고 가던 챠그무는 어느 지점까지 온 순간 깜짝 놀랐다.

처음에 느낀 것은 냄새였다. 속이 메스꺼워지는, 뭔가가 썩는 냄새. 그리고 어두침침한 안개비 속을 날아다니는 새의 날갯짓 소리가 들리기 시작하고, 이윽고 그 광경이 눈에 들어왔다.

이 세상의 광경이라고는 생각할 수가 없었다.

겹겹으로 눈앞에 끝없이 시체가 흩어져 있었다. 그 시체를 쪼아 먹고 있던 새들이 선발대 병사들에 놀라 일제히 날아오르는 것이 보였다.

옆에서 카무가 침 삼키는 소리를 내며 입을 막았다. 선발대 병사 하나가 말에서 뛰어내려 토하는 것이 보였다.

"…전하, 역시, 마차로…."

굳은 얼굴로 챠그무를 뒤돌아보고 카론은 깜짝 놀랐다.

핏기가 없는 챠그무의 얼굴에 극심한 분노의 빛이 떠올라 있었기 때문이다. 챠그무는 말없이 투구를 벗더니, 안장에 매단 자루에서 슈마(바람막이용 천)를 꺼내 그걸로 입과 코를 덮었다. 그동안에도 말의 걸음을 늦추려고 하지는 않았다.

시체를 밟지 않고는 앞으로 나아갈 수가 없었다. 챠그무는 이를 악물고 겁먹은 말의 머리를 어루만지면서 시체의 바다를 건너갔다.

요새 밑에 흩어져 있는 그 시체는 모두 타르슈의 갑옷을 몸에 걸치고 있었다.

화살이 몇 개나 꽂혀 있는 시체, 요새 밑에는 뜨거운 물을 뒤집어써서 녹고, 기름을 뒤집어써서 타버린 시체….

"…타르슈인은."

쉰 목소리로 카무가 말했다.

"붉은 얼굴을 하고 있다고 들었는데, 이 시체의 얼굴은 요고인을 닮은…."

챠그무가 나지막이 말했다.

"그건 요고 속국 병사다. 그쪽의… 병사들은 오르무 속국의 병사다. 가슴의 문장을 본 기억이 있다."

타르슈인의 시체는 셀 수 있을 정도밖에 없고, 시체 대부분은 요고인이나 오르무인이었다.

갑자기 챠그무가 말을 멈추고 나지막이 말했다.

"…이것이 타르슈의 속국이 된 백성의 운명이다."

뒤를 따르는 병사들을 돌아보며 챠그무가 외쳤다.

"…이것이 타르슈의 속국이 된 백성의 운명이다! 타국에서 썩어 문드러지고 새에게 쪼아 먹히고…."

챠그무의 뺨에서 눈물이 타고 흘러내렸다.

"무엇을 위한 죽음이지? 도대체 무엇을 위한 죽음이냐?"

카론 부대장이 챠그무의 어깨를 잡았다. 챠그무는 눈물을 닦고 앞으로 몸을 돌렸다. 그리고 또다시 시체를 밟으면서 크게 부서진 요새의 성문을 향해 갔다.

요새 안은 밖보다도 더 처참한 모습이었다.

밖에 죽어 있는 병사들의 몇 배나 되는 신요고 황국 병사들의 시체가 칼에 베이고, 불에 타고, 짓눌린 채 흩어져 있었다.

불에 탄 요새는 타고 남은 검은 잔해만 있었고, 깜부기숯처럼 된 시체가 포개져서 쓰러져 있었다.

너무나도 처참한 광경 속에 있으니 마음이 무뎌지는 걸까?

어느 틈엔가 챠그무는 냄새를 못 느끼게 되었다.

눈앞에 보이는 광경에서 색깔이 사라져 있었다.

손발도 머리도 얼굴도 차가웠다. 가슴에 두툼한 판자를 대고 있는 것처럼 숨 쉬기가 힘들었다.

그들을 이런 처지에 처하게 한 것은 아버지와, 아버지를 막을 수 없었던 자신들이다.

말을 타고 걸으면서 챠그무는 뒤를 돌아봤다.

수많은 기마병의 대열이 챠그무 뒤를 따라 전진해 온다. 안개비에 부옇게 보이는 파괴된 요새 안을 개미떼처럼 따라오는 그 병사들을 바라보며, 챠그무는 밑에서 올라오는 몸의 떨림을 필사적으로 진정시켰다.

앞으로 며칠 후면 타르슈군을 따라잡게 된다. 이 병사들에게 돌격을 명령하고… 자신도 돌격해 가는 것이다.

푸른 비가 내리는 가운데서 챠그무는 잠시 눈을 감았다.

안개비와 함께 살갗에 시체 냄새가 배어드는 느낌이 들었다.

아주 오래된 기억, 기억하고 있을 줄은 생각지도 않았던 시종의 말이 불현듯 귓속에서 들려왔다.

'천자는 신의 아드님. 이 세상의 모든 더러운 것에 접촉하지 않고, 이 세상 그 누구보다도 깨끗한 영혼이십니다.'

그 목소리에 끌려 나오듯이 슈가의 말이 들려왔다.

'전하. 황제는 사람이 아닙니다. …평민과 전혀 다른, 하얀 솜으로 감싸인 것처럼 깨끗한 영혼을 갖고 있기에, 요고 사람들이 황제를 나라의 혼으로서 모시는 겁니다. 그런 황제가 계시니 깨끗한 나라라고 자랑할 수 있는 거지요….'

'나는 시체 냄새가 몸에 밴 채로 시체를 밟으며 걸어가고, 이제부터 피로 이 몸을 더럽힐 것이다….'

하늘을 올려다본 챠그무는 작은 매가 빗속을 뚫고 하늘을 날아 자신을 향해 내려오는 것을 발견했다.

깜짝 놀라 손을 뻗자, 그 매는 손등 위에 사뿐히 내려앉아 한 번, 두 번 날개를 퍼덕여 몸을 안정시키고는 천천히 날개를 접었다.

마로매였다. 그 눈은 기묘하게 사람의 눈빛을 닮은 표정을 띠고 있었다.

"…스파루인가?"

카샤루의 두령에 해당하는 스파루가 매한테 혼을 실을 수 있다고 했던 말을 떠올리고 말을 걸자, 매가 챠그무에게 대답하듯이 삐 하고 울었다.

발에 달려 있는 금속 통을 떼어내자, 자그마한 글자가 빼곡히 적힌 헝겊이 들어 있었다. 그림도 그려져 있었다.

"스파루가 전갈을 보내왔나요?"

카론이 챠그무의 손을 들여다봤다. 카무도 말을 바싹 붙였다.

그것은 예측한 대로 스파루가 보내온 전갈이었다.

글을 다 읽더니 챠그무가 나지막이 말했다.

"이 요새를 공격한 타르슈군은 이미 야즈노 요새 근처까지 갔다고 한다. 야즈노 요새가 함락되면, 그 이후로는 도읍까지 요새가 없다."

창백해진 얼굴로 챠그무가 카론을 봤다.

"그것만이 아니다. 로타 군단이 봉쇄하기 전에 1만 2,000의 타르슈군이 신요고 남부에 진군해 있었다고 한다. 그 군대는 타라노 평야에서 2,000의 병사를 두어 보급지를 만들게 하고, 나머지 1만을 이끌고 동쪽으로 해서 도읍으로 향하고 있다."

스파루가 그려온 그림을 바라보며, 카무가 힘껏 미간을 모으며 말했다.

"서쪽과 동쪽에서 도읍을 협공을 할 생각이로군."

카론이 낮은 목소리로 말했다.

"이 요새의 공방전에서 잃은 타르슈군의 병력은 기껏해야 몇백일 것입니다. 서쪽에서 도읍을 향해 앞장서 가고 있는 병력만 해도 2만은 있을 거라고 생각해야 합니다."

그들을 해치운다 해도 또 동쪽에서 1만의 병사가 공격해 온다….

한참을 잠자코 생각에 잠겨 있던 챠그무가 이윽고 얼굴을 들고 카론을 봤다.

"우선은 우리 전방에 있는 군대를 해치울 생각을 하기로 하자. 어떻게 해서든 타르슈의 군대보다 먼저 도읍으로 들어가야 한다."

챠그무는 비에 젖기 시작한 그림을 내려다봤다.

동쪽과 서쪽에서 도읍으로 접근하고 있는 검은 선이, 짐승이 먹잇감을 물어뜯으려고 엄니를 드러내고 있는 모습으로 보였다. 이 두 엄니가 닫히기 전에 한쪽 턱을 박살내야 한다.

　챠그무는 헝겊과 통을 카론에게 건네더니 마로매의 머리를 살짝 쓰다듬으며 나지막이 말했다.

　"스파루여, 고맙구나. 부디 앞으로도 우리의 눈이 되어주기 바란다."

　매는 치 하고 울고는 날개를 펼쳤다. 그리고 챠그무의 팔에서 하늘을 향해 날아올랐다.

2
챠그무의 첫 출진

붕 하고 소리를 내며 돌덩어리가 날아왔다.

요새 윗부분에 일렬로 늘어선 궁병들의 대열에 쿵 소리를 내며 그 돌덩이가 부딪쳤고, 궁병들이 튕겨 나가 돌덩이에 깔리는 광경을 라쿠사무 소장은 몸을 떨면서 바라보고 있었다.

"겁먹지 마라! 불화살을 쏴라!"

라쿠사무가 목청껏 소리를 질렀지만, 몇 번이나 돌덩이의 공격을 받은 돌벽의 귀퉁이가 무너져 내려, 궁병들은 몸을 숨기지도 못한 채 눈 깜짝할 사이에 화살을 맞고 돌덩이에 맞아 죽어갔다.

이 야즈노 요새는 강변이 가까워, 타르슈군이 아르무(투석기)의 탄환으로 쓰기에 적합한 돌덩이를 손쉽게 구할 수 있다.

쿵쿵 하고 울려 퍼지는 북소리와 함께 석양 속에 투석기가 나타났을 때, 라쿠사무는 자신의 눈을 의심했다. 산을 넘어 진군해 오는 원정군이 그렇게 거대한 것을 끌고 오리라고는 생각지도 않았기 때문이다.

라쿠사무로서는 알 도리가 없었지만, 아르무는 조립이 가능한 목제 기구였다. 해체해서 짐마차로 운반하고, 요새를 공격할 때가 되면 화살이 미치지 않는 위치에서 조립한다. 이런 기동력도 타르슈군의 강력함의 비결이었다.

그리고 타르슈군은 반드시 밤에 요새를 공격한다.

불화살을 쏘면 나무로 지어진 요새 내부는 어둠을 배경으로 타오른다. 타르슈군 쪽에서는 확실한 목표가 보이지만, 요새 쪽에서는 어느 정도의 병사가 어떤 식으로 공격하는지 어두워서 보기가 힘들다.

우선은 궁병들이 늘어서서 활을 쏠 수 있는 장소를 아르무로 무너뜨린다. 그다음, 바위 대신에 기름통을 발사한 후 불화살을 대량으로 쏴 안쪽에서 성문을 불태워두고, 파성퇴(破城槌)로 단번에 성문을 쳐부순다. 그런 방법으로 타르슈군은 이제까지 수많은 요새를 함락시켜왔다.

파성퇴로 성문을 부수는 둔탁한 소리가 울려 퍼졌다.

궁병들이 필사적으로 파성퇴를 조종하고 있는 자들을 활로 쏘고 있는데, 궁병들이 있는 성벽에 검은 그림자가 뻗어 있는 것을 라쿠사무는 봤다.

라쿠사무가 칼을 번쩍 올리고 뛰면서 수비병들에게 소리쳤다.

"사다리다! 사다리를 설치했다! 사다리를 제거해라! 적이 올라온다!"

성벽에 설치된 사다리에 신요고 병사들이 달라붙었다. 밀어내는 데 성공한 사다리는 올라탄 타르슈 병사와 함께 굽이치면서 어둠 속으로 쓰러졌지만, 신요고 병사가 달라붙었을 때는 이미 사다리를 다 올라온 날렵한 타르슈 병사도 있었다.

계속해서 달려드는 타르슈 병사와 수비병들의 육탄전이 충분한 발판을 확보하기 힘든 성벽 위에서 시작되었을 때, 성문의 큰 문을 받치고 있는 굵은 빗장이 우지직 부서지는 소리가 들렸다.

'이제 틀렸구나….'

개미떼처럼 성벽으로 몰려오는 타르슈 병사를 보면서, 라쿠사무는 마음속으로 뭔가가 꺾이는 것을 느꼈다.

내일의 아침 해를 눈으로 보는 일은 없을 것이다. 이 어둠 속에서 자신은 죽는 것이다….

손도끼 형태를 한 기묘한 칼을 휘두르며 타르슈 병사가 다가왔다. 실전을 경험한 적이 없는 라쿠사무는 몸을 떨면서 칼을 거머쥐고 간신히 첫 칼날을 맞받아쳤다. 수비병이 옆에서 가세해 둘이서 간신히 타르슈 병사를 베어 죽이고, 라쿠사무는 그 기세 그대로 성벽 쪽으로 뛰기 시작했다.

어차피 적과 싸우다 죽을 바에는 적을 한 명이라도 더 많이 죽이자. 피 냄새와 공포로 취한 듯한 머리로 그렇게 생각하면서, 라쿠사무는 성벽에 서서 저 멀리 요새 밑에 펼쳐진 광경을 내려다봤다.

타르슈 병사들이 아르무를 조작하고 있는 모습이 보였다. 팽팽하게 꼬인 굵은 밧줄의 힘으로 돌덩이를 실은 거대한 목제 팔이 휘어졌다.

저게 튕겨 나가면 어떻게 될까? 환영처럼 날아오는 돌덩이를 생각한 순간, 묘한 일이 일어났다.

야즈노의 산길 오른쪽의 산비탈에서 느닷없이 수많은 불화살이 날아온 것이다.

불화살 대부분이 마치 한 점에 빨려 들듯이 아르무를 향해 날아갔다. 몇 개나 되는 불화살이 아르무의 굵은 밧줄에 박혀, 톡톡 소리를 내며 밧줄이 타서 끊어지기 시작했다. 삐걱거리는 듯한 소리를 내며 뒤틀린 밧줄이 튕겨 나가자, 아르무는 돌덩이를 쏘는 기능을 완전히 상실해버렸다.

타르슈 병사들 사이에서 혼란이 일었다. 아르무가 부서져 버리자, 불화살을 대신해서 평범한 화살이 비처럼 쏟아져 내리기 시작했다. 타르슈 병사는 화살이 날아오는 쪽으로 방패를 늘어놓고 상대의 모습도 안 보이는 채로 활을 쏘기 시작했다. 하지만 쏴 올려야 할 그들의 화살은 제대로 적에게 미치지 못했으며, 쏟아져 내리는 화살은 미처 방패를 들어 올리지 못한 병사들을 계속 쓰러트렸다.

갑자기 비명이 일었다. 불화살이 날아온 쪽의 반대편 비탈에서도 화살이 날기 시작한 것이다. 등에 화살을 맞은 많은 타르슈 병사들이 쓰러지기 시작했다.

타르슈의 장군으로부터 전령이 전달된 것이리라. 느닷없이 북소리가 바뀌었다.

그 소리를 듣자마자 우측과 좌측에 있던 타르슈 병사들이 방패를 벼랑 쪽을 향해 들고서 안쪽 병사들을 지켰다. 그리고 중앙의 병사들은 자세를 가다듬어 요새 쪽으로 몸을 돌렸다.

성벽에서 내려다보고 있던 라쿠사무는 그 광경을 보고 오싹 소름이 돋았다.

'…요새로 한꺼번에 공격해 올 작정이구나.'

정체불명의 궁병으로부터 병사들을 지키기 위해 한꺼번에

요새로 쳐들어와서 요새 안에서 버틸 생각인 것이다.

타르슈군이 일제히 요새 쪽을 향해 돌진을 시작했다.

그 순간 라쿠사무는 누군가가 머리 위에서 환호성을 지르는 것을 들었다.

비명도, 분노에 찬 외침도 아닌 그 소리가 묘하게 귀에 박혀, 라쿠사무는 피로 범벅이 된 얼굴을 들고 그 목소리의 주인을 찾았다.

목소리의 주인은 망루에 있는 병사였다. 손을 휘두르면서 계속 환호성을 지르고 있었다.

"지원군이다! 지원군이 왔다!"

덤벼든 타르슈 병사와 뒤엉켜 싸워, 그 병사를 정신없이 성벽 밖으로 밀어서 떨어뜨린 라쿠사무는 얼굴을 든 순간 그 광경을 봤다.

타르슈군 뒤쪽에서 창을 들고 돌진해 오는 기마병단….

'…설마.'

기묘한 꿈을 꾸고 있는 느낌이었다. 요새 뒤쪽에서 지원군이 온다면 몰라도, 남쪽에서 오는 지원군이 있을 리가 없다.

멍하니 지켜보는 사이에 타르슈군의 등에 그 창을 든 무리가 격돌했다. 기습을 당한 타르슈 병사들이 비명을 질렀고, 타르슈군의 진형이 흐트러졌다.

타오르는 아르무의 불빛으로 지원군의 모습이 어렴풋이 윤곽을 드러냈다. 그 갑옷과 투구의 형태는 신요고 황국군의 것이 아니었다.

'…설마, 저것은.'

파도 소리처럼 들려온 함성 소리는 요고어가 아니었다.

그것이 어느 나라 말인지 깨닫고, 라쿠사무의 눈이 휘둥그레졌다. 배 속에서 뜨거운 것이 솟구쳐 왔다.

라쿠사무는 수비병들을 돌아보고 목청이 찢어져라 소리쳤다.

"로타 기병이다! 로타 기병이 도와주러 왔다! 희망을 버리지 마라, 요고의 무사들이여! 요새를 지켜라! 적을 협공하는 거다!"

되살아난 사람들처럼 신요고 병사들은 활기차게 움직이기 시작했다.

챠그무의 첫 출진은 일몰과 함께 시작되었다.

척후병들의 보고로 야즈노 요새에서 떨어진 전방의 강변에 타르슈의 보급부대가 있다는 것을 파악한 카론 부대장은 후방의 칸발 기마병단을 이끄는 하구에게 전령을 보내, 그쪽을 공격해달라고 부탁했다. 챠그무가 있는 본대가 타르슈의 본대와 격돌했을 때, 뒤쪽에서 공격당하지 않게 하려는 조치였다.

그런 다음 그는 요새가 지어진 야즈노의 산길 지형에 대해 들더니 궁병들을 산비탈로 올려 보내자고 제안했다.

"야즈노 요새는 골짜기의 좁아진 부분에 만들어진 산길을 막듯이 해서 지어졌다고 합니다. 앞쪽은 넓고, 요새에 가까워 질수록 좁지요. 먼저 산길 양쪽에 있는 산비탈에서 활을 쏘면, 타르슈 병사들은 중앙으로 모일 겁니다. 그때 타르슈 병사를 뒤에서 공격하면 요새로 밀어붙여서 섬멸할 수가 있습니다."

챠그무는 즉각 그 제안을 받아들였다.

"좋은 제안이다."

그렇게 말하고 나서 챠그무가 덧붙였다.

"처음에는 불화살을 쏘라고 병사들한테 전달했으면 한다."

카론이 눈썹을 치켜올렸다.

"불화살이라고요? …아뢰옵기 황송합니다만, 불화살을 쏘려면 기름 단지 같은 도구를 갖고 가야만 합니다. 산비탈에서는 다루기 힘든 화살입니다."

챠그무가 고개를 끄덕였다.

"그건 그렇겠지. 그러나 불화살이 반드시 필요하다. …들어봐라. 돌파당한 요새를 통과했을 때, 첫 전투의 보고서에 적혀 있던 투석기가 사용된 흔적이 있었을 것이다. 야즈노 요새에서도 그것이 틀림없이 쓰일 것이다. 그 무기는 굵은 밧줄을 비튼 힘으로 돌덩이를 쏴 올린다고 하니까, 그 밧줄을 태워서 끊어버리면 못 쓰게 만들 수 있지 않겠느냐?"

카론이 눈을 반짝였다.

"전하, 지당하신 말씀이십니다. 우선 불화살을 그것에 집중시키기로 하지요."

카무가 입을 열었다.

"이제 해가 집니다. 어둠 속에서 산속을 이동하려면 시간이 걸릴 겁니다. 바로 궁병들을 이동시키도록 하십시다."

이렇게 해서 이동을 시작한 챠그무의 군대는 어둠 속에서 은밀히 타르슈군의 뒤쪽으로 다가갔다.

밤하늘을 검붉게 물들이며 타오르는 요새에는 아직 살아 있는 병사들의 형체가 움직이는 것이 멀리서도 보였다. 사다리가 몇 개나 성벽에 걸쳐져 있고, 성문의 커다란 문이 부서지기 시작했다.

카론 부대장이 로타의 창기병을 최전선에 세우고, 낮게 깔린 목소리로 그들에게 말했다.

"아군의 궁병들이 양쪽에서 불화살을 쏴서 투석기가 타오르면, 타르슈군은 중앙으로 모여들 것이다. 바로 그때가 좋은 기회다. 녀석들을 밀어 넣어서 섬멸하는 것이다.

로타 기병들이여, 그대들의 용맹스러움을 보여줄 때다!"

창기병들은 날뛰는 말들을 진정시키면서, 결의에 찬 미소를 지으며 고개를 끄덕였다. 수없이 군사훈련은 해왔지만, 그들에게 이것은 첫 실전이었다.

챠그무는 근위부대에 둘러싸여서 창기병들의 뒤에서 대기하고 있었다.

"전하, 부디 최후미로⋯."

카무가 속삭였지만, 챠그무는 고개를 저었다.

"타국의 병사들이 우리 나라를 위해 목숨을 걸고 싸워주고 있을 때, 최후미에서 편하게 마차에 숨어 있을 생각은 추호도 없다."

챠그무가 그렇게 말했을 때, 저 멀리 전방에서 불길이 치솟았다.

술렁임이 들려왔다.

"투석기가 불탔다! 궁병들이 멋지게 타르슈 병사들을 쏴죽이고 있다!"

잠시 후에 타르슈군의 북소리가 바뀌었다.

잠깐 사이를 두고 챠그무의 눈앞의 창기병들이 일제히 전진을 시작해, 처음에는 천천히, 그리고 서서히 말의 속도를 올리기 시작했다.

주위의 병사들 사이에서 함성 소리가 일었다. 동료들의 등을 밀듯이 그들은 방패를 창으로 치면서 계속 함성을 질렀다.

창기병단이 멀어지자 시야가 트이면서 전장의 상황이 잘 보였다.

요새를 향해 진군하고 있는 타르슈군의 뒤쪽에서부터 창기병들이, 그야말로 로타인다운 멋진 기마술로 말을 다루면서 창을 수평으로 거머쥐고 돌진해 갔다.

그들이 타르슈군과 맞부딪친 순간, 비명과 혼란의 고함 소리가 일었다.

챠그무 주위에서 병사들이 창을 휘두르며 환호성을 질렀다. 동료들이 타르슈군을 무찔러 진형이 흐트러지는 것이 보였다.

그때 챠그무는 타르슈군의 북소리가 바뀐 것을 느꼈다.

'…뭔가 명령이 내려졌구나.'

카샤루의 보고서에는 타르슈군은 북소리로 병사들에게 명령을 전한다고 적혀 있었다. 그 명령이 전달되자마자 순식간에 진형이 바뀐다고.

챠그무는 살짝 입을 벌리고 전방에서 일어나고 있는 변화를 보고 있었다.

로타 창기병의 돌격에 흐트러져서 일그러진 것처럼 보였던 타르슈군의 진형이 천천히 양옆으로 퍼지고 있었다.

돌격하는 기병들에게는 적병이 도망쳐 흩어진 것처럼 보이겠지만, 뒤에서 보고 있는 챠그무에게는 좁은 산길을 적절히 이용해 적병이 천천히 그물을 펼치듯이 이동하는 것을 확실히 알 수 있었다.

'포위할 생각이로구나…'

로타 창기병단의 좌익 후방에 있는 카론에게는 아직 그 진형의 변화가 안 보이는 것 같았다. 이쪽으로 돌격 신호를 보낼 낌새가 없었다.

"…안 돼. 포위당한다."

옆에서 카무가 중얼거렸다.

천천히 타르슈 병사 양옆의 선두가 로타의 창기병들의 뒤로 돌아서 퇴로를 차단하기 시작했다. 지금 가지 않으면 늦는다.

챠그무는 허리에 찬 검을 빼어 들고 뒤에 있는 병사들을 향해 소리쳤다.

"로타 기병은 좌측, 칸발 기병은 우측을 향해서 가라! 동료들이 포위당하지 않도록 해라!

로타와 칸발의 용사들이여, 뜻이 있는 자는 나를 따르라!"

그렇게 말하자마자 말의 허리를 차며, 챠그무는 화살처럼 전장으로 뛰어들었다.

근위부대가 새파랗게 질려 말의 허리를 찼다.

"전하를 지켜라! 서둘러라, 서둘러!"

카무는 소리를 치면서 단창을 고쳐 잡고, 편자에서 불꽃이 일 정도의 기세로 말을 몰아 챠그무를 필사적으로 뒤쫓았다.

함성을 지르면서 로타와 칸발의 기병들이 양쪽으로 짝 갈라져서 움직이기 시작했다.

연기와 불길과 비명 속을 챠그무는 검을 거머쥐고 일직선으로 달려갔다.

3
도적과 농부

 야우루산의 고개로 통하는 가도를, 바르사는 말이 지치지 않도록 신경을 쓰면서도 엄청난 속도로 올라갔다.

 산 정상의 고개에 이르면, 타라노 평야를 조망할 수 있을 것이다. 전쟁이 있었던 날로부터 오늘로 열흘째. 방치되었다는 부상병들이 어디 있는지 한시라도 빨리 알고 싶었다.

 마침내 고개에 이르렀을 때, 바르사는 자기도 모르게 말을 멈췄다.

 드넓은 평야가 한낮이 지난 햇빛을 받으며 모습을 드러냈다. 평야를 관통해서 흐르는 청궁천의 강물이 잘 닦인 금속처럼 하얗고 고른 빛을 발하고 있었다.

 평야의 대부분의 논에서는 이미 봄의 논갈이가 시작된 듯

흙이 거뭇거뭇하게 보였지만, 오른쪽의 토우하타 산맥에 가까운 논밭은 이랑의 형태도 없고, 거대한 짐승이 몸부림친 흔적 같은 처참한 모습을 드러내고 있었다. 저기가 전투가 있었던 곳이리라.

바르사는 말을 재촉해 산길을 내려가기 시작했다.

산길은 이윽고 이리저리 구부러지면서 내리막길이 되어, 울창한 나무들에 가로막혀 앞이 잘 안 보였다. 도중에 몇 개나 되는 길이 이 산길과 합류했다. 근처 마을들로 통하는 길이었다.

야우루산 중턱 근처까지 왔을 때 바르사는 전방의, 오른쪽으로 구부러진 길 끝에서 사람들이 싸우는 기척을 느꼈다. 단창의 물미를 안장에서 떼어내 오른손에 들고 천천히 길을 걸어갔다.

모퉁이를 돌자 그 광경이 눈에 들어왔다.

식량을 실은 짐마차를 다섯 명의 남자들이 공격하고 있었다. 짐마차를 끌고 온 농부들이 겁에 질린 목소리를 내면서 필사적으로 짐을 빼앗지 말아달라고 부탁하고 있지만, 칼날을 번뜩이며 도적들은 농부들을 차서 쓰러뜨리고 말고삐를 잡으려고 했다.

무슨 일이 일어나고 있는지 파악하고, 바르사는 말 옆구리를 발로 찼다.

짐마차 왼쪽 옆에 있는 도적들의 뒤쪽에서 바르사가 갑자기 공격을 했다.

말발굽 소리를 듣고 뒤돌아본 도적들은 달려드는 기마를 보고 당황하며 좌우로 갈라졌다. 그 사이를 바르사가 빠져나갔다.

도적들은 무슨 일을 당했는지도 깨닫지 못한 것이 틀림없다. 그들 사이를 빠져나가자마자 바르사는 눈 깜짝할 사이에 단창을 휘둘러, 좌우에 있던 남자들의 옆머리와 목덜미를 단창 자루로 치며 간 것이다.

바르사가 짐마차 앞에서 말고삐를 끌어당겼을 때는 도적들 세 명은 통나무처럼 길바닥에 쓰러져 있었다.

바르사는 그대로 말의 코앞을 지나쳐서 짐마차 반대편으로 갔다.

바르사를 본 도적들은 눈을 깜빡거릴 틈도 없이 단창 고달로 턱을 얻어맞고 명치를 찔려 기절했다.

입을 떡 벌리고 자신을 올려다보고 있는 세 농부들 옆으로 가서, 바르사가 짐마차를 턱으로 가리켰다.

"지금 얼른 짐마차를 이동시키는 게 좋을 겁니다. 이 녀석들은 얼마 동안은 이대로 있겠지만 서두르는 게 좋을 거예요."

농부들은 고개를 끄덕이고 몸을 떨면서 짐마차에 올라탔다. 그리고 흥분한 말을 혀를 차며 달래면서 짐마차를 움직이기 시작했다.

한참 가다 보니 그제야 조금 마음이 가라앉았는지, 짐을 잡고 가던 젊은이가 쭈뼛거리며 바르사에게 말을 걸어왔다.

"…저기, 구해줘서 고맙지만… 저기…."

무슨 말을 하고 싶은 건지 알아차리고 바르사가 미소를 지었다.

"돈을 요구할 생각은 없습니다. 걱정 마세요."

남자들은 그래도 안심이 안 되는 듯 서로의 얼굴을 보고 있었다.

바르사가 온화한 목소리로 말했다.

"나는 사람을 찾으러 타라노 평야로 가는 길이에요.

당신들은 이 주변 사람들이죠? 나는 이 주변이 어떻게 되었는지 전혀 모르거든요. 당신들을 구해주면 가르쳐주지 않을까 생각했어요."

그 말을 듣고 마침내 남자들의 얼굴에서 긴장이 풀렸다.

"그렇구나. 우리가 아는 거는 뭐든지 가르쳐주죠."

한 명이 말하자 다른 두 명도 고개를 끄덕였다.

고삐를 쥔 남자가 큰 소리로 말했다.

"정말로 고마웠다. 정말이다. 이 마을 저 마을에서 이런 짐마차가 출발을 했으니, 도적들이 노리지 않을까 염려했었는데, 예상한 대로였다."

바르사가 짐 쪽으로 눈길을 돌렸다.

"이건 식량인가요? …도대체 어디로 갖고 가는 거죠?"

남자들은 좀 떳떳치 못한 듯한 표정을 짓더니, 이윽고 한 명이 결심한 듯이 말했다.

"타르슈의 야영지로 운반하는 거다."

바르사는 깜짝 놀라며 남자의 얼굴을 물끄러미 쳐다봤다.

"타르슈의 야영지라고요? 타르슈군이 아직도 타라노 평야에 있나요?"

제일 나이 많은 남자가 입을 열었다.

"있다. 전쟁을 한 놈들은 서쪽의 가도 쪽으로 가버렸지만, 그 후에 곧바로 다른 타르슈군이 우르르 몰려왔다. 이 산의 산기슭에 야영지를 만들어 식량을 모으고 있지."

그렇게 말하고 나서 남자가 목소리를 낮췄다.

"황국군처럼 공짜로 식량을 넘기라는 것이 아니다. 시세보다 훨씬 좋은 가격으로 사주고 있지. 우리도 깜짝 놀랐지만, 타르슈라고 해도 모두 요고인과 똑같은 얼굴을 하고 있어.

묘한 사투리가 있지만, 들은 것하고는 전혀 달리 사람을 잡아먹는 귀신은커녕 인심이 좋은 녀석들이야."

젊은 남자가 끼어들었다.

"아랫마을 사람들은 꽤나 돈을 벌었다고 하더군. 아랫마을 사람들만 단맛을 보게 할 것이 아니라 우리 마을 사람들도 돈을 벌기로 한 거지."

바르사는 잠자코 그들의 이야기를 듣고 있었다.

몇만 명의 병사들을 움직이려면 식량 보급을 확보해야만 할 것이다. 타르슈군의 의도는 잘 알았고, 그 기회를 이용하려는 농민들의 심정도 이해할 수 있다.

그러나 타라노의 농민들 중에는 민병으로 나간 사람이 없는 걸까? 아버지나 형제가 살해당했다면, 적에게 식량을 팔아 돈 벌 생각은 안 들 텐데.

그걸 물어보자 농부들은 어두운 얼굴이 되었다.

"그야 물론 원망하는 마음이야 있지. 죽일 수 있다면 타르슈 녀석들을 죽이고 싶은 마음이다. 하지만 어마어마한 숫자야. 그 녀석들이 맘만 먹으면 우리를 몰살시키고 식량을 몽땅 빼앗아 가는 것 정도는 아무것도 아닐 거다. 그렇게 하지 않고 좋은 가격으로 사준다는 것이다. 아버지나 형제가 맛있는 밥을 먹고 편해졌다고 생각하면 전사한 녀석들도 마음이 편해질 거다."

젊은 남자가 낮은 목소리로 덧붙였다.

"게다가 말이야, 원망으로 말할 것 같으면, 나는 솔직히 말해서 타르슈 놈들보다 황국 병사들에 대한 원망이 훨씬 더 크다. 말이나 소를 끌고 가듯이 형들을 끌고 가서… 우리가 땀 흘려 거둬들인 쌀을 돈도 안 내고 당연한 듯한 얼굴로 갖고 가버렸다. 어떻게 그럴 수가 있냐고."

나이 많은 남자가 쉿 하고 말렸다.

"함부로 말하면 안 된다. 하늘이 보고 있다."

그러나 젊은 남자는 얼굴이 새빨개지며 점차 열을 올려 말했다.

"말도 안 돼, 아버지. 천신님께서 보고 계시다면 우리 심정도 알아주실 거야. 아버지도 봤잖아, 그 광경을."

젊은 남자가 바르사 쪽으로 얼굴을 돌렸다.

"나는 그날 이후로 한동안 밥이 목으로 넘어가지를 않았어."

"…그날 이후?"

바르사가 되묻자, 젊은 남자가 얼굴을 일그러뜨리며 말했다.

"아랫마을에서 사람을 보내왔지. 시체 묻는 것을 도와달라고. 우리 마을에서도 민병으로 징집된 사람들이 있으니까, 형

들이 살아 있는지 죽었는지 걱정스럽기도 했고 해서 우리 남
자들이 모두 나서서 타라노 평야로 향했지.

처참한 광경이었어. 그렇게 되면 적이고 아군이고 없지. 우
리는 울면서 시체를 묻었어. …수만 명의 시체였어. 상상이
가?"

어두운 눈으로 젊은이를 보며 바르사가 나지막이 말했다.

"…살아남은 사람은 어떻게 되었나요?"

젊은이가 코를 문질렀다.

"혼자 걸을 수 있는 사람들은 황국군이 요새 쪽으로 데려
갔다고 들었어."

"걸을 수 없는 사람은?"

젊은이는 또다시 뭔가를 떠올린 것이리라. 얼굴을 일그러
뜨리며 어깨 주위를 문질렀다.

"우리가 진흙 속에서 파냈을 때 숨이 붙어 있는 사람들은
문짝에 실어서 아랫마을로 옮겼지. …아예 그냥 죽는 편이
편했을 텐데. 진흙투성이에 피투성이인 채 팔다리가 떨어져
나가기도 하고…. 대부분이 하루나 이틀 만에 죽었지."

주위의 소리가 멀어지는 느낌이 들었다.

바르사는 고삐를 꽉 쥐고 얕게 숨을 들이마셨다.

"아직 살아 있는 부상자도 있겠네요. 그런 사람들은 지금

어디 있죠?"

젊은이가 묻듯이 바르사를 쳐다봤다.

"…당신이 찾고 있는 사람이라는 게 민병이었나?"

바르사가 고개를 끄덕였다.

"북부 마을에서 끌려온 민병을 찾고 있어요."

남자들의 얼굴에 동정하는 빛이 떠올랐다. 나이 많은 남자
가 나지막이 말했다.

"안됐지만, 너무 기대하지 않는 편이 좋을 거다. 살아 있는
사람은 얼마 안 되니까.

게다가 타르슈가 아랫마을 주위에 야영지를 만들어서 살
아남은 병사를 숨겨준 것이 들통 나면 살해당하지나 않을지
마을 사람들이 두려워해서, 이 주변 마을 출신 민병이라면
몰라도, 타지 사람은 마을에 숨겨주지 않고 산 쪽으로 데려
갔다고 들었다."

바르사는 잠자코 그 말을 듣고 있었다. 그 표정을 보고 있
던 젊은이가 불쑥 말했다.

"한동안 우리와 함께 행동해주기 바란다. 타르슈 병사에게
이걸 팔아버리면, 내가 당신을 부상자들이 숨어 있는 곳으로
안내해줄 테니까."

나이 많은 남자가 깜짝 놀란 듯이 아들을 봤다.

"너⋯."

젊은이가 아버지 쪽을 보며 툭 내뱉듯이 말했다.

"아버지랑은 짐마차를 끌고 먼저 돌아가도 좋아. 도적들한테서 구해준 은혜가 있잖아. 나는 이 사람을 안내한 다음에 돌아갈게."

남자들은 한참을 서로 얼굴을 마주 보다가 잠시 후에 나이 많은 남자가 고개를 끄덕였다.

"⋯잘 안내해드려라."

4
탄다의 팔

　타르슈의 야영지는 고작 며칠 만에 만들었다고는 도저히
생각할 수 없는 튼튼한 진지였다.

　야영지 주위는 짐마차로 빽빽이 둘러싸여 있어, 기습을 당
해도 막을 수 있도록 되어 있었다. 중앙에는 목재를 쌓아 탑
같은 것까지 만들어놓고, 망보는 병사가 빈틈없이 주위를 감
시하고 있었다.

　좋은 가격으로 식량을 사준다는 소문을 들은 농민들이 짐
수레나 짐마차로 밀어닥치는 대열 뒤에 바르사 일행도 늘어
섰다.

　말뚝을 박아 만든 임시 문에는 병사 여럿이 서서 짐마차를
끄는 사람이 농민인지를 한 명씩 확인하고 있었다.

바르사가 지나가려고 했을 때, 병사가 얼른 창을 쑥 내밀며 막았다.

"기다려라. 너는 농민이 아니군. 무기를 갖고 이 진지에 들어갈 수는 없다."

남쪽 사투리가 있는 요고어였다.

바르사가 조용한 목소리로 대답했다.

"나는 이 사람들에게 고용된 호위무사입니다. 도적이 짐을 노려서 말이죠. 무기를 놓고 들어가죠. 돌아갈 때 돌려받을 수 있겠죠?"

병사는 고개를 끄덕이고 바르사한테서 단창과 단검을 받아 들었다.

"여기 세워둬라. 돌아갈 때 말해라."

고개를 끄덕이고 바르사는 농부들과 함께 그들 옆을 지나쳐 야영지로 들어갔다.

'훈련이 잘되어 있구나….'

바르사에게 대응하던 병사 옆에서 또 한 명이 창을 언제든지 휘두를 수 있도록 거머쥐고 있었다. 하급병사에게 흔히 있는 건방진 태도도 없었다.

신기한 듯이 야영지를 쳐다보면서 꽤나 긴장해서 짐마차를 몰고 있던 농부들이, 식량을 사들이고 있는 공터로 나올 무렵에는 차분한 얼굴로 돌아와 있었다.

적지에 진을 치고 있다고는 생각할 수 없는 차분한 분위기가 이 야영지에 있어서일 것이다.

농담도 한마디씩 던지면서 농부들한테서 식량을 사고 있는 병사의 모습을 바라보면서, 바르사는 타르슈의 밀정 휴우고가 했던 말을 떠올렸다.

'타르슈 제국은 뛰어난 관개기술을 갖고 있다. 그 기술을 활용하면, 신요고는 물론이고, 로타 왕국의 북부도 지금의 몇 배의 전답을 개간해서 효율적으로 수확을 올릴 수가 있지. 북쪽 대륙을 정복해, 흉작으로 신음하는 남쪽 속국의 농민들을 북으로 이주시키면 세수입도 안정될 거라고 생각한 것이다.'

타르슈는 농민들의 이주를 진지하게 생각하고 있다. 마음만 먹으면 얼마든지 약탈할 수 있는 농산물을 이렇게 농민들한테서 사는 것은 나라를 빼앗은 이후의 일을 생각해서일 것이다.

'챠그무….'

좋은 가격으로 식량이 팔려 만면에 미소를 짓고 있는 젊은이를 보면서, 바르사는 마음속으로 중얼거렸다.

'네 적은 무시무시한 놈들이야….'

화창한 봄 햇살 속에서 바르사는 가슴 안쪽이 싸늘해지는 것을 느꼈다.

야영지 문지기가 단창과 단검을 약속대로 돌려줬다.

그것을 받아 들고 문을 나왔을 때는 이미 해가 서쪽으로 기울어, 석양이 토우하타 산맥을 빨갛게 물들이고 있었다.

젊은이는 약속대로 아버지 일행을 먼저 돌려보내더니, 속 시원하다는 얼굴로 바르사의 말로 기어올라 왔다.

두 사람은 천천히 말을 걸리며 야우루산 기슭의 마을로 들어갔다.

큰 마을에 사는 사람들과 달리, 이렇게 작은 마을에 사는 사람들은 타지 사람을 싫어한다. 밭일을 마치고 마을로 돌아온 남자들은 두 사람을 미심쩍어하는 눈빛으로 올려다봤다.

젊은이가 갑자기 누군가에게 손을 흔들었다.

"어, 숙부님!"

머리가 벗어진 농부가 의아해하는 얼굴로 이쪽을 보고는 젊은이를 발견하더니 눈을 깜빡였다.

"아니, 라챠 아니냐. …그 사람은 누구냐?"

젊은이는 말에서 내리더니 손짓 발짓을 섞으면서 사정을

설명하기 시작했다. 어느 틈엔가 마을 사람들이 모여들어 젊은이의 이야기에 귀를 기울이기 시작했다.

사정을 알고 나자, 남자들은 어두운 얼굴로 바르사를 올려다봤다. 젊은이의 숙부가 어깨를 으쓱했다.

"안내하는 건 상관없지만… 끔찍한 모습이다. 미리 말해두겠는데."

바르사가 고개를 끄덕였다.

"…대충 사정은 들었습니다. 제발 데려가주셨으면 합니다."

젊은이의 숙부는 다른 사람들한테, 먼저 돌아가 집안사람들에게 사정을 이야기해두라고 부탁하고는, 바르사에게 손짓을 하고 걷기 시작했다.

바르사는 말에서 내려 그와 함께 걷기 시작했다. 젊은이가 따라오는 것을 보고, 바르사가 그에게 말했다.

"여기까지로 충분해요. 더 어두워지면 산길을 걸을 수가 없을 거예요."

젊은이가 씩 웃었다.

"신경 쓰지 않아도 돼. 친척 집에 묵을 거니까."

젊은이의 숙부가 성큼성큼 산 쪽으로 들어갔다. 주위가 어둑어둑해져 발밑도 또렷이 안 보였지만, 그는 등불을 가지러 돌아가겠다는 말을 하지 않았다.

등불은 멀리서도 눈에 띈다. 산속에서 뭐 하는 거냐고 타르슈군한테 의심받고 싶지 않은 것이리라.

자그마한 계곡을 건너 좀 더 가자, 바위 표면이 그대로 드러난 벼랑이 나타났다. 바위의 구덩이랑 석굴이 몇 개나 있었다.

바르사는 연기 냄새를 맡았다. 뭔가가 썩는 듯한 악취도 풍겨 왔다.

"…여기다."

젊은이의 숙부가 멈춰 서서 바르사를 돌아봤다.

"여기와, 거기, 그리고 저기… 네 개의 동굴에 200명쯤 있다. 마을 사람들이 교대로 음식이랑 약초를 날라 와서 보살피고 있지만, 매일 열 명 정도 죽고 있지.

마을에는 의술가가 없으니까. 약초사 할아버지 한 명으로는 감당할 수가 없지."

바르사가 그에게 고개를 숙이더니, 덤불을 헤치며 석굴 하나에 발을 들여놓았다.

안은 의외로 넓었다. 연기와 악취가 가득 차 있었다.

중앙에 돌을 쌓아 화로가 만들어져 있었고, 불꽃이 톡톡 타오르고 있었다. 불꽃이 흔들릴 때마다 어두침침한 석굴 안에

제2장 죽음을 넘어서 163

서 그림자가 춤췄다.

바닥에는 짚이 깔려 있었고, 그 위에 멍석이 얹혀 있었다. 많은 남자들이 그 멍석 위에 누워서 신음하고 있었다.

화로 주위에 앉아 있는 남자들이 멍한 눈으로 바르사를 올려다봤다. 겁을 먹지도 경계를 하지도 않았다. 그 눈에는 아무런 감정도 담겨 있지 않은 것처럼 보였다.

피와 오물로 범벅이 된 채 누워 있는 남자들을 바르사는 한 명, 한 명 살펴보며 갔다. 서른 명 정도의 남자들 중에 탄다는 없었다.

살며시 그 석굴을 나와 다음 석굴로. 바르사는 한 명, 한 명의 얼굴을 들여다보면서 석굴을 돌았다.

마지막 석굴로 들어갈 무렵에는 해가 완전히 져서, 안내해준 젊은이나 젊은이의 숙부도 마을로 돌아갔다.

침통한 심정으로 바르사는 남자들의 얼굴을 계속 들여다보며 다녔다.

피로 물든 헝겊이 감긴, 부어오른 그들의 얼굴을 보면서, 바르사는 자기도 모르게 이를 악물고 있었다.

오른쪽 석굴 옆에 누워 있는 남자들을 다 보고 나서 안쪽으로 가려고 한 순간, 바르사는 발걸음을 멈췄다.

암벽 쪽으로 얼굴을 돌리고 누워 있는 남자의, 얼굴까지 덮여 있는 헝겊 아래로 살짝 보이는 귀 형태가 눈길을 끌었다.

가슴의 고동이 빨라졌다.

바르사는 그 남자 옆에 주저앉아 얼굴을 덮고 있는 헝겊을 살며시 벗겼다. 헝겊을 움직인 순간, 살 썩는 냄새가 확 풍겨 왔다.

화로의 불이 미치지 않는 어둠 속에서 희미하게 떠오른 얼굴의 윤곽을 바르사는 숨죽이고 응시했다.

"…탄다."

상처를 입고 부어 있었지만 틀림없었다. 바르사는 떨리는 손으로 그 뺨을 만졌다. 열이 높아 입술이 갈라져 있었다. 뺨을 만져도 눈을 뜰 기색이 없었다.

그때 뒤에서 목소리가 들려왔다.

"넌 누구냐?"

깜짝 놀라 돌아보자, 손에 바구니를 든 노인이 서서 얼굴을 찌푸리며 바르사 쪽을 보고 있었다.

바르사가 일어서서 노인에게 살짝 고개를 숙였다.

"저는 바르사라고 합니다. 이 민병의… 아내입니다."

노인의 얼굴에 놀라는 빛이 떠올랐다.

"아니… 그 먼, 북부에서, 여기까지 왔다고?"

바르사가 고개를 끄덕였다.

노인이 바구니를 내려놓더니, 화로 옆에 놔둔 초에 불을 옮겨 바르사 옆으로 갖고 왔다. 그리고 탄다를 내려다보며 어두운 얼굴로 속삭였다.

"…가엾지만, 앞으로 하루나 이틀밖에 못 견딜 것 같다."

바르사는 주먹을 꽉 쥐었다.

탄다의 얼굴을 봤을 때부터, 그것은 알고 있었다. 칼에 베여 다친 사람들을 수없이 봐왔다. 어떤 얼굴이 되면 위험한지는 잘 알고 있었다.

"그저께 정도까지는 아직 정신이 또렷했다. 보기보다는 마음이 다부진 사내다. 나와 마찬가지로 약초사라고 하며, 다리뼈를 접골할 때도 어떤 약초가 좋을지 얘기했을 정도지. 그런데 이 상처가…."

노인이 웅크리고 앉아 촛불을 비추면서 탄다의 왼팔을 가리켰다. 손목 약간 위쪽에 심한 상처가 있었다. 칼에 베인 상처가 곪아서 팔이 팔꿈치 아래 부근까지 부풀어 올라 검게 변하기 시작했다. 달콤한 듯한 썩는 냄새가 풍겨 왔다.

"이렇게 되면 팔을 자르지 않는 한 못 산다."

그렇게 말하고 나서 노인이 일어섰다.

"팔의 굵은 뼈를 잘라낼 힘이 나에게는 없다. 마을 젊은이들한테 부탁해봤지만, 모두 두려워서 벌벌 떨더군. 아무도 해

보려는 자가 없다."

바르사가 탄다의 왼팔을 지그시 쳐다봤다.

손가락 끝까지 부어오른 그 손. 몇 번이나 자신의 몸을 만졌던 손이다.

"…제가, 자르겠습니다."

바르사가 나지막이 말했다.

"뭐라고? …당신이?"

놀라며 눈이 휘둥그레진 노인을 돌아보며 바르사가 낮은 목소리로 말했다.

"손도끼와 숫돌을 가져와주시지 않겠습니까? 그리고 깨끗한 헝겊과 튼튼한 끈과 실도. 팔은 제가 잘라내겠지만, 그의 몸을 눌러줄 사람이 필요합니다. 마을 젊은이에게 부탁해주세요. 합당한 보수를 지불할 테니까요."

노인이 입을 열려다가 말았다. 그리고 고개를 끄덕이더니 잰걸음으로 석굴을 나갔다.

그가 사라지자 바르사는 탄다 옆에 앉아서 탄다의 머리를 살며시 무릎에 얹었다. 탄다가 몸을 꿈틀하더니 눈을 살짝 떴다.

초점이 안 맞는 멍한 눈으로 한참을 바르사를 쳐다보다가, 이윽고 조금씩 그 눈에 빛이 돌아왔다. 미간을 모으며 탄다가 나지막이 말했다.

"…바, 르사?"

바르사가 고개를 끄덕였다. 목이 부어 막힌 것처럼 되어 목소리가 안 나왔다. 몸을 떨면서 숨을 들이마시더니, 바르사가 탄다의 얼굴에 얼굴을 바싹 갖다 댔다.

"탄다, 내 목소리 들려?"

탄다의 눈이 깜빡였다. 멀어져가는 의식을 필사적으로 붙잡고 있는 것을 알 수 있었다. 바르사가 탄다의 귀에 대고 속삭였다.

"잘 들어. …네 왼팔은 썩어버렸어. 독이 몸속에서 퍼지면 죽게 돼."

탄다가 살짝 고개를 끄덕였다. 부은 혀를 간신히 움직여서 갈라진 목소리로 말했다.

"…괴(壞), 저(疽)."

"그래. 괴저야. 어떻게 해야 하는지 너라면 알 거야."

탄다의 눈이 흔들렸다. 입술이 떨렸다. 참을 수가 없어져서 바르사는 탄다의 이마에 이마를 갖다 댔다. 그리고 신음하듯이 말했다.

"…네 팔을 자를 거야."

탄다의 눈에서 눈물이 흘러나왔다. 떨면서 간신히 움직이는 오른손으로 탄다가 바르사의 등을 만졌다.

　마치 위로하듯이 자신의 등을 어루만지는 그 손을 느낀 순
간, 바르사의 눈에서도 눈물이 쏟아져 내렸다.

　이를 악물고 바르사는 울었다.

　노인이 그 라챠라는 젊은이를 데리고 돌아왔다.

　그는 어떤 얼굴을 해야 좋을지 알 수 없다는 얼굴로 바르
사를 보며 나지막이 말했다.

　"당신, 정말로, 팔을 잘라낼 생각이야?"

　바르사가 말없이 고개를 끄덕이고, 그의 손에서 손도끼와
숫돌을 받아 들더니 노인에게 말했다.

　"푸사무라는 약초는 있나요?"

　노인이 의아해하는 표정을 지었다.

　"있지만, 그건 설사약인데."

　"탄다가 눈을 떴었어요. 팔을 자를 거라고 했더니, 푸사무
라는 약초의 즙과 아카루라는 약초를 마시게 해달라고 했어
요."

　"아카루는 마비시키는 약이다. 통증을 없애주지. 나도 필
요할 거라고 생각해서 갖고 왔다.

　하지만 푸사무는 좀…. 그러고 보니 전에도 그런 말을 했었

구나. 열에 들떠서 한 헛소리일 거다."

바르사가 고개를 저었다.

"푸사무 즙을 짜주세요."

투덜거리면서 노인이 약초를 준비하기 시작한 옆에서, 바르사는 손도끼를 갈기 시작했다. 물을 묻혀서는 갈고, 또 묻혀서는 갈고, 불에 비춰서 그 칼날을 보고 나서, 손톱 위를 미끄러지게 해보고, 손가락 안쪽으로 만져서 잘 갈렸는지를 확인했다.

그런 다음 자신의 단검을 빼더니, 물로 잘 씻고 나서 타고 있는 장작에 꽂았다.

"라챠, 도와줘. 그를 불 옆으로 옮기자."

바르사는 라챠와 함께 살며시 탄다를 안아 올려서 불 옆으로 옮겼다. 그리고 윗옷을 벗기더니 왼쪽 옆구리 밑에서부터 어깨에 걸쳐서 단창 칼집을 갖다 대고 헝겊을 덮어 꽉 누르면서 끈으로 세게 묶어 지혈을 했다.

노인이 약초즙 두 종류를 마시게 하고 얼마 지나자 탄다의 눈이 초점을 잃었다.

바르사는 손도끼 날을 불에 달구면서 두 사람에게 말했다.

"라챠는 등 뒤에서 그의 몸을 꽉 안고 있어. …그렇지, 그대로 못 움직이게. 당신은 그의 왼손을 들어 올려주세요. …그렇죠."

한쪽 무릎을 꿇고, 손도끼를 탄다의 팔꿈치 쪽으로 스윽 가져가더니 조금의 망설임도 없이 바르사는 순식간에 손도끼를 내려쳤다.

라챠는 석굴 밖으로 구르듯이 나와서 한참을 토했다.

뒤따라서 나온 약초사 노인도 새파랗게 질린 얼굴을 하고 식은땀을 손으로 닦았다. 몸을 떨면서 숨을 들이쉬며 노인이 중얼거렸다.

"…대단한 여자로군."

팔을 완전히 잘라내자마자 바르사는 조금의 망설임도 없이 그 베어낸 자리에 자신의 입을 대고 이로 굵은 혈관을 물어 누르더니, 재빨리 실로 단단히 묶었다. 그리고 베어낸 자리 전체에 불에 달군 단검 칼날을 대고 지혈시키고, 다진 약초를 바른 헝겊으로 둘둘 감았다.

치료를 하는 동안, 바르사는 눈썹 하나 까딱하지 않았다.

제3장

하늘을
가는 자,
땅을 가는 자

1
땅의 소리와 하늘의 소리

풀이 바스락거리는 소리가 나더니 호리호리한 중년 여자가 나타났다.

풀밭에서 모닥불을 둘러싸고 있던 사람들이 몸을 살짝 틀어서 그 여자가 앉을 수 있는 자리를 만들었다.

작게 잘라 꼬챙이에 끼운 산새고기를 약한 불에 굽느라 지글지글 기름이 타는 향긋한 냄새가 감돌았다.

하늘에는 달이 떠 있었지만, 이따금 옅은 구름이 흘러 그 모습을 가렸다.

여자가 자리에 앉자, 새카만 얼굴을 한 못생긴 노파, 토로가이가 술을 찰랑거릴 정도로 채운 나무그릇을 그녀에게 건넸다.

"우선 한잔해라."

여자는 술을 받아 들더니, 나무잔 테두리에 입을 대고 술을 홀짝거렸다. 그러고는 만족스러운 듯한 한숨을 쉬고는 나지막이 말했다.

"호사무 꽃은 필 때 주위의 온기를 빨아들인다고 하더니, 오늘 밤은 정말 춥네요."

토로가이가 살짝 웃었다.

"이런 날이 좀 더 이어지면 눈도 늦게 녹을 텐데…."

토로가이 옆에 앉아 있는 체구 작은 노인이 산새고기 꼬치를 하나 집더니 부드러운 유이 잎에 지키(콩을 발효시킨 된장에 매콤하면서 달콤한 향신료를 넣은 것)를 발라, 그 위에 구운 산새고기를 얹어서 말았다.

그것을 여자에게 건네면서 노인이 말했다.

"자, 먹어라. 술에는 이게 최고지. 우선 먹어. 얘기는 그다음에 하자."

토로가이가 놀리듯이 눈썹을 찡긋했다.

"다정하기도 하지. 오로무가이가 카슈가이한테 마음 있는 거 아니냐?"

"질투하지 마. 우리 중에서는 카슈가이가 제일 낫다는 건 너도 인정할 텐데. 주술 실력은 네가 최고지. 얼굴까지 이기려고 하지 마."

모닥불을 둘러싸고 있는 사람들 사이에서 웃음소리가 일었다.

그들은 모두 주술사들이었다. 야쿠족 얼굴을 한 사람도 있고, 요고인 얼굴을 한 사람도 있고 다양했지만, 한 세대 전의 사부들로부터 주술을 배워 주술사가 되어서 각지를 떠돌면서 살고 있는 자들이었다.

산새고기와 찐 밥을 먹고, 새고기로 국물을 낸 산챗국을 마시면서, 그들은 각자가 보고 온 이야기를 전했다.

그들은 청무 산맥에 흩어져서, 청궁천에 흘러들어 오는 계곡물의 상황을 조사해서 왔다.

"챠 코치(야쿠어로 서쪽 봉우리라는 뜻)에서는 이미 산 밑바닥의 눈이 녹기 시작했어요."

새 기름이 묻은 손가락을 빨면서 카슈가이가 말했다.

"눈을 녹이는 바람이 불기 시작해 눈사태가 일어나는 곳도 많이 생겨서 호쿠가(청천, 靑川)의 수량이 날마다 불고 있어요."

모닥불 건너편에서 중년 남자가 고개를 끄덕였다.

"오 코치(동쪽 봉우리)도 같은 상황이다. 탓쿠가(구천, 龜川)의 거북바위가 등딱지 부분까지 물에 잠겨 있었다."

오로무가이가 몸을 꿈틀했다.

"…서서히 때가 다가오고 있다. 수량이 늘고 있는 것 정도
는 도읍 사람들도 알아차렸겠지만, 사아난(수원지) 주변 코치
(봉우리)의 눈이 조금이라도 흔들리게 되면 단숨에 무너져 내
리며 수량이 단번에 엄청 불어날 거야."

토로가이가 턱을 문질렀다.

"칸발의 유사 산맥 산속 지하에서 나유그의 정령들이 짝짓
기를 시작했다고 하더구나. 특히 '산왕'이 짝짓기 춤을 추기
시작하면, 유사가 흔들리는 것만으로 끝나지 않을 거다."

노인들이 깜짝 놀란 듯이 토로가이를 쳐다봤다.

"토로가이, 그게 정말이냐?"

"그렇다. 칸발에서 돌아온 자가 가르쳐주었다."

노인들이 신음 소리를 냈다. 오로무가이가 쉰 목소리로 말
했다.

"사부님한테 들은 적이 있다. 얼마나 되었는지 확실하지
않을 정도로 까마득히 오래된 이야기인 듯한데, 지반이 심하
게 흔들려 많은 강이 넘쳐 산사태가 일어났을 때, 유사 산맥
쪽에서 대지의 정기가 무지개처럼 흔들리면서 하늘로 올라
가는 것이 보였다고 한다. 땅속 정령이 짝짓기를 했을 때, 강
렬한 정기를 뿜어냈다고 사부님이 말씀하셨지."

중년 주술사가 얼굴을 일그러뜨렸다.

"참으로 주위에 폐를 끼치는 정령들이로군. 조용히 짝짓기를 하면 지상의 사람들이 피해를 안 입을 텐데."

실소가 일었지만, 그들은 곧바로 미소를 거뒀다.

유사 산맥과 청무 산맥은 가까운 거리에 있다. '산왕'이 산맥을 흔들면 그렇지 않아도 삐거덕거리기 시작한 봉우리들의 눈이 일제히 강을 향해서 무너져 내릴 게 틀림없다.

그렇게 되면 강변의 마을들은 홍수가 나고, 많은 지류가 모이는 청궁천의 부채꼴 모양 땅에 세워진 광선경은 순식간에 탁류에 휩쓸릴 것이다.

맞은편에 앉아 있던 나이 든 주술사가 어두운 표정으로 말했다.

"유사와 청무, 두 산맥의 만년설이 녹으면 수량이 엄청날 것이다. 방토(防土)나 도랑 정도로는 감당할 수 없는 곳도 많이 나올 거다. 홍수가 밀려오기 전에 높은 지대로 도망치라고 하지 않으면 사망자가 나올 거야."

중년의 주술사가 신음하듯이 말했다.

"하지만 그런 말을 해주는 것은 홍수가 나기 직전이어야만 할 거야. 지금은 들일이 바쁜 시기다. 실제로 날지 어떨지도 모르는 홍수를 기다리며 오랫동안 고지대에 피난해 있을 수도 없는 일이다."

오로무가이가 나지막이 말했다.

"유사의 '산왕'이 짝짓기를 시작하면, 우선 나유그의 물이
흔들릴 거다. 우리가 나유그를 자유자재로 느낄 수 있으면,
그것이 시작되는 시기를 알 수도 있을 텐데."

토로가이가 자신의 무릎을 문지르면서 말했다.

"탄다가 재미있는 말을 한 적이 있다. 이따금 나유그에 몸
의 절반을 담고 있는 듯한 사람이 태어난다는 것은 너희들도
알고 있을 거다. 그런 자가 오 챠루(무리의 경고자)가 아닐까 하
더구나."

주술사들이 놀라는 얼굴을 했다. 오로무가이가 고개를 끄
덕였다.

"음, 역시 당신 제자로군. 재미있는 말이야. …그럴지도 모
르겠군. 우리보다 훨씬 일찍 이변을 느끼고 우리에게 경고를
해주는 오 챠루라."

카슈가이가 말했다.

"그런 아이를 하나 알아요."

다른 주술사들 중에도 그런 자를 안다는 사람이 있었다.

토로가이가 모두를 둘러봤다.

"만년설이 무너져 내리는 것을 눈으로 확인한 후면, 탁류

가 흘러 내려오기 전에 마을 사람들에게 경고하기에는 이미 너무 늦을지도 모른다. …자, 서로 상의를 하는 게 중요한데, 너희가 짚이는 데가 있다고 한 아이들을 요소요소로 데리고 가면 어떻겠느냐. 오랫동안 마을을 떠나는 것이 아니다. 범람은 엄청난 규모일 테니까. 그들이 이변을 느끼면, 쇼 야이(빛의 새)를 날려 보내 마을 사람들에게 알려주면 된다."

오로무가이가 미간을 모았다.

"하지만 쇼 야이는 간단한 주술이 아니다. 확실하게 날릴 수 있는 사람은 여기 있는 여섯 정도에 불과하다. 네 제자라면 몰라도, 우리 제자들 중에서 제대로 날릴 수 있는 녀석이 몇이나 있을까…. 강변의 마을은 스물일곱 개다. 모든 마을에 경고를 보내는 것은 절대 무리다."

카슈가이가 나지막이 말했다.

"…게다가 도읍 사람들은…?"

토로가이가 미소를 지었다.

"그건 내 지인한테 맡기면 된다. 도읍에 관한 것은 우리 주술사만으로는 감당할 수가 없으니까. 우리는 마을만 생각하기로 하자."

중년 주술사가 끼어들었다.

"하지만 더 이상 뭘 할 수가 있지? 우리 말을 믿고 도망친 사람들은 이미 여기저기 마을에 흩어져서 남의 집에 얹혀살고 있다. '선중(扇中)'(무인계급이 사는 지역)과 '선상(扇上)'(황제의 궁과 귀족계급이 사는 지역)이 우리 말을 들을 리가 없을 테고."

토로가이가 그 주술사 쪽으로 시선을 돌렸다.

"들을 귀가 없는 녀석들은 내버려두라는 것이냐? …나는 반대다. 목덜미를 붙잡아서라도 살려내야지."

"의욕은 좋지만, 토로가이…."

쓴웃음을 지으면서 말을 하려는 오로무가이를 토로가이가 손으로 막았다.

그리고 조용한 어조로 말했다.

"오 챠루가 나유그의 요동을 느끼고, 봉우리들의 만년설이 미끄러져 내리기 시작하면, 모두 나한테 쇼 야이를 날려 보내라. 나는 '청무의 주인' 안에서 오 로쿠 오무(큰 나무 기생)를 하고 있을 테니까."

주술사들이 어안이 벙벙해서 토로가이를 봤다.

오로무가이가 믿을 수 없다는 어조로 되물었다.

"'청무의 주인' 안에서 오 로쿠 오무를 하겠다고? …토로가이 씨, 설마 콘 아라미(금빛 거미) 주술을 할 생각이냐?"

토로가이가 히쭉히쭉 웃었다.

오로무가이가 얼굴을 긴장시키며 고개를 저었다.

"아니… 그건 무모한 일이다. 그건 당신 사부였던 대주술사 노르가이만 성공한 주술이고, 게다가…."

토로가이가 고개를 끄덕이면서 그 말을 받아서 끝을 맺었다.

"그렇다. 우리 사부 노르가이의 목숨을 앗아 간 주술이지."

미소를 지은 채로 토로가이가 말했다.

"그건 내가 마흔이 약간 넘었고, 사부는 일흔을 넘겼을 때였다.

사부는 당시 대지진을 감지하시고 산에 있는 마을들에 경고를 보내려고 콘 아라미 주술을 시도하셨다.

그때 사부의 콘 아라미 주술력 덕분에, 각 마을에 쇼 야이 (빛의 새)를 날린 주술사 수는 지금의 우리보다 두 명이나 적었지만, 그래도 스물일곱 마을 전부에 경고를 보낼 수 있었다."

토로가이의 눈에는 까마득한 옛날의 광경이 생생히 보였다.

"…대단한 주술이었지. 나는 처음부터 끝까지 가까이서 지켜봤다. 내 사부가 주술에 목숨이 빨려 들어가 죽음을 맞이한 그 순간까지 말이다."

토로가이가 입을 다물자 정적이 풀밭을 뒤덮었다.

소리도 없이 자신을 바라보고 있는 주술사들을 둘러보며 토로가이가 말했다.

"왜 그런 얼굴을 하고 있느냐? 주술이란 원래 자신의 목숨을 죽음의 어둠 위에 가느다란 거미줄로 늘어뜨리며 덤벼드는 것이 아니냐. 주술에 정기를 빼앗겨 죽는 것이 두려워서 주술에 도전하지 않을 거라면, 주술사를 그만두는 편이 낫다."

그렇게 말하고서 토로가이가 이를 드러내며 웃었다.

"내가 콘 아라미 주술을 하고 살아남을 수 있을지 어떨지, 모두 술 한 단지 내기라도 할까?

이 토로가이 님은 얼굴은 카슈가이에게 못 당하지만, 주술 능력이라면 당대 최고다. 잘하면 술 한 단지. 그리고 후세까지 내 위업을 칭송해주기 바란다."

❧✳❧

미지근한 바람이 얼굴에 훅 불어왔다…라고 생각한 순간, 굉음이 들리며 마치 깔개가 미끄러져 떨어지듯이, 산비탈에서 자신을 향해 탁류가 토사와 쓰러진 나무들을 감아올리면서 쏟아져 내려왔다.

슈가는 자신도 모르게 오른팔로 얼굴을 감쌌다. 도망칠 곳이 없다. 뒤틀린 뿌리를 팔처럼 들어 올린 큰 나무가 땅을 기듯이 미끄러져 내려왔다….

몸에 힘을 주고 등에 올 충격을 계속 기다렸지만, 좀처럼 토사는 내려오지 않았다.

살짝 눈을 뜨고 슈가는 자신이 젖빛 연무 속에 있는 것을 발견했다.

탁류도 산사태도 아무것도 없다. 단지 주위에 온통 옅은 연무가 끼어 있었다.

향나무를 태운 듯한 냄새가 코를 찔렀다. 젖빛 연무 속에 한 줄기 실처럼 풍겨 오는 냄새. 그것을 따라가자 몸이 미끄러지듯이 앞으로 움직이기 시작했다. 주위의 어둠이 쭉쭉 뒤로 물러난다.

이윽고 눈앞에 하얀 불길 같은 것이 어렴풋이 보이기 시작했다. 목소리도 들렸다. 먼 곳에 있는 건지, 아니면 연무에 가로막힌 탓인지, 무슨 말을 하고 있는 건지 잘 알 수가 없었다.

목소리가 들릴 때마다 그 흰 불길이 늘어났다 줄어들었다 했다.

뚫어지게 쳐다보니 그 불길이 형태를 갖추기 시작했다. 그것이 누구인지 깨달은 순간, 불길이 급속히 형태를 갖추며 사람의 형체가 나타났다.

슈가가 멍하니 그 사람의 형체를 응시했다.

'토로가이 사부님!'

못생긴 노파의 목소리가 골짜기를 건너는 메아리처럼 웅얼거리는 소리가 되어 들려왔다.

'꿈이 아니다. 그건 꿈이 아니야. 이제부터 일어날 일이다.'

무슨 말을 하는 건지 알 수가 없어 슈가는 미간을 찌푸리다가 이윽고 깜짝 놀랐다.

'그 산사태 말인가요…?'

토로가이의 목소리가 어렴풋이 들렸다.

'눈이 녹으면서 탁류가 도읍으로 밀려올 것이다. 도읍은 청궁천의 부채꼴 모양의 땅… 눈 덮인 봉우리… 강으로 미끄러져 떨어져….

앞으로 스무 날도 못 견딜 것이다….'

목소리가 점점 멀어져갔다. 자신의 주술 능력이 미숙해서 토로가이의 혼과의 접촉이 끊어진 것을 슈가는 깨달았다.

'토로가이 사부님, 기다려주세요! 언제죠? 언제 그 탁류가?'

토로가이의 목소리가 들려왔다.

'혼에 닿는, 금실을, 잘 느끼도록 해라… 내, 제자여. 나는, 너에게, 땅의 소리를 전하겠다….'

토로가이의 모습은 또다시 흰 불길이 되어 흔들리며 사라져갔다. 희미한 목소리가 귓전에서 들렸다.

'별을 해독하는 자여… 하늘의 소리를, 백성들에게….'

허우적거리면서 슈가는 상반신을 일으켰다.

식은땀으로 흠뻑 젖은 머리카락에 손가락을 넣고 슈가는 머리를 싸맸다.

자신이 지금 본 것이 단순한 꿈이 아닌 것은 알 수 있었다. 그 향나무 타는 냄새. 그건 꿈을 이용해 사람의 혼과 접촉하는 주술에 쓴다고 토로가이 사부가 가르쳐준 향나무 냄새였다.

토로가이는 꿈을 보내온 것이다. 천재지변의 징조를 예고해주기 위해서….

땅이 따뜻해지고, 땅이 흔들리고, 눈으로 덮인 봉우리가 무너져 내리고, 청궁천에 탁류가 밀려온다고?

슈가는 멍하니 어둠을 응시했다.

아직 악몽을 꾸고 있는 듯해 실감이 안 났다.

하지만 요 몇 달 봐왔던 별지도와 천문도를 떠올리는 사이에, 하나하나 마음에 짚이는 바가 있어서 슈가는 몸을 떨기 시작했다.

'청궁천이 범람하면….'

맨 먼저 떠내려가는 것은 '선상', 즉 황제가 계시는 궁과 이별의 궁. 이 나라의 국정을 관장하는 모든 것의 핵심이다.

선상 뒤에는 흙을 쌓아 올려 어느 정도의 범람으로는 침수되지 않도록 해놨지만, 그 흙을 넘길 정도의 범람이라면… 이 나라는 타르슈의 침공을 기다릴 것도 없이 한순간에 나라의 중추 기능을 잃어 붕괴될 것이다….

'왜 나나이 대성도사는….'

남쪽 대륙에서 이 땅으로 요고인을 끌고 온 성독박사 나나이는 왜 부채꼴 모양의 땅에 도읍을 세웠을까?

청궁천은 온화한 강이어서 이제까지 범람 같은 건 생각지도 않았는데, 지금 생각해보니 새삼 그 점이 궁금해졌다.

부채꼴 모양의 땅은 산의 정기가 모이는 곳. 천도에서는 좋은 기운으로 가득 찬 곳으로 생각하지만, 일단 강이 범람하면 수몰 위험이 있는 이런 토지에 나나이는 왜 나라의 중심인 도읍을 세운 걸까…?

슈가는 시루야(침구)에서 나와 일어섰다.

재빨리 옷을 걸치더니 머리맡에 둔 자그마한 상자를 열고 안에서 열쇠를 꺼냈다. 그런 다음 어둠 속에서 출입문까지 가서, 문을 당겨서 열고 살며시 복도로 나갔다.

인적이 없는 복도에는 띄엄띄엄 상야등이 밝혀져 있었다.

슈가는 조용한 복도를 걸어서, 이윽고 성도사가 기거하던 '안쪽 방' 앞까지 오자, 그 거대한 문을 밀어서 열었다.

주인이 없는 '안쪽 방'은 적막에 휩싸여 있었다. 슈가는 한참을 넓고 썰렁한 '돌바닥방'에 서서 예전에 성도사가 계시던 안쪽의 한 단 높은 '돗자리방'을 응시했다.

그 넓은 방의 공허함이 가슴을 찔렀다.

슈가는 작게 한숨을 쉬더니, 벽의 움푹 팬 곳에 켜져 있는 악령을 쫓기 위한 촛불을 하나 들고 돌바닥방의 모퉁이로 갔다. 융단을 치우자 들어열개가 나타났다. 그 열쇠 구멍에 갖고 온 열쇠를 넣어서 돌려, 슈가는 비밀 창고의 문을 열었다.

여기는 나나이 대성도사가 남긴 방대한 기록을 새긴 석판이 남아 있는 비밀 창고다. 정사에는 없는 생생한 진실의 기록이 새겨져 있는 그 석판은 고대 요고어로 적혀 있고, 극비리에 전해져 내려왔다.

이 창고에 뭐가 있는지는 성도사와 슈가 이외에 아는 사람이 없다.

슈가는 조용히 비밀 창고로 내려갔다. 성도사한테서 이 창고 열쇠를 받은 지 벌써 5년. 챠그무 황태자의 교육 담당을 맡게 되어 좀처럼 이 창고에 올 수도 없었지만, 그래도 틈을 내서 슈가는 이 창고에 내려와 나나이의 기록을 읽어나갔다.

왜 나나이는 청궁천의 부채꼴 모양의 땅에 도읍을 세웠을까?

그 의문을 느꼈을 때, 슈가는 그에 관한 기록을 읽은 적이 있는 느낌이 들었다. 그것을 어떻게 해서든 확인하고 싶었다.

갖고 온 촛불을 촛대로 옮기고, 슈가는 자기 방식으로 정리해둔 석판 몇 개를 갖고 와서 읽기 시작했다. 보통 사람들에게는 난해해서 해독하는 데 시간이 걸리는 고대 요고문자도 지금의 슈가는 술술 읽을 수 있다.

첫 장을 눈으로 따라가다가 두 번째 장의 중간쯤에 이르렀을 때, 갑자기 슈가의 눈이 가늘어졌다.

그것은 나나이가 일찌감치 주목했던 젊은 성독박사와의 문답 한 구절이었다.

젊은 성독박사가 나나이한테 왜 이곳을 도읍으로 정했느냐고 물었다.

그 물음에 나나이는 이렇게 대답했다.

'별을 해독하는 자여, 자신의 능력을 계속 키워라. 끊임없이 계속 하늘을 봐라.

하늘의 재앙을 막는 것이 곧 별을 해독하는 자의 의무. 흘려보내면, 멸망하리라, 도읍….'

목덜미에 닭살이 돋았다.

석판에 손을 댄 채로 한참 동안 슈가는 움직임을 멈췄다.

나나이는 복잡한 남자였다. 일부러 불평을 적어서 남기는 인간적인 성격 속에 깜짝 놀랄 만한 냉정함을 감추고 있었다. 이 세상의 만물의 변화를 냉담하게 바라보는 눈길을 슈가는 항상 그의 글에서 느꼈다.

나나이의 냉담한 눈이 자신을 보고 있는 느낌이 들었다.

'흘려보내면, 멸망하리라, 도읍…….'

그는 미래의 성독박사들의 등에 일부러 칼날을 들이대며 말했다.

슈가는 석판을 조용히 원래 있던 곳으로 되돌려놨다.

'우리는…….'

슈가는 마음속으로 중얼거렸다.

'별 해독의 본뜻을 잊고 있었구나.'

타르슈 제국의 위협이 닥쳐왔을 때부터 별지도도 천문도도 인간 세상의 운세를 파악하기 위해 쓰였으며, 생성변천의 상(相)이 나타났어도 그것을 적의 위협과 나라 간의 관계로만 보려고 했다.

슈가를 포함해 누구 하나 지금의 하늘의 모습이 수해와 같은 천재지변의 징조를 전한다는 사실을 깨달은 자가 없었다.

슈가는 불을 끄고 조용히 창고를 나왔다.

아직 날이 밝으려면 멀었지만, 졸음은 싹 달아났다. 슈가는 문득 생각이 나서 첨성탑 쪽으로 발길을 돌렸다.

별의 궁 중앙에 우뚝 서 있는 탑으로 천천히 올라가면서, 슈가는 자신이 몇 달이나 이 탑에 오른 적이 없다는 생각을 했다.

탑 꼭대기, 사방의 하늘을 빙 둘러볼 수 있는 조망대에 이르자, 별 해독 당번 성독박사와 견습생들이 담요를 몸에 두르고 연탄을 넣은 화로 옆에 쭈그리고 앉아 꾸벅꾸벅 졸고 있는 모습이 대충 윤곽만 보였다.

이 시각이 가장 졸린 시각이다. 밤을 새워 별을 읽어야 하는 것은 알지만, 슈가도 소년 시절 저렇게 잠든 적이 몇 번이나 있었다.

슈가는 그들을 깨우지 않고 난간에 손을 얹고서 하늘의 별을 올려다봤다.

옅은 구름이 흐르는 밤하늘에 은모래처럼 별이 반짝였다. 싸늘한 밤바람이 뺨을 스치고 갔다.

'끊임없이 계속 하늘을 봐라…'

그렇게 말하면서 나나이는 성독박사에게 황제 곁에서 국

정을 움직이는 성도사라는 역할을 부여하기도 했다. 하늘을 보면서 정사에도 눈을 돌려, 그 양쪽을 손바닥 위에서 조종할 수 있는 사람은 나나이와 같은 불세출의 천재뿐일 텐데….

슈가는 입술에 희미한 미소를 지었다.

머리 위에는 별이 총총한 하늘. 눈 아래에는 머지않아 멸망할 도읍의 등불이 퍼져 있었다.

'산사태 후에도 초목은 싹튼다.'

마음속으로 슈가는 중얼거렸다.

'나나이 대성도사여, 저세상에서 보고 있는 게 좋을 겁니다. 별을 해독하는 이 사람이 뭘 하려는지를….'

뒤에서 하품하는 소리가 들렸다. 몸을 꿈틀거리며 눈을 뜬 성독박사가 슈가의 모습을 발견하고 당황하며 일어섰다.

"슈가 님…."

눈을 슴벅거리며 긴장한 얼굴로 슈가 쪽을 보고 있는 성독박사에게 슈가가 말했다.

"날이 밝으면 중진 성독박사들을 모아 별 해독 회의를 하겠다. 임무를 마치고 밑으로 내려가면 중진 박사들에게 그렇게 전하며 다니기 바란다."

2

오래된 뿌리를 잘라내라

높은 창문을 통해 별지도의 방에 한낮을 지난 빛이 들이치고 있었다.

문 두드리는 소리에 슈가는 책상에 펼쳐둔 천후도(天候圖)에서 눈을 들었다.

"황국 육군 부대장 카료우 님이 오셨습니다."

별 해독 견습생 소년의 목소리에 슈가가 대답했다.

"안으로 모셔라."

소년이 문을 열자, 키 큰 무장이 들어왔다. 소년이 문을 닫고 갈 때까지, 카료우는 입을 열지 않고 문 옆에 서 있었다.

슈가와 단둘이 남자, 카료우가 슈가 쪽으로 스윽 다가갔다. 그리고 책상에 펼쳐져 있는 천후도를 보면서 낮은 목소리로 말했다.

"기후에 대해 가르친다는 것은 좋은 구실이군요. 부대장으로서 군을 움직이는 데 있어서 기후와 방위(方位)를 아는 것은 중요한 일이지요. 우리가 만나는 것을 아무도 수상하게 여기지 않을 겁니다."

슈가가 고개를 끄덕였다.

"낭비할 시간이 없으니까요. 앞으로의 계획을 듣기 위해 이런 구실을 만들어 오시게 한 것입니다."

카료우가 입가에 미소를 지었다.

"여기는 조용하군요. '선상'은 처형을 기다리는 죄수들의 감옥 같은 상황이지요. 이제야 겨우 자신들이 어떤 상황에 있는지 실감한 것이겠지만, 귀족들은 보기 흉할 정도로 허둥대고 있지요.

형님 같은 분들은 첫 전투에서 대패했다는 소식을 갖고 온 병사를 감옥에 가둬버렸지요. 황국 육군이 대패할 리가 없다. 대패했다고 보고해 온 병사는 적의 사주를 받은 것이라고 하며."

"…황제께서는 어떠신지요?"

슈가의 질문에 카료우가 미소를 거뒀다.

"호수처럼 차분하십니다. 날이 갈수록 성스러움을 더해가고 계시지요."

슈가는 창문으로 들이치는 빛이 천후도를 비추는 언저리를 멍하니 보고 있었다.

카료우가 담백한 목소리로 말했다.

"타르슈군은 약 이레 전에 사로가에 가까운 붉은 문의 요새를 돌파했습니다."

슈가가 눈을 들어 카료우를 봤다. 카료우는 아무런 표정도 없이 담담하게 말했다.

"붉은 문의 요새의 수비병은 전멸. 타르슈 측의 전사자는 몇백 정도였을 겁니다.

그저께 2만에 가까운 타르슈 병사가 야즈노 요새로 향했다는 소식이 도착했기에, 동쪽의 요새 지휘관들에게 곧바로 도읍의 수호를 위해 요새를 버리고 도읍으로 이동하라고 지시를 내렸습니다."

슈가가 지그시 카료우를 응시했다.

황국 육군을 실질적으로 움직이는 입장에 있는 카료우는 적에게 정보를 팔아, 적이 움직이기 쉽도록 황국 육군을 조작하고 있다. 자신을 믿고 명령에 따르는 병사들이 전사했다는 소식을 이 남자는 어떤 심정으로 듣는 걸까?

적어도 그의 표정에서는 그 마음을 읽을 수가 없었다.

"…동쪽에서 타르슈군이 진군하고 있는 것은 아직 아무도 모르지요?"

슈가가 나지막이 말하자, 카료우가 고개를 끄덕였다.

"모릅니다."

그렇게 대답하고 나서 카료우가 갑자기 쓴웃음을 지었다.

"이렇게 전쟁을 해보면, 우리 군의 부족함을 잘 알 수가 있죠. 병사 수가 적은 것만이 아닙니다. 정보를 모으는 능력이 부족하죠. 눈을 가린 채 싸우고 있는 셈이죠.

나만 해도 타르슈와 내통하고 있지 않았다면, 어느 쪽에서 적이 다가오는지 알 수도 없었겠지요."

짧게 깎은 수염을 문지르면서 카료우가 말했다.

"여하튼 현재로서는 순조롭게 진행되고 있습니다. 예상했던 것보다 전사자가 적을 것 같습니다."

수비병이 가장 적은 요새의 위치를 타르슈에 가르쳐준 것은 단순히 타르슈군의 편의를 위해서만은 아니다. 가능하면 병사를 헛되이 죽이지 않기 위한 수단이었다.

붉은 문의 요새를 이레 전에 함락시켰다면, 서쪽에서 진군하고 있는 타르슈군은 이미 야즈노 요새도 함락시켰을 것이다. 그들이 도읍에 접근할 무렵에는 동쪽에서 또 1만 명의 타르슈군이 다가오고 있다는 소식이 전해져 올 것이다.

동서 양쪽에서 밀려오는 3만의 타르슈군 병사에 대항해 도읍을 지키는 황국군 병사는 이제 7,000밖에 안 남았다. 도읍은 절망감에 사로잡혀 있을 것이다.

　적의 대군이 밀려와 궁중의 불안이 정점에 달했을 때 황제를 독살하고, 단번에 궁중 사람들의 마음을 꺾어 항복을 납득시키는 것이 카료우의 계획이었다.

　타르슈군을 이끌고 오는 두 장군에게는 이미 그 사실을 전달했다. 그들이 도읍에 도착한 시점에 항복하면, 도읍을 불태우지 않겠다는 약속을 받아냈다.

　"서쪽에서 오는 타르슈군이 도읍에 도착하는 것은 언제쯤이 될까요?"

　슈가가 묻자, 카료우가 대답했다.

　"늦어도 사흘 안에는 도착할 겁니다."

　슈가가 무표정한 얼굴 그대로 말했다.

　"그렇군요. 그러면 타르슈의 도착을 기다리지 말고 천개(天蓋)를 부쉈으면 합니다."

　뜻밖의 말에 놀란 표정이 카료우의 눈에 떠올랐다.

　천개란 황제를 뜻한다.

　반듯한 얼굴에 냉담한 표정을 짓고 있는 이 젊은 성독박사는 한시라도 빨리 황제를 죽이라고 하고 있는 것이다.

"…당신한테서 그런 말을 들으리라고는 생각지도 않았군요. 왜 서두르는 거지요?"

슈가가 눈도 깜빡이지 않고 말했다.

"머지않아 전대미문의 천재지변이 이 땅을 휩쓸 것이기 때문이지요."

의외의 말을 듣고 카료우가 자신도 모르게 되물었다.

"전대미문의 천재지변?"

"올겨울이 유난히 따뜻했던 것은 기억하고 계실 겁니다. 따뜻한 겨울 탓으로 이제까지는 녹은 적이 없는 청무 산맥의 눈 덮인 봉우리들이 삐걱거리기 시작했습니다. 눈을 녹이는 바람이 불기 시작하면, 언제 대량의 눈이 계곡으로 떨어져도 이상할 것이 없지요.

청궁천의 수량이 단번에 엄청나게 불어나면 무슨 일이 일어날지 아실 겁니다."

그제야 슈가의 말의 심각성을 절감했는지, 카료우의 뺨이 굳어졌다.

"그게… 사실인가요…?"

슈가가 고개를 끄덕였다.

"오늘 아침, 별 해독 견습생들을 청궁천의 수량을 재러 보냈습니다. 그들은 강 수위가 점점 올라가고 있는 것을 확인하고 돌아왔습니다.

　경력 많은 성독박사들이 모여 천문도를 해독했는데, 이 상
태로 가면 눈 녹이는 바람이 언제 불기 시작해도 이상할 것
이 없습니다."

　창백해진 카료우를 보며 슈가가 말했다.

　"도읍에 있는 사람들을 도망치게 해야 합니다. 한시라도
빨리."

　카료우가 미간을 모았다.

　"도망치게 한다고 해도 수만 명의 사람들을 어디로? 지금
은…."

　슈가가 고개를 끄덕였다.

　"남쪽에서 타르슈군이 다가오고 있는 지금, 남쪽 마을들로
피난시키는 것은 불가능합니다. 생각할 수 있는 것은 서쪽의
조영(鳥影) 언덕 주변부터 월야(月野) 들판 근처 고지대에 우선
대규모의 야영지를 만드는 것 정도겠지요."

　"야영지…?"

　멍하니 자신을 보고 있는 카료우에게 슈가가 말했다.

　"말도 안 되는 제안인 것은 압니다. 하지만 달리 방법이 있
습니까?

　도읍은 이 나라의 핵심. 타르슈군에게 총 병력의 거의 절반

을 빼앗긴 데다가 수만 명의 백성의 목숨까지 빼앗기면, 이 나라는 더 이상 나라의 형태조차 유지하지 못할 겁니다."

카료우가 미간을 모은 채로 나지막이 말했다.

"하지만… 청궁천이 범람할 정도로 도읍이 전멸할 거라고 는 생각할 수가 없는데요."

"그렇지요. 최초의 범람으로 건물까지 쓸려 내려가는 것은 궁전과 이 별의 궁이 있는 '선상' 정도일 겁니다."

태연스럽게 그렇게 말하는 것을 듣고 카료우가 움찔했다.

"…그렇군요. 하지만…."

말을 꺼내려는 카료우를 슈가가 가로막았다.

"하지만 강의 수위가 크게 바뀌면 '선중'과 '선하'의 건물 도 물에 잠길 겁니다. 봄이 가면 우기가 찾아옵니다. 물이 빠 지기는커녕 계속 늘지요. 사람들은 살 곳을 잃고, 역병도 퍼 질 겁니다."

카료우가 입을 다물었다. 지그시 슈가를 바라보며 아무 말 도 하지 않았다.

슈가가 조용히 말했다.

"사람들이 집을 버리고 움직이도록 하는 것은 가능합니다. '대천재지변의 고지'를 내면."

카료우의 눈에 천천히 빛이 떠올랐다. 슈가가 왜 황제를 한

시라도 빨리 암살하라고 했는지 깨달은 것이다.

적이 도읍을 향해 다가오고 있는 지금, 황제가 대천재지변의 고지를 내는 것을 허락할 리가 없다.

천재지변은 천자인 황제에 대한 천신의 분노의 징표다. 지금 도읍이 떠내려갈 정도의 엄청난 천재지변이 닥쳐올 거라고 알리는 것은 나라를 멸망시키는 원흉이 황제라는 것을 알리는 것과 같다.

그리고 성도사의 장례 절차가 끝나면, 차기 성도사로 정해져 있는 가카이는 황제의 심기를 불편하게 할 일은 절대로 안 할 것이다.

슈가가 속삭였다.

"황제가 붕어하시면서 동시에 대천재지변의 고지를 내면, 인심은 단번에 움직일 겁니다."

빨려 들듯이 카료우가 고개를 끄덕였다.

"그렇군요. …나는 타르슈군이 도착한 후에 '성당 칩거'를 부탁드려 홀로 남으셨을 때 독살할 생각이었는데… 좀 더 서두르는 것도 가능하겠지요.

아시다시피 내일 황제는 전승기원 의식을 치르십니다. 그 후에 바로 성당 칩거를 부탁드리기로 하지요."

암살을 의심받지 않으려면 식중독으로 위장할 수 있을 정도의 강하지 않은 독약을 써야만 한다.

그러나 시종을 비롯해 많은 사람들이 내내 수행하고 있는 상황에서는 그런 독약을 넣어도 곧바로 해독이 이루어져 확실히 죽이기는 어렵다.

혼자서 사흘 동안 낮과 밤 내내 성당에 틀어박히는 성당 칩거는 국난이 있을 때 황제가 치르는 중요한 의식이다. 칩거하는 동안 황제는 소량의 물과 음식만을 섭취한다. 현저하게 몸이 쇠약해지는 그때라면, 강하지 않은 독약이라도 틀림없이 죽음에 이르게 할 수 있을 것이다.

슈가는 카료우를 똑바로 바라보며 조용한 목소리로 말했다.

"오래된 뿌리를 잘라낼 각오를 했습니다. 모든 것을 흘려보내고, 다시 세웁시다."

황제를 죽이고 적에게 나라를 넘긴다. 그 결단에 대한 망설임은 조금도 남아 있지 않았다.

지금 슈가는 그 이후의 일, 전대미문의 대재해가 휩쓸고 간후에 어떻게 하면 타르슈 제국과의 교섭을 유리하게 진행할 수 있을지, 그것을 생각하고 있었다.

3
귀환

그날 아침 궁전은 긴장된 정적에 휩싸여 있었다.

황족들이 몸을 정갈히 하고, 기도를 올릴 때 걸치는 흰옷으로 몸을 감싸고, 궁중의 하얀 모래가 깔린 중정에 모여 있었다.

챠그무의 어머니, 제2황비 자리는 비어 있었다. 아들의 사망 소식을 들은 후로 제2황비는 '산의 별궁'에 틀어박혀 사람들 앞에 모습을 드러내지 않았지만, 남편인 황제는 국난의 시기라는 것을 이유로 단 한 번도 황비를 위로하러 산의 별궁을 찾아간 적이 없다.

성도사의 장례 절차가 끝날 때까지는 정식의 지위 변동이 없기 때문에, 슈가와 오즈루는 여전히 성도사 후보의 지위를 유지하고 있었다. 그렇게 때문에 이 의식에도 초대되어, 성도사 후보 자리에 앉아 의식 준비가 진행되는 것을 지켜보게 되었다. 명목상으로는 같은 지위인 가카이는 황제를 옆에서 수행하느라 아직 중정에 모습을 드러내지 않았다.

투그무 황태자가 기다리다 지쳐 칭얼거리기 시작했다. 막 다섯 살이 된 이 어린 황태자는 한시도 가만히 있지를 못한다. 주위가 조용한 만큼 손자를 어린애처럼 무릎에 앉히고 달래기 시작한 라도우 육군대장의 목소리가 귀에 거슬렸다.

황족들은 굳은 표정으로 제단 쪽을 보고 있었다.

첫 전투의 대패에 이어서 붉은 문의 요새의 병사들이 전멸했다는 소식은 그들을 공포에 휩싸이게 했다. 야즈노 요새가 함락되면, 그다음에는 더 이상 타르슈군의 진군을 막을 요새가 없다.

앞으로 며칠 사이에 타르슈군은 도읍을 불태울 것이다. 황제를 비롯해 황족은 학살당할 것이다. 다가오는 죽음의 발소리를 듣고 있는 그들은 제대로 잠도 잘 수가 없어 지친 표정을 짓고 있었다.

그래도 그들은 지금 매달리는 듯한 눈으로 제단을 바라보고 있다.

그들은 아직 실낱같은 희망을 가슴에 품고 있었다. 벼락이 떨어지거나 태풍이 불거나 해서, 결국에는 반드시 하늘이 자신들을 구해주실 거라고 마음속 어디선가 믿고 있었다.

맑은 피리 소리가 중정에 울려 퍼졌다. 황제의 왕림을 알리는 소리였다.

중정에 있는 사람들 모두가 얼른 고개를 숙이고 가장 공손한 경례 자세를 취했다.

발이 좌우로 열리며 황제가 모습을 드러냈다.

순백의 옷으로 몸을 감싸고 흑발을 단정하게 묶은 그 모습은, 은은한 빛이 감도는 것처럼 보일 정도로 정갈했다.

한 걸음, 한 걸음 느린 동작으로 원목 계단을 내려가, 황제는 중정에 깔린 흰 천을 밟으며 제단을 향해 걷기 시작했다.

그 얼굴에는 털끝만큼의 감정도 드러나 있지 않았다. 제단 앞에 우뚝 선 그 모습은 매끄러운 백자처럼 보였다.

동쪽을 보며 황제는 막 떠오른 태양을 향해 양팔을 뻗었다.

살짝 얼굴을 들어 그 모습을 지켜보는 사람들의 얼굴에는 끌려드는 듯한 표정이 떠올랐다.

황제가 힘찬 목소리로 전승을 기원하는 축문을 읊기 시작했을 때, 구름이 흘러가기 시작하고, 그때까지 황제의 얼굴을 빛나게 하던 흰빛이 옅어졌다.

황제는 표정을 바꾸지 않고 축문을 읊어나갔지만, 지켜보고 있는 사람들의 얼굴에는 불안한 빛이 살짝 나타났다.

슈가는 지그시 황제를 응시하고 있었다.

윤곽이 또렷이 드러난 그 모습을 보는 동안, 마음속에서 생각지도 않은 감정이 배어 나왔다. 그것은 황제에 대한 외경심이었다.

황제는 지금 이 순간까지도 자신이 천자라는 사실을 의심하지 않고 있다. 자신의 행위의 결말을 두려워하고 있지 않았다.

순간 슈가는 머나먼 미래로부터 지금의 자신을 보고 있는 듯한 묘한 감정에 빠져들었다. 이대로 황제를 믿으면 하늘이 우리를 구해주지 않을까? 자신은 약삭빠르게 자신의 재능을 과신해 황제를 시해하고, 그 결과 이 나라를 멸망시키는 극악무도한 사람은 아닐까…?

기묘한 그 순간이 지나가도, 가슴속에는 희미한 불안이 남았다.

시원시원한 목소리가 계속 축문을 읊고 있었다.

옅은 구름이 지나가든 해가 구름 사이로 나타나든, 순백의 그 모습은 땅에 뿌리를 내린 원목처럼 꼼짝도 하지 않았으며, 윤곽을 흐트러뜨리지도 않았다.

이 땅에 나라를 세운 지 200년. 이 나라를 지탱해온 사람의 모습을 지금 자신은 보고 있는 거라고 슈가는 생각했다. 이 황제를 시해했을 때, 200년 이 나라를 지탱해온 뭔가가 무너져 없어져, 두 번 다시 돌아올 일은 없을 것이다.

　바람이 강해져 구름의 흐름이 빨라졌다.

　해를 집어삼킨 잿빛 구름 가장자리가 은빛으로 빛났으며, 정원수의 나뭇잎들이 부딪히는 소리가 나기 시작했다.

　황제가 축문을 다 읊고, 상록수 가지를 정화수에 담갔다가 사방으로 흔들었을 때, 어렴풋이 말발굽 소리가 들려왔다. 판자를 밟는 공허하고 메마른 소리였다.

　궁전의 문으로 통하는 해자에 걸려 있는 다리를 파발마가 건넌 것이다. 이윽고 궁전의 건물을 따라서 해조음(海潮音)처럼 멀리서부터 술렁이는 소리가 들려왔다. 중정에 있는 사람들 중에는 그 소리를 신경 쓰느라 시선이 흔들리는 사람도 있었지만, 황제는 담담히 의식을 진행하고 있었다.

　향나무를 태우고 피어오르는 그 연기에 손가락을 넣어, 황제는 천신에 대한 바람을 적어간다. 그 연기가 하늘 높이 올라가 옅은 구름이 낀 하늘로 사라졌다.

　의식이 끝났다.

　궁으로 돌아가는 황제의 뒤를 따라 중정에 있는 사람들이 모두 일어서서 걷기 시작했다.

큰 연회실로 천신에게 바친 공물을 운반해 오면 연회가 시작된다. 그 연회 자리에서 카료우는 황제에게 '성당 침거'를 제안할 것이다.

황제는 카료우의 제안을 흔쾌히 받아들일 게 틀림없다.

슈가는 원목 계단을 올라가는 황제의 뒷모습을 보면서 돌이킬 수 없는 변화의 시간이 시시각각 다가오는 것을 느꼈다.

황제가 연회 자리에 앉고, 모든 사람들이 각자의 자리에 앉았을 때, 연회실 문이 열리고 시종장이 흥분한 얼굴로 들어왔다. 아랫자리에서 엎드려 절한 후에, 시종장이 무릎걸음으로 황제 곁으로 가더니 뭐라고 속삭였다.

그 순간 황제의 안색이 변했다. 그 정도로 놀라는 표정을 황제가 사람들 앞에서 보인 것은 처음이었다.

황제는 한동안 얼굴을 살짝 숙이고 아무것도 안 보이는 듯한 눈동자로 허공을 바라보다가, 이윽고 얼굴을 들더니 조용한 목소리로 말했다.

"…기쁜 소식이 도착했다. 야즈노 요새를 공격한 추악한 적군은 대패해 달아났다."

무슨 일인가 하고 숨을 죽이고 있던 사람들의 얼굴에 기뻐

하는 빛이 나타났다. 환호성이 일었다 가라앉기를 기다렸다
가 황제가 덧붙였다.

"야즈노 요새를 구한 것은 내 아들 챠그무라고 한다. 로타
왕국과 칸발 왕국의 기병을 이끌고 지금 도읍을 향해서 도서
가도를 오고 있다고 한다."

환호성을 지르던 사람들은 어안이 벙벙해 입을 벌린 채로
움직임을 멈췄고, 연회실은 물을 끼얹은 것처럼 적막에 휩싸
였다.

다음 순간 술렁임이 연회석을 흔들었다.

슈가는 멍하니 황제를 바라보고 있었다. 빛을 받은 것처럼
주위가 희부옇게 보였다.

눈을 깜빡여 가늘게 떨고 있는 손을 내려다보며, 슈가는 깊
이 숨을 들이마셨다.

'챠그무 전하가….'

머리가 마비되어 아무 생각도 할 수가 없었다. 꿈을 꾸고
있는 것처럼 눈앞의 광경이 멀어지고 소리가 웅얼거리듯이
들렸다.

이게 실제로 일어난 일일까? 지금 자신은 확실히 잠에서
깨어나 여기에 있는 걸까?

'챠그무 전하가, 살아서, 돌아오셨다….'

정말로 로타와 칸발의 기병을 데리고…?

"믿을 수가 없다. 이런 일이 일어나다니, 정말로, 불가사의한…."

옆에 앉아 있는 오즈루가 계속 머리를 흔들면서 중얼거리는 소리를 듣는 사이에, 멀어지는 것처럼 보이던 것이 원래대로 또렷이 보이기 시작했다.

약한 열이 배 속에서 생겨나, 거기서부터 열탕이 솟아오르듯이 기쁨이 몸 전체로 퍼졌다.

'살아서, 돌아오셨다. 로타와 칸발과의 동맹에 성공하신 것이다….'

떨리는 손으로 입가를 덮고, 슈가는 눈물이 쏟아지려는 것을 필사적으로 참았다.

'얼마나 대단한 분이신가….'

절대로 불가능하다고 포기하고 잊으려 했던 소망이었다. 살아 계시기만 하면 두 번 다시 못 만나도 괜찮다고 생각해 왔다. 복받쳐 오는 기쁨을 억누를 수가 없어, 슈가는 잠시 눈을 감았다.

'천신이시여… 감사합니다.'

얼굴을 들자 황족들의 모습이 눈에 들어왔다. 최초의 놀라움이 가시자, 각자의 입장에 따라 그들은 다양한 표정을 보이고 있었다.

실망과 분노로 당황하며 새빨개져 있는 라도우 대장. 불안해 보이는 제3황비. 황제와 챠그무 황자 사이에서 어떻게 움직이는 것이 득일지 생각하기 시작한 대신들의 얼굴.

그중에서 유일하게 제3궁의 미슈나 공주만은 순수하게 기뻐하는 빛을 드러내고 있었다. 솟구치는 기쁨을 억누르지 못하고 머리를 이리저리 움직이고 있었다. 슈가와 눈이 마주치자, 미슈나 공주는 입을 벌리고 행복해하는 미소를 지었다. 마음이 따뜻해지는 것을 느끼면서, 슈가는 미슈나 공주에게 미소로 화답했다.

"조용히 하라."

황제의 목소리가 울려, 사람들은 입을 다물었다.

황제는 연회실을 둘러보며 울림이 좋은 목소리로 말했다.

"이 소식은 파발마가 갖고 온 것. 이 소식의 진위가 확인될 때까지 지나친 기대를 하지 말고 조용히 기다려라. …카료우."

느닷없이 이름이 불려 카료우 부대장은 깜짝 놀라며 얼굴을 들었다. 황제가 카료우 쪽을 보며 차분한 목소리로 말했다.

"그대가 직접 병사와 함께 도서(都西)의 문으로 나가서, 도읍을 향해 오고 있다는 기마병단이 정말로 아군인지 확인하라."

"네! 분부대로 하겠사옵니다."

카료우가 머리를 숙였다.

황제는 카료우한테서 시종장 쪽으로 스윽 시선을 옮겼다.

"시종장, 정말로 챠그무가 돌아왔다면, 절차에 맞게 맞이하고자 한다. 일단 준비를 갖추도록 하여라…."

황제의 목소리를 들으면서, 슈가는 힐끔 카료우와 시선을 맞췄다.

그 순간 마음이 싸늘해졌다. 카료우의 눈에 떠오른 고뇌의 빛을 본 순간, 자신들이 복잡한 입장에 있다는 사실에 생각이 미친 것이다.

챠그무 전하가 로타와 칸발과의 동맹을 성공시키고 귀환했다면, 이 나라를 둘러싼 상황은 격변하게 된다. 경우에 따라서는 슈가와 카료우는 서로 다른 길을 걷게 된다. …그때 카료우에게는, 슈가가 자신의 배신을 챠그무 전하에게 알릴 가능성이 있는 무서운 존재로 변한다.

'그는 내 입을 막고 싶겠구나.'

얼핏 그런 생각이 들었지만, 곧바로 그런 술책을 강구할 시간은 없을 거라고 생각을 바꿨다. 그래도 허를 찔리는 일이 없도록 카료우의 움직임에는 이제까지 이상으로 신경을 써야만 한다.

슈가는 카료우한테서 황제에게로 시선을 옮겼다.

죽었다고 생각한 아들이 살아서 돌아왔다고 하는데도 기뻐하는 빛을 전혀 보이지 않고, 냉담한 얼굴로 이런저런 지시를 내리고 있는 황제를 슈가는 어두운 눈빛으로 바라보고 있었다.

황제를 암살할 절호의 기회를 잃고 말았다.

이 소식이 조금만 더 늦게 전해졌다면 황제를 성당에 칩거시킬 수 있었는데, 지금으로서는 황제는 챠그무 전하가 돌아올 때까지 절대로 성당에 칩거하지 않을 것이다.

'조금만 더… 조금만 더 늦었더라면….'

챠그무 전하가 돌아오기 전에 황제를 제거할 수 있었는데.

다른 나라 군대를 이끌고 돌아오는 아들을 황제는 어떻게 맞이할까?

아버지에게 두 번이나 암살당할 뻔했던 챠그무 전하는 아버지를 어떻게 대할까?

술렁임 속에서 슈가는 긴장으로 가슴이 굳기 시작하는 것을 느꼈다.

❧

석양이 도읍의 집들의 기와 가장자리를 물들이기 시작했

을 무렵, 도읍 사람들은 꿈같은 광경을 목격했다.

손질이 잘된 갑옷과 투구로 몸을 감싼 황국군의 선도를 받으며, 흙먼지와 피로 범벅이 되어, 생소한 갑옷과 투구를 걸친 타국의 기마군단이 요고의 궁을 향해 제1대로를 전진해 온다. 끝없이 이어지는 그 군대를 석양이 은은히 물들이고 있었다.

만물상 토야는 그 기마행렬을 보자마자, 가게 안에 있는 아내 사야를 큰 소리로 불렀다.

"어이, 사야! 봐봐! 엄청난 수의 기마가 와. 이걸 놓쳐서는 안 되지!"

남편이 부르는 소리를 듣고 사야가 가게에서 얼굴을 내밀었다. 그리고 남편 옆에 나란히 서더니 눈을 동그랗게 뜨고 기마행렬을 응시했다.

업고 있는 어린 아들이 등을 뒤로 젖히며 칭얼대기 시작했다. 아들의 엉덩이를 손으로 탕탕 치면서 사야가 말했다.

"자, 봐라! 말과 무인 아저씨들이 많이 오네. 예쁘지?"

연도에 나와 그 대군을 보고 있던 사람들 중에서, 그때 놀란 듯한 목소리가 일었다. 로타어로 계속해서 환호성을 질렀다.

"로타 창기병이다! …아니, 로타 기병단이 우리를 구하러 와주다니!"

쇄국으로 신요고의 도읍에 남을 수밖에 없었던 로타인들이었다. 고국의 기병들을 보고 펄쩍 뛰며 주먹을 들어 올리고 있는 로타인들을 요고인은 입을 떡 벌리고 보고 있었다.

그러는 사이에 칸발어도 들리기 시작했다. 칸발인들이 흥분해서 칸발 기병에게 환호성을 지르고 있었다.

그 소리들을 듣는 사이에, 요고인들도 마침내 상황을 이해하기 시작했다. 로타와 칸발의 기병들이 자신들을 구하기 위해 달려와줬다는 것을.

술렁임이 파도가 되어 전해지기 시작했다. 적의 대군이 언제 공격해 올지, 도읍이 불타면 어디로 도망치면 좋을지 계속 겁에 질려 있던 사람들에게, 눈앞을 지나가는 기병들의 모습은 마치 기적이 일어난 것처럼 보였다.

얼굴을 일그러뜨리고 울다 웃다 하면서, 군중들은 몇 번이고 몇 번이고, 감사와 환희에 찬 소리를 질렀다. 로타와 칸발의 기병들은 그 멀리서 울리는 천둥소리와도 같은 백성들의 목소리의 배웅을 받으며, 귀족들의 거처가 늘어선 '선중'으로 사라져갔다.

금색과 청색 테두리의 기와가 아름다운 요고의 궁은 높은 회벽이 둘러져 있다. 선중과 궁전을 구분하는 경계인 이 성벽 중앙에는 '대남어문(大南御門)'이 우뚝 서 있었다.

대남어문 앞에는 널찍한 녹지대가 펼쳐져 있다. 전쟁터를 빠져나와 머나먼 이곳까지 온 로타와 칸발의 기병들 중 전사자와 사상자, 후방부대를 제외한 약 1만 7,000명의 병사들이 봄의 부드러운 석양이 비치는 그 녹지대에 말을 멈춰 세웠다.

그들이 지켜보는 가운데, 챠그무와 근위병 20기가 말을 탄 채로 대남어문을 빠져나갔다.

문에서 궁전까지 뻗어 있는, 비로 쓸어 정갈해진 흰모래가 깔린 대로 양옆에는 황족을 비롯한 많은 사람들이 늘어서 있었다.

챠그무의 모습이 보인 순간, 그들은 얼어붙은 듯이 움직임을 멈췄다.

그들이 기억하고 있는 챠그무 황자는 밝고 활발하며, 장신이긴 하지만 연약해 보이는 소년이었다.

그러나 지금 천천히 말을 몰고 문을 지나가는, 칸발의 갑옷으로 몸을 감싼 젊은이는 어딘지 모르게 살벌한 기척을 풍기며 엄한 눈빛을 한 젊은이였다.

투구를 옆에 끼고 한 손으로 말을 다루고 있었다. 오른쪽 눈 옆에는 칼에 베인 상처가 있었고, 목덜미에서 어깨에 걸쳐서 피로 물든 헝겊이 감겨 있는 것이 갑옷의 목 언저리에서 언뜻 보였다.

　문을 빠져나가자 뒤에 따라오던 칸발인과 로타인 근위병들이 일제히 말에서 내려, 그중 하나가 젊은이 옆으로 가서, 그가 말에서 내리는 것을 도왔다. 부상을 입은 챠그무 황자를 진심으로 염려하는 것을 잘 알 수 있는 동작이었다.

　젊은이는 흰모래 위로 내려서더니 모여 있는 사람들을 둘러봤다.

　"…챠그무."

　가느다란 목소리가 한 여인의 입에서 새어 나왔다. 소식을 듣고 산의 별궁에서 내려온 제2황비였다.

　어머니를 본 순간, 처음으로 챠그무의 얼굴에 감정이 나타났다.

　"어마마마….."

　챠그무는 떨고 있는 어머니 곁으로 다가가 무릎을 꿇더니 살며시 손을 잡았다.

　"다녀왔습니다. 걱정을 끼쳐드렸습니다."

　제2황비는 눈물을 뚝뚝 흘리고 있었다. 아들의 커다란 손을 떨리는 손으로 문지르며 몇 번이고 몇 번이고 고개를 끄덕였다. 소리를 내지 않고 그저 떨고만 있었다. 챠그무는 어머니에게 뭐라고 속삭이면서, 어머니의 자그마한 손을 자신의 손으로 감쌌다.

어머니의 떨림이 진정되자, 챠그무는 일어섰다.

그리고 조금 떨어진 곳에 서서 만면에 미소를 띠고 있는 여동생에게 다정한 눈으로 고개를 끄덕여 보였다.

그런 다음 마중 나와 있는 황족 한 사람, 한 사람에게 눈으로 인사를 하며 갔다. 맨 뒷줄에 있는 시종장 옆에서 뺨을 붉게 물들이고 챠그무 쪽을 보고 있는, 예전에 시중을 들어주던 뤼을 발견하자 곧바로 미소를 지으며 깊이 고개를 끄덕였다.

그리고 마지막으로 슈가에게로 시선을 돌렸다.

슈가는 고개를 숙이는 것도 잊고 장신의 젊은이를 바라보고 있었다.

햇볕에 그을리고 칼에 베인 상처가 있는 그 얼굴에서 빛나는 검은 눈에는, 예전의 그 튀어 나갈 듯한 밝은 빛은 없었다. 도저히 열일곱 살이라고는 생각할 수 없는 그 눈에는 가혹한 여정의 기억이 깊은 그림자를 드리우고 있었다.

챠그무의 얼굴에 서서히 미소가 돌아왔다.

"살아서, 돌아올 수가 있었다."

그 눈 속에서 빛나고 있는 것을 보고서 슈가는 이를 악물고 고개를 숙였다. 목구멍 안쪽에서 뜨거운 것이 솟구쳐 올라와 아무 소리도 낼 수가 없었다.

4
두 천자

환영의 축문을 읊은 시종장이, 우선은 긴 여행의 여독을 풀고 편히 쉬시라는 말을 하면서 목욕탕으로 안내하려고 했지만, 챠그무는 거절했다.

"그럴 틈이 없다. 한시가 급하다. 알현실로 가겠다. 그 말을 아바마마께 전하라."

그렇게 말하자마자 '황제의 길'을 걷기 시작한 챠그무를, 시종장을 비롯한 황족들이 황급히 뒤쫓았다.

챠그무는 칸발과 로타의 근위병에게 둘러싸인 채로 곧바로 알현실로 향했다.

궁전의 가장 남쪽에 있는 알현실은 황족이 아닌 사람도 들어갈 수 있는 방이지만, 갑옷을 입고 검을 찬 사람들이 이 방에 들어가는 것은 이 궁이 생긴 이후로 처음 있는 일이었다.

챠그무 뒤에서 따라오던 황족들은 어떻게 하면 좋을지 망설이면서도, 호기심을 이기지 못하고 알현실 벽을 따라 늘어선 의자에 늘 앉던 순서대로 앉았다.

챠그무는 근위병들에게 알현실 맨 뒷줄 의자에 앉아서 쉬라고 하고 나서, 알현실 중앙에 깔린 융단 위를 걸어갔다. 바닥보다 두 단 높은 옥좌의 방에 쳐진 발 너머에는 텅 빈 옥좌가 놓여 있었다.

챠그무는 옥좌를 올려다보는 위치에서 알현실 바닥에 섰다.

라도우 대장은 불쾌한 듯이 얼굴을 일그러뜨리고, 손자인 투그무 황태자를 보란 듯이 바닥보다 한 단 높은 황태자의 방에 놓인 의자에 앉혔지만, 챠그무는 그쪽으로는 얼굴을 돌리려고도 하지 않았다.

슈가는 성도사가 앉는 자리의 한 단 아래 의자에 앉아, 알현실 중앙에 서 있는 챠그무의 모습을 응시했다.

맑은 피리 소리가 들리고, 발 너머로 황제가 들어온 모습이 어렴풋이 보였다.

동시에 알현실 뒤쪽 문이 열리고, 황제의 근위병인 '황제의 방패'들이 알현실로 들어와, 둘로 나뉘어서 조용히 벽 옆을 따라 걸어, 필요할 때면 옥좌로 뛰어 올라가서 황제를 지킬 수 있는 위치에 섰다. 알현실의 앞쪽 문으로는 가카이가 조용히 들어와서 망설이지도 않고 성도사 자리에 앉았다.

이윽고 황제가 옥좌에 앉자 발이 올라갔다.

아들을 내려다본 황제의 얼굴에 맨 처음 떠오른 것은 놀라움과 혐오의 표정이었다.

챠그무는 천천히 무릎을 꿇었지만, 머리를 숙이지도 않고 아버지를 올려다보며 말했다.

"방금 귀환했사옵니다."

짧게 그렇게 말한 아들을 바라보며, 황제는 미간을 모았다.

"잘 돌아왔다. …그런데 그 모습은 어찌 된 것이냐? 그것이 아버지 앞에서 취할 자세냐?"

챠그무가 일어서서 조용한 목소리로 말했다.

"무례하다고는 생각했습니다만, 시각을 다투는 위급한 상황이니 용서하시기 바랍니다."

황제가 냉담한 목소리로 대답했다.

"아무리 위급하다고 해도 피를 씻어낼 정도의 시간은 있었을 것이다. 맑고 깨끗한 우리 궁에 그렇게 더럽혀진 모습으로 나타나다니…."

그 말을 들은 순간, 챠그무의 눈에 은은한 빛이 떠올랐다.

깊이 숨을 들이쉬더니 챠그무가 말했다.

"아바마마, 말씀하신 대로 저는 더럽혀졌습니다. 피 냄새와 쇠 냄새, 죽음의 냄새가 저한테서 풍기겠지요. 맑고 깨끗한 궁에 어울리는 모습일 리가 없습니다.

하지만 이것은 궁 밖에 가득 차 있는 냄새입니다. 도읍 밖에 방치된 이 나라의 대부분이 이 냄새로 가득 차 있습니다. 여기 있는 깨끗한 사람들은 누구 하나 맡은 적이 없는 냄새일 겁니다. 알현하는 잠깐 동안 이 냄새를 맡는다 해도 천벌을 받지는 않을 겁니다!"

입을 열려던 황제를 가로막고, 챠그무가 오른쪽 손바닥을 펼쳐 보였다.

"아바마마, 당신의 아들은 이 손으로 사람을 죽였습니다."

강렬한 빛을 눈에 띠고서 떨리는 목소리로 챠그무가 말했다.

"붉은 문의 요새에서는 시체를 밟으며 걸었고, 야즈노 요새에서는 이 손에 검을 쥐고 타르슈 병사를 베었습니다. 머나먼 칸발과 로타에서 저와 함께 와준 병사들도 많이 죽게 하고 말았습니다. …제가 동맹을 부탁하지 않았다면, 지금도 가족과 함께 살 수 있었던 사람들이 이 땅에서 목숨을 잃었습니다.

저는 더럽혀진 살인자입니다. 맑고 깨끗한 황자인 척할 생각은 추호도 없습니다.”

챠그무는 아버지의 얼굴이 창백해지는 것을 보고 있었다.
2년 만에 보는 아버지의 얼굴은 기억 속에 있는 얼굴과 조금
도 다름이 없어 보였다.

황제는 한동안 잠자코 아들을 내려다보다가, 이윽고 그 눈
에서 뚜껑을 덮듯이 표정이 사라졌다.

“…그대는 나한테 뭘 원하는 것이냐?

조부를 구하지 못하고, 산갈의 인질이 된 치욕을 야즈노 요
새에서의 승리로 씻어낸 것을 인정받고자 그런 모습으로 자
신의 추악함을 과시하고 있는 것이냐?”

알현실 뒤쪽에서 칸발과 로타의 근위병들이 숨을 멈추고
꿈틀거리는 기척이 전해져 왔지만, 챠그무는 그쪽을 돌아보
지 않았다.

그저 아버지만 응시하며, 치미는 분노의 충동과 필사적으
로 싸우고 있었다.

‘…여전하시구나.’

친숙한 어조였다. 놀리는 듯한 이 말투로 아버지는 항상 챠
그무의 분노를 부추기고 동요시켜 대화의 주도권을 쥐어왔다.

챠그무는 잠시 눈을 감고 깊이 숨을 들이쉬어 호흡을 가다
듬었다.

그리고 눈을 뜨더니 또다시 아버지를 올려다봤다.

"제가 아바마마께 바라는 것은 단 한 가지. 이 나라를 구해 주시는 겁니다. 그것뿐입니다."

황제는 잠자코 챠그무를 바라보다가, 이윽고 느릿느릿한 어조로 되물었다.

"…이 나라를 구하라고? 그대는 내가 이 나라를 구하지 않고 있다고 말하는 것이냐?"

챠그무는 황제 특유의 수수께끼를 던지는 식의 화법을 무시하고 단호한 목소리로 말했다.

"이 나라가 귀도 막고 눈도 감고 있는 동안, 북쪽 대륙은 크게 변했습니다.

로타 왕국과 칸발 왕국은 동맹을 맺었고, 로타 왕과 칸발 왕은 북쪽 대륙을 타르슈 제국의 침략으로부터 지키기 위해 총력을 기울이겠다는 선언을 했습니다."

대신들이 놀라며 눈을 크게 떴다.

"로타 왕은 이미 산갈로 5만의 병사를 보내, 산갈 반도에 상륙해 있는 타르슈 병사들이 더 이상 신요고 황국으로 침입 못 하도록 막아주고 있습니다.

로타와 칸발의 연합군은 육지와 바다 양쪽에서 타르슈의 보급로와 후속부대를 차단해주고 있는 것입니다. 그들이 보급로를 차단해주는 사이에, 신요고 황국에 잠입한 타르슈의 군대를 우리가 무찌를 수 있으면, 라울 왕자는 북쪽으로의 침공을 재고하지 않을 수 없을 거라고 왕들은 생각하신 겁니다."

카료우가 약간 창백해진 것을 슈가는 눈가로 보고 있었다.

챠그무가 분명한 어조로 말을 이었다.

"로타 왕과 칸발 왕은 저에게 3만의 병사를 맡겨주셨습니다.

그 용감한 병사들 덕분에 약 2만의 타르슈 병사를 뒤쪽에서 공격해, 야즈노 요새의 수비병들과 함께 협공하는 형태를 취할 수 있었기에 그들을 물리칠 수가 있었습니다.

저와 함께 싸워준 칸발과 로타의 기병단과 요새의 황국군의 전사자 및 부상자는 합해서 2,000. 타르슈군의 전사자와 부상자는 대략 1만 5,000. 달아난 타르슈군 병사는 5,000 정도일 겁니다."

대신들이 술렁였다. 5,000이 남았다는 말을 듣고 그들의 표정이 밝아졌다.

챠그무는 한숨 돌렸다가 말했다.

"그래도 우리 나라가 위기에 처해 있는 것에는 변함이 없습니다.

야즈노 요새 쪽에서 공격해 오려고 한 타르슈군은 5,000으로 줄었다고 해도, 다른 타르슈군이 동쪽에서 진군하고 있기 때문이지요. 그 수가 대략 1만 명."

알현실이 얼어붙었다.

황제가 라도우 대장 쪽으로 스윽 시선을 돌렸다.

"그게 사실이냐?"

라도우가 일어서서 새빨개진 얼굴로 챠그무를 노려보면서 말했다.

"천만의 말씀입니다. 그런 정보는 전혀 들어오지 않았습니다. 그렇지, 카료우?"

카료우가 일어서더니 황제에게 살짝 고개를 숙였다.

"감히 아뢰옵니다. …아시다시피 형님의 지시로 요새를 세운 곳의 남쪽을 포기했습니다. 그렇기 때문에 남부의 정보는 거의 전달이 안 되고 있습니다.

적어도 오늘 현재 시점까지 그런 정보는 없었기에, 저는 동쪽의 요새 수비병을 도읍의 수비를 위해 퇴각시켰습니다."

술렁임이 커졌다. 라도우는 입을 반쯤 벌린 채로 동생을 쳐다보고 있었다.

황제가 미간을 찌푸렸다.

"그렇다면 만일 챠그무의 말이 사실일 경우에는 동쪽에서 오는 타르슈군이 쉽게 요새를 넘어서 올 수가 있다는 말이냐?"

라도우는 아무 말도 못 하고 동생을 보고, 카료우는 차분한 목소리로 대답했다.

"그건 그렇습니다만, 중요한 것은 도읍의 수비입니다. 동쪽에서 타르슈군이 진군해 온다고 하면, 요새를 수비하는 병사 수가 줄었다기보다 오히려 도읍의 수비력이 강화된 것 아닌가 생각합니다."

라도우가 안도의 빛을 띠었을 때, 챠그무가 입을 열었다.

"…유감스럽지만, 아무리 많은 병사를 배치해도 도읍을 지킬 수는 없습니다."

모든 시선이 챠그무에게로 모여들었다.

챠그무가 조용한 목소리로 말했다.

"아바마마, 청궁천이 범람합니다."

슈가와 카료우가 얻어맞은 듯이 눈을 크게 떴다. 슈가는 놀라서 챠그무를 말끄러미 바라봤다.

챠그무는 신중하게 단어를 골라가며 이야기하기 시작했다. 조금이라도 잘못 이야기했다가는 아버지가 마음을 닫아버린다는 것을 알고 있었기 때문이다.

"…아바마마, 나유그에 대해 아십니까?"

느닷없이 무슨 말을 꺼내느냐는 얼굴로 황제가 챠그무를

봤다.

"나유그? 야쿠들이 믿는 다른 세계를 말하는 것이냐?"

챠그무가 고개를 끄덕였다.

"네. 그 다른 세계입니다. 다만 믿고 있는 것은 야쿠만이 아닙니다. 나유그, 나유그루, 노유크. 여러 가지 이름으로 불리기는 하지만, 산갈에서도 로타에서도 칸발에서도 이 다른 세계의 존재는 알려져 있습니다."

황제가 초초한 듯이 말했다.

"…그것이 청궁천의 범람과 무슨 관계가 있다는 것이냐?"

"깊은 관계가 있습니다."

챠그무는 목동들의 비밀이랑 '산왕'에 대한 이야기는 생략하고, 칸발 왕의 왕성에서 본 나유그의 광경에 대해 이야기했다. 나유그에 봄이 오면 나유그의 강의 수량이 불어, 산들이 나유그의 따뜻한 물에 잠겨버린다는 것. 칸발에서는 이미 눈사태가 많이 발생했고, 몇 개의 씨족이 눈사태나 지각의 변동, 수해를 피해서 이동하고 있다는 것.

황제의 눈에 흥미로워하는 빛이 떠올랐다.

"유사 산맥만이 아니라 청무 산맥도 마찬가지로 따뜻해졌다는 것이냐?"

아버지의 질문에 챠그무가 고개를 끄덕였다.

"그렇습니다, 아바마마. 이제까지 아무리 겨울이 따뜻해도 녹은 적이 없었던 청무 산맥의 만년설이 녹으면, 단숨에 탁류가 청궁천으로 밀려옵니다. 그렇게 되면 청궁천의 부채꼴 모양의 땅에 세워진 이 광선경, 특히 중심 부분에 해당하는 '선상'이 어떻게 될지 생각할 필요도 없을 겁니다."

황제의 얼굴이 조금 창백해졌다.

"…아바마마, 부디 선상은 물론이고 도읍 사람들을 전부 한시라도 빨리 고지대로 피난시켜주시기 바랍니다."

알현실의 술렁임이 커졌다.

황제는 손을 스윽 올려서 그들을 조용히 시키고, 잠시 가카이를 봤다가 곧바로 시선을 옮겨서 슈가를 쳐다봤다.

"성독박사여, 그런 천재지변의 징표를 나는 지금까지 들은 적이 없는데."

슈가가 일어서서 깊이 고개를 숙였다.

"감히 아뢰옵니다…."

알현실 반대편에서 카료우의 몸이 경직되는 것이 보였다. 슈가가 챠그무 황자를 편든다는 것은 누구나 알고 있다. 대답을 잘못했다가는 황제는 챠그무 황자를 돕기 위한 말이라고 생각해 천재지변의 징조를 부정할 것이다.

모두가 숨을 죽이고 지켜보는 가운데 슈가가 말했다.

"저는 지금 이 시점을 기해서 성도사 후보의 지위를 삼가 반려하겠사옵니다."

황제가 눈을 깜빡였다.

"…뭐라고?"

슈가가 황제를 올려다보며 대답했다.

"그 이유는 여기 계시는 오즈루 님도 잘 아실 거라고 생각합니다."

갑자기 불똥이 튀자, 성도사 후보 오즈루가 놀란 얼굴을 했다.

"제가요? 뭘 알고 있다는 것이지요?"

슈가가 오즈루에게 말했다.

"어제 아침의 성독회의에서 제가 드린 말씀을 기억하고 계시지 않습니까?"

오즈루는 말끄러미 슈가의 얼굴을 보다가, 이윽고 의아해하는 얼굴로 말했다.

"아, 그 이야기 말인가? 별지도와 천문도를 운세와 연관시켜 읽는 데만 신경 쓰느라 가장 중요한 천재지변의 징조를 놓쳤다는 반성…."

그렇게 말하면서, 그제야 오즈루는 그 말의 뜻을 이해했는지 한참을 입을 다물고 생각에 잠겨 있다가, 이윽고 멍한 표정으로 황제를 올려다봤다.

그리고 쉰 목소리로 말했다.

"황공하지만 아뢰옵니다. …슈가 님이 성도사 후보 실격이라면, 저 역시 이 지위에 있을 자격이 없사옵니다."

황제가 초조한 듯이 말했다.

"도대체 무슨 이야기를 하는 것이냐?"

오즈루가 고개를 숙였다.

"천재지변의 징조를 저희가 놓쳤다는 말씀입니다."

알현실의 술렁임은 점점 더 커져, 사람들은 당황한 얼굴로 서로 속삭이기 시작했다. 황제는 못마땅한 얼굴로 슈가와 오즈루를 쳐다봤다.

"…결국 천재지변의 징조가 확실히 있다는 것이로구나."

오즈루가 고개를 끄덕이고, 슈가가 조용한 어조로 덧붙였다.

"어제 아침 저희는 그 사실을 깨닫고 견습생들을 보내 청궁천의 수위를 측정하게 했습니다. 수위는 확실히 비정상적일 정도로 올라가 있었습니다."

황제가 굳은 얼굴로 슈가를 노려봤다.

"그것이 사실이라면 왜 바로 나에게 알리지 않았느냐?"

슈가가 한참을 잠자코 있다가, 이윽고 황제를 쳐다보며 말했다.

"송구하옵니다. 지금 이런 시기에 말씀드려야 할지 어떨지 망설이고 있었사옵니다."

그 말의 의미가 사람들 마음속으로 스며듦에 따라서 술렁임이 가라앉아갔다.

황제의 얼굴에서 모든 표정이 사라졌다.

전승기원에 하늘이 응답이라도 한 듯이, 챠그무 황자가 1만 명의 지원을 이끌고 귀환했다. 그러는 한편으로 하늘은 청궁천을 범람시켜 선상을 떠내려 보내려 하고 있다.

'생성변천의 상….'

황제는 마음속으로 중얼거렸다.

알현실은 정적에 휩싸여 있었다. 황족들이 고개를 숙이고 눈을 마주치지 않으려고 하는 것을 황제는 지그시 바라보고 있었다.

그런 다음 챠그무에게로 시선을 옮겼다.

챠그무는 아버지의 눈을 응시했다. 아버지 눈에는 태어나서 처음 보는 묘한 표정이 떠올라 있었다.

'아버지는 나를 보고 있는 것이 아니다….'

황제는 챠그무의 얼굴에서 뭔가 다른 것을 보고 있다. 그 뭔가에 질문을 던지고 있었다. 그런 느낌이 들었다.

아주 잠시 아버지의 시선이 흔들린 느낌이 들었지만, 그것은 눈 깜짝할 사이에 사라지고 평소의 무표정한 눈으로 돌아갔다.

"천재지변은 천신의 목소리…."

황제가 낮은 목소리로 말했다.

"혹시라도 정말로 선상이 떠내려가면, 그것은 황제인 내가 부정을 탔다는 뜻이다.

하지만 나는 부정한 것에 접촉하지 않고 맑고 깨끗하게 살아왔다. 내 행동에 잘못이 있었다고는 생각할 수 없다."

챠그무가 입을 열기에 앞서 라도우 대장이 일어서서 떨면서 소리쳤다.

"황제께서는 무엇 하나 잘못하신 것이 없으십니다! …들어주시지요."

그렇게 말하면서 곧바로 라도우는 챠그무를 손가락으로 가리켰다.

"감히 아룁니다! 이자는 정체가 무엇이죠? 분명히 챠그무 황자의 모습을 하고 계십니다. 그러나 마음은 어떨까요?"

대신들이 무슨 말을 하는 것이냐며 놀라서 라도우를 쳐다봤다.

라도우가 분노로 떨면서 말했다.

"산갈에서 인질이 되었는데 왜 이자는 풀려난 것이지요?

로타와 칸발의 병사를 이끌고 마치 지원군을 데리고 돌아온 것처럼 말하고 있지만, 로타 왕과 칸발 왕이 적에게 유린당해 약해져 있는 우리 나라를 속국으로 삼을 음모가 아니라고 누가 말할 수 있을까요?"

알현실 뒤에서 로타와 칸발의 근위병들이 의자를 미는 소리를 내며 일어섰다.

챠그무가 뒤돌아서 손을 들어 그들을 제지시켰다.

그것조차도 알아차리지 못하고, 라도우 대장은 황제를 올려다보며 필사적인 표정으로 말을 이어갔다.

"청정한 우리 나라에 부정 탄 것을 들인 자는 이자이옵니다!

천신이 노하셔서 천재지변을 일으키신다면, 그것은 황제의 행위에 분노하신 것이 아니라, 이자가 추악한 생각을 품고 이 나라로 돌아왔기 때문이옵니다!"

황제는 라도우를 보고 있지 않았다.

그저 똑바로 챠그무를 바라보고 있었다.

아버지의 눈에 순간 슬픔의 빛이 떠오른 것을 챠그무는 봤다. 그 순간 날카로운 통증이 챠그무의 가슴을 지나갔다.

이 나라의 천자로 태어나, 평생을 이 궁 안에서만 살아온 아버지였다.

천자가 더럽혀지지 않은 순면에 감싸인 것과 같은 삶을 살아감으로 해서 나라가 튼튼하게 유지된다고 배우고, 그것을 믿으며 살아온 아버지다.

그러는 한편으로, 황제의 혈통이 청정한 천신의 혈통이라는 것을 모든 사람이 믿고 조금도 의심하지 않는 것이 이 나라의 틀을 유지하고 있다는 것을 아버지는 냉정하게 간파하고 있었다.

바로 그렇기 때문에 천자의 청정함을 조금이라도 훼손시킨다고 생각하면 아들의 암살을 명했다. 철저한 냉철함으로 아버지는 황제라는 존재를 나라의 혼으로서 확고히 해온 것이다.

라도우처럼 권력을 탐하는 마음으로 아버지는 황제라는 지위를 지키고 있는 것이 아니다.

아버지는 천자로서의 삶을 받아들이고, 그저 오로지 천자로서 죽 살아왔을 뿐이다.

아버지한테 이 나라는 자기 자신이다.

지금 자신의 몸이 갈기갈기 찢어져 사라질 거라는 것을 아버지는 느끼고 있다.

그래도 자신의 결단이 잘못되었다는 것을 아버지는 절대

로 인정하지 않을 것이다.

인정해버리면, 자신의 모든 것과, 선조로부터 대대로 이어져온 천자의 본분을 부정하는 셈이 된다.

아버지의 눈에 떠오른 슬픔이 사라지고, 그 대신 강철 같은 빛이 떠오르는 것을 챠그무는 바라보고 있었다.

"챠그무⋯."

냉담한 목소리로 황제가 말했다.

"그대는 그대의 길을 가는 게 좋겠구나."

챠그무는 얼어붙을 듯한 냉기를 가슴 안쪽에서 느끼면서 아버지를 올려다보고 있었다.

"별 해독을 이용해 '대천재지변의 고지'를 내서 백성들을 고지대로 이동시키고 싶으면 그렇게 해도 좋다.

황족들도 산의 별궁으로라도 옮겨도 좋다. 하지만 나는 이 선상에 남겠다."

입을 열려는 챠그무에게 황제가 말했다.

"나는 다른 나라 병사들의 보호를 받을 생각은 없다. 피를 흘리는 검의 보호를 받을 생각도 없다. 모든 병사를 데려가도 좋다.

내가 믿는, 이 아름다운 나라의 최상의 모습은 천신이 바라시던 모습. 타국의 추악함과는 무관한, 정갈하고 순수한 옥구슬과 같은 모습이다.

그대가 무엇을 믿는지는 묻지 않겠다.

나와 그대. …천신은 어느 쪽이든 올바른 자에게 빛을 가져다줄 것이다."

가슴 안쪽에서 뜨거운 것이 생겨나 목으로 치밀어 올라왔다.

이것밖에 길이 없다는 것은 알고 있었다.

아버지는 청정한 하늘의 아들로서 그 생을 마감할 것이다.

자신은 땅을 걸어갈 것이다. 피로 범벅이 되고, 시체 썩는 냄새가 밴 채로 헤매다가 발견한 길을 걸어가겠다.

챠그무는 이를 악물고 아버지의 얼굴을 쳐다보다가, 이윽고 융단 위에 무릎을 꿇고 양손을 대고서 이마를 바닥에 붙였다.

그리고 목 안에서 짜내듯이 한마디 외쳤다.

"…아바마마, 그러하시다면!"

5
장군의 결단

추적추적 비가 계속 내리고 있었다.

다부진 체구의 타르슈인이 의자에 깊숙이 앉아, 요새 창문의 차양에서 빗물이 떨어지는 것을 바라보고 있었다.

"…비가 내리기 전에 요새에 들어올 수 있었던 건 행운이었네요."

오르무인 부관이 그에게 바란(향료를 넣어 데운 과실주)을 건네면서 말했다.

그는 자신이 단지 모양의 술잔을 받아든 것도 모르는 듯한 표정으로 빗물을 바라보고 있었다.

부관은 더 이상 말을 걸지 않고, 화로에 몸을 구부리고 자기가 마실 바란을 만들기 시작했다.

슈발 장군이 그런 표정을 할 때는 머릿속에서 몇 가지 생각을 동시에 하고 있는 것이다. 저렇게 차분히 생각하고 일단 결단을 내리면 그다음에는 망설이지 않는다.

많은 침략전쟁을 승리로 이끌어 명장이라는 이름을 달고 살아온 남자의 전쟁 방식을 이렇게 옆에서 볼 수 있는 자신은 행복한 사람이라고, 부관은 바란을 홀짝이면서 생각했다.

타라노 평야에서 첫 전투를 대승리로 이끈 후에, 슈발은 장남 라슈반에게 서쪽에서 신요고 황국을 공략하는 군의 지휘를 맡기고, 자신은 산갈 반도에서 오는 제2군단을 타라노 평야에서 기다렸다.

제2군단이 도착하자 슈발은 보급부대만 타라노에 남겨두고, 동쪽에서 도읍을 향해 은밀히 군대를 이동시켜 왔다.

신요고의 궁전에 있는 내통자인 신요고 황국 육군 부대장 카료우는 꽤 쓸 만한 남자여서, 그가 밀정을 통해 보내온 정보는 정확했다. 붉은 문의 요새는 수비병도 적어, 장남은 약간의 손실만으로 요새를 돌파했다는 소식이 매를 통해 도착했다.

지금 슈발 일행이 있는 요새도 그들이 도착했을 때는 이미 허물을 벗은 빈 껍질 상태였다. 카료우는 알려온 순서대로 군을 도읍으로 이동시킨 것이다.

거기까지는 순조로웠다.

그러나 오늘 아침, 광선경으로 정찰을 보낸 척후병들이 돌아와서 가져온 소식은 슈발을 놀라게 했다. 놀랍게도 도읍 주민들이 서쪽의 구릉지대로 계속 이동하고 있다고 했다. 게다가 그 구릉지대에는 기마병단이 야영을 하고 있다고 했다.

그 수가 대략 2만이라는 말을 듣고 슈발은 귀를 의심했다.

"2만이라고? 도대체 어디서 그런 군대가 솟아난 거지?"

신요고 황국의 총 병력은 육해군을 합해서 겨우 3만 정도였다. 타라노 평야에서 절반 이상의 병력을 잃었다. 해전에서도, 요새의 공방전에서도 3,000은 전사했다. 지금 도읍의 수비를 맡을 수 있는 병사는 7,000이 채 안 될 것이다.

"그런데 아무래도 신요고 황국군 병사가 아닌 듯합니다. 갑옷과 투구, 얼굴 생김새로 봐서 로타 왕국군과 칸발 왕국군의 기병인 것처럼 보였습니다."

그 말을 들은 순간, 슈발은 얼굴이 굳어졌다.

'가장 두려워하던 일이 일어났구나….'

그 군대가 틀림없이 로타와 칸발의 기병이라고 한다면, 로타 왕국, 칸발 왕국, 그리고 신요고 황국은 동맹을 맺은 것이다.

그 소식이 이제까지 자신에게 전달되지 않았다는 사실이,

오히려 그것이 진실인 것을 말해주고 있었다.

슈발은 밀정으로 쓰고 있는 요고인 주술사들을 불러, 이 소식이 왜 자신에게 전달이 안 되었는지를 추궁했다.

주술사들이 어두운 얼굴을 하고 대답했다.

"죄송합니다. 앞으로 하루 이틀 후에 확실히 그렇다는 것이 판명되면 알려드리려고 했는데, 사실은 매가 돌아오지 않았습니다."

"그건 무슨 일이지? 도중에 헤매고 있는 것이냐?"

"아닙니다. 전령으로 쓰는 매는 평범한 매가 아닙니다. 우리 주술사들이 주술을 써서 혼의 실에 표시를 하고 조종하고 있지요. 설령 생판 모르는 곳을 날더라도 헤매는 일은 있을 수 없습니다."

또 한 명이 덧붙였다.

"게다가 저희는 매를 다섯 마리나 날려 보내고 있습니다. 그 매들이 전부 돌아오지 않는다는 것은 적한테도 주술사가 있어서 매를 조종했거나 공격했거나 한 것으로 여겨집니다."

슈발이 얼굴을 찌푸렸다.

"신요고 황국의 황제는 부정 탄 것을 싫어해서 주술사를 군대 일에 관여시키지 않는다고 들었는데, 그건 잘못된 정보였나…"

슈발의 말에 주술사들이 고개를 저었다.

"아뇨, 그것은 정확한 정보입니다. 신요고 황국의 군대에는 주술사는 없어 보입니다. 만약 있다면 그 정도로 정보에 어두울 리가 없습니다."

그렇게 말하고 나서 주술사가 낮은 목소리로 말했다.

"저희가 두려워하는 것은 로타 왕국의 주술사들이 이 나라에 잠입해 있는 게 아닌가 하는 것입니다. 그 나라에는 강의 민족으로 불리는 주술사들이 있습니다. 짐승에 혼을 실을 수 있다고 들었습니다."

슈발이 턱에 손을 갖다 댔다.

'역시 로타가 움직이고 있구나….'

제2군단의 뒤를 이어서 도착할 예정인 제3군단과 제4군단이 신요고로 들어왔다는 소식이 좀처럼 전달되지 않은 것도 그 점과 관련이 있는 것이리라.

'로타는 9만에 달하는 병력을 보유한 왕국. 칸발은 작은 왕국이지만 용맹하기로 유명한 창기병이 있다고 들었다. 이 두 나라가 동맹을 맺어 산갈 반도와, 이 신요고로 군을 보냈다고 한다면….'

자신들은 이 자그마한 반도의 나라 안에 갇혀서 고립될 가능성이 있다.

슈발은 한기를 느꼈다.

신요고 황국은 기묘한 나라로, 병력도 얼마 안 되는 주제에, 황제는 타국에 동맹을 청하지도 않고 나라를 닫는 것으로 방어하려고 했다. 낡아빠지고 미숙한 전술밖에 갖고 있지 않은 그들의 군대는 적으로서 두려워할 가치도 없는 상대였다. 앞으로 닷새 후면 내통자가 황제를 암살하고 항복해 올 예정이었다.

'로타 왕국 역시 내부에 분쟁의 불씨를 안고 있어 내전의 위기에 처해 있지 않았던가? 왜 갑자기 이런 식으로 사태가 움직인 것이지…?'

타라노 평야에 진군하기 전에 들은 바에 의하면, 칸발 왕은 로타 왕이 아니라 남부의 대영주에게 가담하기로 결심했다고 했다. 그래서 바라던 대로 로타의 내전이 시작되자, 타르슈 원정군의 지휘관들은 축배를 들었다.

로타 왕국이 내부에서 전쟁을 하는 사이에 신요고를 함락시키면, 라울 왕자가 생각하던 것보다 더 빨리 북쪽 대륙을 정복할 수 있지 않을까 하고 서로 이야기하곤 했다.

슈발은 가슴 안쪽에서 싸늘한 것이 퍼져가는 것을 느꼈다.

'가장 중요한 말이 뒤집어졌다….'

토우루(타르슈인이 판 위에서 즐기는 놀이)에서도 간혹 이런 일이 있다. 가장 중요한 단 하나의 말이 뒤집어져서 그때까지 압도적 우위에 있던 상황이 어이없이 뒤집히는 일이.

슈발은 핏기가 사라진 손톱을 멍하니 보면서 아들 생각을 하고 있었다.

로타에서 신요고로 2만에 이르는 군대를 진군시킬 수 있는 곳은 나바루 고개나 사마루 고개밖에 없다. 남부의 나바루 고개를 돌아서 왔다면, 이렇게 빨리 도읍에 도착할 수 있을 리가 없다. 그렇다면 사마루 고개를 넘어서 붉은 문의 요새와 야즈노 요새를 넘어온 것이다.

서쪽에서 도읍을 향하고 있을 아들로부터의 연락이 붉은 문의 요새 공략 소식 이후로 뚝 끊겼다.

빗소리를 들으면서 슈발은 아들의 얼굴을 떠올리고 있었다.

'설령 패배해 도망쳤다 해도 살아만 있다면 타라노 평야로 돌아올 녀석이다. 보급부대가 있는 곳까지 돌아와서 전열을 가다듬을 것이다.'

어느 정도의 병력이 남았을지 모르지만, 그 병력이 남부로 돌아서 온다면, 자신들과 합류하기까지에는 아직 상당한 시일이 걸린다.

합류를 기다리고 있다가는 식량 비축에 문제가 생긴다.

'도읍 백성들을 구릉지대로 이동시키고 있다는 것은 사로가에서 한 것 같은 초토전술을 취할 생각인 것이리라. …그야말로 요고인다운 전술이다. 스스로 도읍에 불을 지름으로써, 우리가 도읍에 진을 쳐도 식량을 보급받지 못하게 할 생각인 것이다.'

타라노 평야에 진을 친 보급부대가 있으니까 설령 전쟁이 조금 길어져도 자신들이 굶을 리는 없다고 생각했다.

그러나 매를 이용한 전령이 끊겨버린 것을 생각하면, 타라노 평야의 보급부대가 지금도 무사할지 어떨지 모르는 일이다. 로타 왕국으로부터 군대가 더 들어와서 타라노 평야의 진지를 공격하지 않았다는 확신도 없다.

'어떻게 하지…?'

일단 병력을 이끌고 타라노 평야에서 전열을 가다듬을까?

그러나 산갈 반도와 이 반도 사이를 로타군이 가로막고 있다면, 그랬다가는 자신들은 타라노 평야에서 고립된다.

사기를 되찾은 신요고의 군대와, 계속 침입해 오는 로타의 군대 사이에서 협공을 당할 가능성도 있다.

커다란 손으로 술잔을 들고 지그시 빗물을 바라보면서 슈발은 계속 생각을 이어갔다.

그리고 결론을 내렸다.

탕 하고 술잔을 식탁에 놓더니 슈발이 일어섰다. 그리고 잠자코 자신을 지켜보고 있던 부관에게 말했다.

"어이. 오늘 밤은 병사들에게 맛있는 고기를 실컷 먹이고 술도 내주도록 해라."

부관이 미소를 지었다.

"…그럼 도읍을 공략하시는 거군요?"

슈발이 미지근해진 바란을 비웠다.

"그렇지. 도읍을 공략한다. 항복하면 최선이고. 항복하지 않는다면 단숨에 때려눕히는 거다."

제4장

격류가
밀려오다

1
챠그무 암살

짐수레를 끈 피난민들이 개미떼처럼 서쪽의 조영(鳥影) 언덕으로 올라간다.

끝없이 이어지는 그 행렬을 보면서, 슈가는 서쪽의 조영 언덕보다 약간 낮은, 월야(月夜) 구릉으로 가는 길을 소수레를 타고 올라가고 있었다. 어젯밤부터 계속 내리던 비가 그치고, 소수레가 흔들릴 때마다 축축한 흙과 풀의 냄새로 가득 찬 한낮이 지난 시각의 대기가 발을 거쳐서 들어온다.

'비 때문에 수량이 더 늘었구나….'

조금 전에 산영교(山影橋)를 건널 때 본 청궁천의 상황을 떠올리며, 슈가는 마음속으로 중얼거렸다. 강을 건널 수 있는 것은 앞으로 며칠 정도일 것이다.

챠그무 황자의 부르심을 받고 슈가는 곧바로 소수레를 마련해 별의 궁을 나왔다.

'대천재지변의 고지'를 내고 이틀이 지났다. 별의 궁 사람들은 중요한 문서를 수해로 잃지 않도록 산의 별궁으로 옮기는 작업에 매달려 있었다.

황족과 귀족들도 귀중한 재물을 몇 대나 되는 소수레에 싣고 산의 별궁으로 이동하기 시작했지만, 선상 전체가 산의 별궁에서 수용 가능할 리도 없어, 어느 신분까지 별궁의 안쪽으로 들어가야 할지, 나머지 사람들은 어디로 피난해야 할지, 대신들은 논의를 거듭하고 있었다.

도읍을 내려다볼 수 있는 월야 구릉에는 로타 기병과 칸발 기병이 야영지를 만들고 있다. 챠그무 황자의 천막은 그 야영지 중앙에 있었다.

슈가의 소수레가 야영지 입구에서 멈추자, 단창을 든 칸발의 무인이 다가와서 요고어로 인사를 했다.

"잘 오셨습니다. 챠그무 전하께서 기다리고 계십니다."

'전하 곁을 지키는 이 무인은 산갈 왕궁에서 만났던 그 '왕의 창'인가…?'

그런 생각을 하면서, 슈가는 키가 큰 칸발인을 올려다보며 목소리를 낮추고 물었다.

"전하는 어느 정도의 부상을 입은 것인지요?"

칸발인이 눈썹 주변을 찡그렸다. 털어놔야 할지를 잠시 망설이는 듯하다가 이윽고 입을 열었다.

"…상처가 상당히 깊사옵니다. 야즈노 요새에서 선두에서 공격한 로타의 창기병들이 적에게 포위될 상황인 것을 보고, 저희의 만류도 듣지 않고 전하께서 곧바로 적을 향해 뛰어드셨습니다. 저희가 뒤쫓았을 때는 이미 타르슈 기병과 싸우고 계셨지요.

검을 거꾸로 쥔 타르슈 병사가 여기에서부터…."

하고 말하며 칸발인은 왼쪽 어깨 끝을 가리켰다.

"검을 찔렀지요. 전하께서 몸을 비트셨기에 치명상을 입지는 않았습니다만."

슈가는 한기를 느끼면서 무의식중에 자신의 어깨를 만졌다.

"…그 병사를, 전하께서, 칼로 쳐서 죽이셨나요…?"

칸발인의 눈에 슬퍼하는 빛이 떠올랐다.

"네. 그 병사가 재차 검을 휘둘렀을 때, 전하께서는 아래에서부터 힘껏 검을 쳐올려서 막으려고 하셨지요. 그 검이 병사의 목을 친 것입니다."

발걸음을 멈추고 칸발인이 슈가를 바라봤다.

"그날 이후로 전하께서는 무척 괴로워하고 계십니다. 전하께서는 저희 같은 무인과는 다르니까요. 저희는 최후미의 마차에 계셨으면 했는데… 저희들 타국의 병사들에게 싸우라고 명령하면서, 자신은 손을 더럽히지 않는 비열한 짓은 할 수 없다고 하시며…."

슈가가 고개를 끄덕였다.

'전하답군.'

칸발인이 어두운 표정으로 말했다.

"잠시라도 누우셔서 치료에 전념하셨으면 좋겠는데, 전하께서는 부상을 입은 직후에만 치료를 허락하시고, 그 후로는 의무병에게 상처를 보여주는 것을 거부하고 계십니다. 몇 번이나 말씀드려도 괜찮다고 하시며…."

다른 천막과 다를 바 없는 천막 앞에서 칸발인은 발걸음을 멈추고 안을 향해 슈가의 도착을 알렸다.

"챠그무 전하, 슈가 님이 왔습니다."

안에서 들어오라는 목소리가 들리고, 칸발인은 천막 입구의 가리개를 들어 올려 슈가를 들여보냈다.

슈가가 들어가자, 챠그무는 간이의자에서 일어섰다. 투구는 쓰고 있지 않지만 가슴보호대는 착용하고 있었다.

챠그무가 칸발인에게 말했다.

"고맙다, 카무. 잠시 단둘이 있고 싶다. 아무도 이 천막에 못 오게 해줬으면 한다."

"알겠습니다."

카무가 가볍게 인사를 하고 밖으로 나갔다.

챠그무가 슈가를 향해 돌아앉았다. 오래 잠든 탓이리라. 눈가가 빨갰고 안색도 나빴다.

"전하…."

슈가가 나지막이 말했다.

"이제 두 번 다시 못 뵐 거라고 생각했습니다."

그 말을 듣자마자, 챠그무의 얼굴을 덮고 있던 뭔가가 무너져 내리며 옛날의 모습이 얼굴을 내밀었다.

챠그무는 오른손으로 얼굴을 덮고 고개를 숙였다. 한참을 그렇게 있다가, 이윽고 눈물을 닦고 얼굴을 들었다.

"나도… 두 번 다시 못 만날 거라고 생각했다. 이렇게 여기 있는 것이 꿈만 같다."

두 사람은 중앙에 있는 불이 꺼진 화로 옆에 놓인 의자에 앉았다. 의자에 앉을 때, 챠그무가 얼굴을 찡그리는 것을 보고 슈가가 말했다.

"전하, 그 가슴보호대에 상처가 닿는 것이 아닌지요?"

챠그무는 가슴보호대를 내려다보며 쓴웃음을 지었다.

"그렇지… 여기서 이걸 착용하는 의미는 없군."

챠그무는 능숙한 손놀림으로 옆구리의 잠금 장식을 풀고 가슴보호대를 천천히 벗었다. 가슴보호대를 두툼한 깔개가 깔린 바닥에 놓으면서 챠그무가 말했다.

"처음에 이것을 착용했을 때는 싫어서 견딜 수가 없었는데, 지금은 착용하지 않으면 무방비 상태가 된 듯해 마음이 안정이 안 된다."

얼굴을 들며 챠그무가 미소를 지었다.

"어디서부터 이야기를 해야 좋을지 모를 정도로 많은 일이 있었지만, 어떻게든 살아서 돌아올 수가 있었다. …그대와 진 덕분이다."

슈가가 고개를 저었다.

"저희는 아무것도 한 것이 없습니다."

챠그무의 미소가 깊어졌다.

"무슨 말을 하는 것이냐. 진의 암살을 막아주지 않았느냐?"

챠그무는 목에 걸고 있던 가는 은줄을 집어서 자그마한 부적을 꺼냈다. 그것은 슈가가 진에게 맡긴 아르사무(천도의 부적)였다. 슈가의 얼굴에 쑥스러워하는 빛이 떠오른 것을 보면서 챠그무가 말했다.

"계속 이것을 걸고 다녔지. …게다가 그대와 진이 바르사에게 나를 찾으라는 말을 전해주지 않았느냐? 바르사를 못만났다면 나는 지금 여기 없었을 것이다. 칸발과 로타의 동맹도 이룰 수 없었을 테고."

잠시 눈을 감고, 그런 다음 눈을 뜨고서 챠그무가 말했다.

"나는 오랜 여행을 했다. …고통스러운 여행이었다. 몇 번이고 이걸로 끝장이 아닐까 생각했다. 하지만 즐거운 일도 기쁜 일도 있었지."

챠그무의 눈에 예전과 같은 밝은 빛이 떠올랐다.

"젊은 아가씨가 해적 두령을 하고 있는 배로 바다를 건널 때는 힘든 일도 있었지만 무척 재미있었다. 산갈 해적들에게 수영과 잠수를 배우기도 하고.

하지만 무엇보다도 기뻤던 것은 또다시 바르사와 여행을 할 수 있었던 일이다."

슈가가 몸을 스윽 앞으로 내밀었다.

"어디서 바르사를 만났는지요? 로타인가요?"

챠그무가 미소를 지었다.

"로타 북부다. 눈보라 속에서 만났지. …들어주겠느냐? 긴이야기인데…."

"물론입니다. 말씀해주시기 바랍니다."

챠그무가 이야기를 시작했다. 자객에게 공격을 받았을 때, 바르사가 위험에 처하기 직전에 달려와준 것. 바르사의 고향 칸발로 향하던 여정. 눈 덮인 장엄한 산봉우리들을 빨갛게 물들이던 석양.

물 흐르듯이 연달아서 챠그무는 추억을 이야기하고, 슈가는 어느 틈엔가 자신도 함께 여행을 하고 있는 듯한 느낌이 들었다.

"바르사하고는 칸발의 왕도에서 헤어졌다. 바르사는 천재지변에 대해 토로가이를 비롯한 사람들한테 알려주겠다고 했는데, 무사히 돌아왔는지 모르겠구나."

챠그무의 말에 슈가가 미소를 지었다.

"전하, 염려 마시옵소서. 바르사는 돌아와서 토로가이 님을 만난 것이 확실합니다."

토로가이가 나타났던 꿈에 대해 이야기하자, 챠그무의 얼굴이 반짝였다.

"그렇구나. 다행이다!"

바르사를 만나고 싶은 마음이 복받쳐서 챠그무는 무릎에 얹은 손에 힘을 주었다. 상처에 통증이 느껴져 자신도 모르게 얼굴을 찡그리자, 슈가가 어느 틈에 그것을 알아차렸다.

"전하, 상처에 듣는 약을 갖고 왔습니다. 마시는 약과 바르는 약입니다. 처치를 해드려도 될까요?"

챠그무가 잠자코 슈가를 쳐다보다가, 이윽고 고개를 끄덕였다.

한쪽 어깨만을 벗고 상처를 묶고 있는 헝겊을 풀자 칼에 찔린 보기 흉한 흉터가 나타났다. 상처 주위가 마찰로 인해 벌개졌을 뿐만 아니라 부어 있기도 했다. 곪은 것이다.

슈가가 얼굴을 찌푸렸다.

"이 정도의 상처라고는 생각하지 않았습니다. 이것은 잘 씻고 치료해야만…."

슈가가 치료를 하면서 챠그무를 흘끗 봤다. 챠그무는 지그시 자신의 상처를 보고 있었다. 무슨 생각이 떠오른 것이리라. 그 눈은 어둡고 초점이 없었다.

부드러운 헝겊에 약을 발라 상처에 대고, 그 위에 폭이 넓은 헝겊을 감으면서 슈가가 나지막이 말했다.

"전하… 자책하지 마시기 바랍니다. 전하께서 하신 행동으로 인해 구하신 목숨을 생각하시기 바랍니다."

오랫동안 챠그무는 대답을 하지 않았다. 천천히 팔을 소매에 넣으면서 챠그무가 말했다.

"…내 눈에는 겹겹이 쌓여 누워 있는 전사자들의 모습이 새겨져 있어. 그 광경을 보면서 생각했지. 무엇을 잘못했는지. 왜 이런 일이 일어난 것인가 하고….”

슈가가 차가운 목소리로 말했다.

“물론 가장 비난을 받아야 하는 것은 타국에 손을 뻗쳐 온 타르슈겠지요. 그러나 우리 역시 어리석었습니다.”

화롯불에 자그마한 냄비를 걸어 탕약을 만들면서 슈가가 말했다.

“전하께서 생각하셨던 것처럼, 산갈이 함정을 파고 접근한 단계에서 로타 왕에게 사신을 보내 동맹을 요청했어야 했습니다. 그러나 저는 황제의 마음을 움직이지 못했습니다. 성도사도, 대신들도, 아무도.

황제와 라도우 대장이 나라를 폐쇄하고 요새를 만들어 도읍만 지킨다고 하는 어리석은 책략을 내놨을 때도 저는 아무 것도 못 했습니다. 그렇게 수수방관하는 사이에 사태가 점점 악화되고 말았지요….”

슈가의 눈은 이제까지 본 적이 없는 어두운 빛을 띠고 있었다.

“전하께서는 자신이 더럽혀졌다고 말씀하셨습니다. 하지만 저에 비하면 그것은 더럽혀진 것이 아닙니다. 전하께서 보셨던 산더미 같은 시체는 제가 만들어낸 셈이니까요.”

챠그무가 미간을 찌푸렸다.

슈가가 챠그무를 바라보며 낮은 목소리로 말했다.

"저는 부대장 카료우와 함께 타르슈 제국과 내통을 했습니다."

챠그무가 눈을 크게 떴다.

"그것 외에는 이 나라를 구할 방법이 없다고 확신했기 때문이지요. 워낙에 수비병이 적은 요새의 위치를 타르슈군에게 가르쳐준 것도 저희들입니다.

동쪽에서 대군이 몰려오는 것도 알고 있습니다. 동쪽과 서쪽에서 압도적인 대군에 포위되어, 궁 안의 사람들이 자신의 명운이 다한 것을 확실히 깨달았을 때, 황제를 시해하고 타르슈군에게 항복할 생각이었습니다."

챠그무는 아무 말도 하지 않고 슈가를 응시하고 있었다.

화로의 섶나무 가지가 톡톡 튀는 소리가 났다. 천막이 바람에 펄럭이는 소리가 났다.

닫힌 작은 나라 안에서, 몰려오는 대군과 밖으로 눈을 돌릴 줄 모르는 황족들 사이에 끼어서 산 2년이 어떤 것이었는지 슈가의 어두운 눈빛에서 훤히 보였다.

갑자기 챠그무가 잠긴 목소리로 말했다.

"…내가 그냥 궁에 있었어도 틀림없이 그 길을 택했을 거다."

슈가의 눈빛이 흔들렸다. 챠그무가 슈가를 지그시 쳐다봤다.

"성도사께서 건재하셨다고 해도 마찬가지였을 것이다. 일단 결단을 내리신 아바마마를 말리는 것은 그 누구에게도 불가능한 일이다."

챠그무는 눈에 어두운 빛을 띠고 있었다.

"황제의 결단을 뒤집기 위해서는 황제를 은밀히 죽이는 수밖에 없다. 과오를 범할 리가 없는 천자의 의사를 뒤집으려면 제거하는 수밖에 없으니까."

그렇게 말하고 나서 슈가를 똑바로 바라보며 챠그무가 말을 꺼냈다.

"하지만 그것은⋯."

그 말을 덧씌우듯이 천막 밖에서 목소리가 들려왔다.

"챠그무 전하, 라도우 대장이 알현을 요청하는데 어떻게 하시겠습니까?"

챠그무는 꿈에서 깬 듯한 얼굴이 되었다. 한참을 얼굴을 잔뜩 찌푸리고 고개를 숙이고 있다가, 이윽고 고개를 한 번 흔들고 얼굴을 일그러뜨리며 속삭였다.

"⋯만나고 싶지 않다고 할 수도 없겠구나. 도와주기 바란다. 가슴보호대를 하자."

"네."

가슴보호대만 하고, 갑옷과 칼은 천막에 두고서 챠그무는 밖으로 나갔다.

라도우 대장과 카료우 부대장이 약간 떨어져서 서 있었다. 구름 사이로 비치는 빛을 얼굴에 받으며, 눈부신 듯이 눈을 가늘게 뜨고 있었다.

챠그무가 라도우 대장 앞에 서더니 물었다.

"나에게 용건이 있다고 하던데…?"

라도우는 씁쓸한 얼굴로 고개를 끄덕이고, 챠그무 옆에 서 있는 칸발인 근위병들을 턱으로 가리켰다.

"그대는 타국의 병사의 보호를 받지 않고는 나와 이야기도 할 수 없는 것인가?"

챠그무의 눈에 성난 빛이 잠깐 스쳤다.

"카무, 괜찮다. 모두 물러가게 해라."

카무는 망설이다가 하는 수 없이 근위병들에게 손으로 신호를 보내면서, 챠그무한테서 열 발짝 정도 떨어졌다.

"이제 됐느냐? …용건을 듣기로 하지."

챠그무가 말하자, 라도우가 입을 열었다. 그리고 입에 담기 싫어 죽겠다는 듯이 얼굴을 일그러뜨리며 말했다.

"전군의 지휘권을 전하에게 넘기라는 폐하의 명을 받아서 왔다.

이 금색 검은 황국군 총수의 상징. …받아주기 바란다."

칼자루에 가죽띠가 감겼으며, 빠지지 않도록 세공한 금으로 뒤덮인 검을 라도우가 챠그무에게 내밀었다.

다가가서 그 검을 받아든 순간, 챠그무는 라도우의 눈이 번쩍이는 것을 봤다.

라도우는 재빨리 손바닥에 몰래 갖고 있던 주머니칼을 휘두르면서 소리쳤다.

"죽어라! 부정 탄 악운을 갖고 오는 자여!"

라도우는 혼신의 힘을 다해서 챠그무의 목에 주머니칼을 내리쳤다.

순간적으로 챠그무는 몸을 비틀었다. 주머니칼은 가슴보호대 끝에 맞고 튀어서 목의 살갗을 스쳐 갔다. 챠그무는 반사적으로 금색 검으로 라도우의 얼굴을 찌르고 펄쩍 뛰어서 멀어졌다.

라도우가 주머니칼을 내던지고 허리에 찬 검을 빼서 또다시 챠그무에게 덤벼들려고 했다.

카무를 비롯한 근위병들이 달려오는 것보다도 더 빨리 뒤에서 카료우가 검을 빼서 크게 휘두르더니 형의 목덜미를 힘껏 내리쳤다.

핏방울을 튀기며 뒷걸음치면서 라도우가 쓰러졌다.

"전하! …전하!"

슈가와 카무 등이 소리치면서 달려왔다. 챠그무는 자그마한 상처에 손을 대고 누른 채로, 땅바닥에 쓰러진 라도우를 바라보고 있었다.

"부상은…."

그 말을 듣고, 챠그무는 멍한 시선을 슈가에게로 향하며 손을 떼고 상처를 보여줬다.

"살짝 스쳤을 뿐이다."

그 말대로 피가 약간 배어 있을 뿐이었다. 하지만 챠그무의 얼굴은 창백했다.

챠그무는 또다시 땅바닥에 쓰러져 있는 라도우를 내려다봤다. 라도우의 커다란 손발이 떨다가 마침내 안 움직이게 될 때까지 멍하니 바라보고 있었다.

묘하게 멀리 보이는 그 시체를 보는 사이에 배 속에서부터 떨림이 밀려왔다. 챠그무는 시체에서 시선을 옮겨, 왼손으로 목의 상처를 누르면서 천막 쪽으로 발걸음을 향했다.

누군가가 팔꿈치를 잡아 부축하려고 하는 손을 챠그무는 뿌리쳤다.

무릎에 힘이 들어가지가 않았다. 이마가 싸늘해졌고, 주위 경치가 부옇게 보였으며, 수많은 빛의 입자들로 시야가 흐려졌다. 숨 쉬기가 힘들었다.

여기서 쓰러져서는 안 된다. 챠그무는 필사적으로 걸어서 천막에 이르더니 입구의 가리개를 들어 올렸다.

천막 바닥에 깔린 깔개가 단숨에 올라와 눈앞을 가로막는 것처럼 보였다. 그 기억을 마지막으로 그 후에는 무의식 상태에 빠졌다.

2
천막에서의 밤

이미 해는 저물었지만, 몇 개나 켜져 있는 촛불로 천막 안은 상당히 밝았다.

부드러운 솜이 든 시루야(침구) 위에 누워 있는 챠그무의 이마에는 땀방울이 잔뜩 배어 나와 있었다. 입을 살짝 벌리고 자고 있다. 사람이 주위에서 속삭여도 깨어나는 기색이 없었다.

잠시 후에 의술가가 철야 간병을 위해 식사를 하러 가자, 천막 안에는 챠그무와 슈가만 남게 되었다.

슈가는 청결한 면에다 자연스러운 숙면을 취하게 하는 탕약을 흡수시켜, 챠그무의 입술 근처에 짜서 조금씩 입에 머금게 하고 있었다.

"피로가 쌓여 있으셨을 겁니다. 전쟁에서 받은 상처도 곪아 있었고.

열은 나시지만 생명에 지장은 없습니다. 주무시는 것이 최고의 약입니다."

하고 의술가는 말했었다. 슈가도 그 판단에 찬성이었다. 지금은 여하튼 푹 자는 것이 중요하다. 이렇게 약을 마시게 하는 것도 숙면을 위한 것이었다. 얕은 토막잠으로는 몸이 쉴 수가 없다.

'이제까지 계속 긴장하며 아무렇지도 않은 것처럼 행동하셨지만, 몸도 마음도 한계에 와 있으셨던 것이리라.'

라도우에게 살해당할 뻔한 것은 강한 충격이었음에 틀림없다. 라도우의 주머니칼은 챠그무 황자의 몸이 아니라 마음을 찌른 것이다.

숨소리를 내며 자고 있는 챠그무의 여윈 얼굴을 슈가는 지그시 바라보고 있었다.

천막 밖에서 술렁임이 들려왔다. 가리개가 들어 올려지고, 사람이 들어온 것을 등으로 느끼고 슈가가 뒤돌아봤다. 그리고 눈을 크게 떴다.

들어온 사람은 진이었다. 손이 뒤로 묶여 있었다. 그 밧줄 끝을 병사가 쥐고 있고, 카무가 진의 목덜미에 검을 들이대고 있었다.

진이 머리를 숙이며 속삭였다.

"…놀라게 해드려 죄송합니다. 어떻게 해서든 챠그무 전하를 뵙고 싶어서 여기로 왔는데, 이렇게 하지 않으면 천막에 들어갈 수 없다고 해서요."

뒤에서 카무가 말했다.

"당연하다. 황자를 육군 대장이 죽이려고 하는 나라다. 황제의 근위병이라면 더더욱 신용할 수가 없다."

그렇게 말하고 나서 카무가 목소리를 낮춰 걱정스러운 듯이 챠그무 쪽을 봤다.

"…좀 어떠신지요?"

슈가가 조용히 대답했다.

"주무시는 것뿐이다. 열이 있으시지만 생명에 지장은 없다고 의술가도 진단했다."

진과 카무의 얼굴에 진심으로 안심하는 표정이 떠올랐다.

슈가가 속삭였다.

"카무 님, 그 아무스란 님은 몇 번이나 챠그무 전하의 목숨을 구하기 위해 애써온 사람입니다. 부디 밧줄을 풀어주시기 바랍니다. 염려가 되신다면 그렇게 검을 들이댄 채로 곁에 있게 해주셔도 되니까."

카무는 잠시 망설이다가, 이윽고 고개를 끄덕이고 진의 손목에 묶인 밧줄을 잘랐다.

진은 카무에게 인사를 하더니, 그 자리에서 무릎을 꿇고 챠그무의 얼굴을 쳐다봤다.

"전하….."

잠든 챠그무의 창백한 얼굴을 보는 사이에, 진의 눈에 눈물이 복받쳤다. 진이 깔개에 이마를 갖다 댔다.

"…갖은 고생 끝에… 돌아오셨는데, 이런….."

밤바다에 몸을 던진 챠그무 황자를 보내고 나서 1년. 이룰리가 없다고 생각한 꿈을 멋지게 이루고 돌아오셨는데. 챠그무 황자를 맞이한 고국은 그렇게 무정하고 잔혹한 짓을 하다니…. 그런 생각이 들자 애간장이 녹는 심정이었다.

신음하듯이 울고 있는 진의 목소리를 들으면서, 뒤에 있던 카무의 눈에도 눈물이 글썽였다.

"아무스란 님….."

슈가가 낮은 목소리로 말했다.

"한탄하고 있을 틈이 없다. 이 나라가 아직 위기에서 벗어난 것이 아니니까.

그자에 대한 감시를 설마 그만둔 것은 아니겠지?"

진이 얼굴을 들어 주먹으로 눈물을 닦았다.

"부하들에게 감시하게 하고 있습니다."

그리고 호흡을 가다듬더니 머리를 푹 숙였다.

"보기 흉한 꼴을 보여드렸습니다. …슈가 님께 전해드립니다.

황제께서는 저희 '황제의 방패'에게 궁에서 떠나라고 명령하셨습니다."

슈가가 깜짝 놀랐다.

"뭐라고… 근위병 전부를?"

"네. 저희 절반은 산의 별궁에서 투그무 전하를 지켜드리고, 나머지 절반은 챠그무 전하를 지켜드리라는 것입니다."

어두운 빛을 띤 눈으로 진이 말했다.

"천신의 보호를 받지 않는 자를 지키는 게 좋다고 황제께서는 말씀하셨습니다."

슈가가 미간을 모으며 속삭였다.

"그러면 지금은 누가 궁에 남아 있지?"

"성도사 후보 가카이 님을 비롯해, 시종장과 제조상궁 등, 나이 많은 분들만 있습니다.

황제께서는 황비마마들을 비롯한 모든 황족들, 종자, 시녀에 이르기까지, 궁에 남는 것을 허락하지 않으셨습니다."

슈가가 뭔가를 더 물으려고 했을 때, 천막 밖이 소란스러워졌다.

가리개가 올라가고 로타의 무장이 들어와서 긴장한 목소리로 속삭였다.

"카무님, 매가 왔다. …서둘러서 군사회의를 해야 한다."

그 무장 뒤로 의술가들이 들어오는 것을 보고, 슈가가 일어서서 낮은 목소리로 말했다.

"로타의 무장님, 카무 님. 부탁이 있습니다."

카론 부대장이 놀라며 슈가를 봤다.

"무슨 부탁이신지요?"

"아시다시피 저는 조금 전까지 신요고 황국의 정사를 관장하는 권한을 가진 성도사 후보였습니다. 정식으로 차세대 성도사 지명을 받은 자는 궁에 있지만, 이런 상황에서는 제가 알고 있는 사실을 전해드리는 것이 중요하다고 생각합니다.

부디 저와 근위병 대장인 아무스란, 그리고 황국군 부대장 카료우도 군사회의에 참가시켜주시지요."

카론 부대장의 얼굴이 흐려졌다.

"아니… 그것은…."

슈가가 카론을 쳐다보며 말했다.

"여기는 우리 나라입니다. 지형상의 이점, 날씨, 여러 지식을 저희는 갖고 있습니다. 그것만이 아니라 저에게는 한 가지 생각이 있습니다. 밀려오는 타르슈군과의 전쟁에서 승리하고 싶으면, 필히 제 생각을 들어주셨으면 합니다."

카론 부대장은 미간을 모으고 슈가를 지그시 쳐다보며 아무 대답도 하지 않았다.

입을 연 사람은 카무였다.

"…카론 님, 슈가 님을 참가시키기로 하지요."

놀라며 자신을 쳐다본 카론에게 카무가 말했다.

"챠그무 전하께서는 종종 슈가 님에 대해 나에게 말씀하셨지요. …전하께서 슈가 님을 얼마나 깊이 신뢰하셨는지 절절히 전해져 오는 이야기들이었습니다.

챠그무 전하께서 깨어나신 상태라면 반드시 군사회의에 슈가 님을 참가시키라고 말씀하셨을 겁니다."

천막을 떠날 때 슈가는 챠그무를 돌아보며 한참 동안 그 얼굴을 바라보고 있었다. 그런 다음 잠든 챠그무에게 깊이 고개를 숙이더니 천막을 나갔다.

먼저 밖에 나와 있던 진이 슈가에게 속삭였다.

"저는 그렇더라도, 카료우 님을 참가시키는 것은…."

슈가가 앞을 본 채로 나지막이 말했다.

"그것이 내가 생각하고 있는 계책의 핵심이다. 나를 믿어라."

진이 고개를 끄덕였다.

슈가 뒤를 따라서 걷기 시작하면서 진이 불쑥 말했다.

"…황제께서는, 저를, 책망하지 않으셨습니다."

슈가가 발걸음을 멈추고 진을 봤다. 진이 눈물이 글썽이는 눈으로 슈가를 쳐다봤다.

"바다에 빠뜨렸는데도 살아서 돌아오다니. 참으로 강한 운을 타고난 아이로다…라고만 말씀하셨습니다."

슈가는 고개를 끄덕이더니 눈을 스윽 돌리고 또다시 걷기 시작했다.

챠그무의 천막 주위에는 많은 병사들이 모여 있었다. 불안한 듯이 천막을 쳐다보고 있는 자도 있는가 하면 고개를 숙이고 있는 자도 있었다.

타국을 지키는 전쟁에 내몰려 전투에서 친구를 잃고, 지금 또다시 커다란 전투를 앞두고 있는데도 그들은 진심으로 챠그무 전하를 염려하고 있다.

그들 사이를 걸으면서 슈가는 자기도 모르게 고개를 숙이고 있었다.

3

슈가의 지략

파발마로 소식을 받고 카료우 부대장이 야영지의 천막으로 온 것은 이미 달이 떠오를 무렵이었다. 야영지 입구에 무기를 전부 두고 무장을 해제한 상태로 들어온 카료우를 카론 부대장, 카무 부대장, 그리고 슈가와 진이 맞이했다.

천막 중앙에는 넓은 책상이 있었고, 카료우를 기다리는 동안 슈가가 먹으로 그린 아주 간략한 지도가 놓여 있었다.

"늦었습니다. 로타군과 칸발군의 군사회의에 참가시켜주신 것을 영광으로 생각합니다."

카론 부대장이 고개를 끄덕였다.

"…그런 일이 있었기에 처음에는 우리끼리만 군사회의를 하려고 했습니다만, 슈가 님의 말씀을 듣고 생각을 바꿨습니다.

신요고 황국군과 손을 잡고 병사를 움직이는 것이므로, 카료우 님께서 군사회의에 참가하시는 것은 당연한 일입니다. 부디 힘을 빌려주시기 바랍니다."

그렇게 말하고 카론 부대장은 책상에 놓여 있는 작은 양피지를 손으로 가리켰다.

"이것은 우리 로타의 주술사가 매를 통해 보내온 편지입니다.

우리가 무찌른 타르슈군은 남쪽의 타라노 평야로 퇴각 중이어서, 또다시 도읍으로 향하려면 상당한 시일이 걸릴 겁니다.

문제는 동쪽에서 오고 있는 타르슈군입니다. 이미 도읍까지 한나절이면 도착하는 곳까지 와 있습니다."

카료우는 고개를 끄덕이면서 슈가를 흘끗 봤다. 슈가는 잠자코 카료우를 보고 있었다.

카론 부대장이 말을 이었다.

"바로 그 대재난 이야기가 있기도 하고, 청궁천의 수위가 날이 갈수록 높아지고 있으므로, 저는 타르슈군을 도읍으로 유인해 청궁천과 조명천, 두 강 사이에서 놈들을 꼼짝 못 하게 하고 뒤에서 단숨에 밀고 들어가서 쳐부숴야 한다고 말씀 드리던 참입니다."

슈가가 카론한테로 시선을 옮기며 살짝 고개를 흔들었다.

"카론 부대장, 그것은 피하는 편이 좋을 듯합니다."

카론이 얼굴을 찡그렸다.

"왜죠? …궁전이 공격을 받게 될 위험이 있기 때문인가요?"

"아니요. 그런 계책으로는 우리 병사들도 도망칠 곳을 잃게 되기 때문입니다."

슈가가 지도를 가리켰다.

"카론 님이 생각하는 것보다 강은 엄청난 기세로 수량이 늘지도 모릅니다. 그렇게 되면 남부의 논밭도 수몰되고, 병사는 수렁이 된 논에 빠지게 될 겁니다.

이 두 강에 놓여 있는 다리는 폭이 별로 넓지 않습니다. 군대가 한꺼번에 퇴각할 수 있는 다리가 없다는 것은 아실 겁니다."

카론이 한층 더 미간을 찌푸리고 지도를 보고 있었다.

"또 한 가지, 타르슈군은 정보를 얻는 능력이 뛰어납니다. 이미 우리가 도읍을 버렸다는 것은 전해졌을 겁니다. 도읍으로 유인하려고 하면 함정인 것을 알아차릴 겁니다.

타르슈의 밀정은 백성 사이에 섞여 있습니다. 챠그무 전하께서 당신들과 함께 귀환한 것, 강의 수위가 올라간 것, 대재

난의 징조가 있다는 것도 알고 있을 겁니다."

도읍의 동쪽 강을 가리키면서 슈가가 말했다.

"조명천에 접근해 있다면, 타르슈군의 척후병은 강의 수위를 눈으로 확인했을 겁니다. 더 이상 수위가 올라가면 타르슈군은 일시후퇴를 생각할지도 모릅니다."

눈을 스윽 들어 올리며 슈가가 말했다.

"타르슈군을 도망치게 해서는 안 됩니다."

카론이 잠자코 슈가를 쳐다봤다.

"시간을 끌면 타르슈에게 유리합니다. 도읍이 수해를 입으면 우리 나라의 국력은 크게 손상을 입습니다. 게다가 전쟁이 길어지면 산갈 반도로 상륙해 오는 타르슈군이 늘어나, 로타의 병력으로는 막을 수 없게 될 겁니다. …타르슈 제국의 손을 밀쳐내기 위해서는 지금 이때 승리하는 수밖에 없습니다."

카론이 나지막이 말했다.

"시간이라. …수위가 더 올라가기 전에 타르슈군이 공격해 오게 하라는 뜻이로군."

슈가가 고개를 끄덕이고, 월야 구릉 남쪽의 들판을 가리켰다.

"그들을 여기로 유인하는 겁니다."

카론과 카무는 슈가가 가리키는 장소를 보고 미간을 찌푸렸다.

"거기는 넓은 풀밭이 펼쳐져 있는 곳이지요? 우리도 이 주변은 조사하고 다녔습니다. 타르슈는 평지에서의 전투에 강합니다. 이 구릉 중턱으로 유인하는 편이 좋지 않을까요?"

그 말을 듣고 슈가가 미소를 지었다.

"그렇게 말씀하시는 것을 듣고 안심했습니다."

카론의 눈썹이 올라갔다.

"무슨 뜻이지요?"

"그곳을 조사하고도 여전히 타르슈에게 유리한 곳이라고 생각하셨다면, 그들도 그렇게 생각할 테니까요."

카론 등은 슈가의 속셈을 알 수가 없어 얼굴을 찡그렸지만, 진은 지도에서 얼굴을 들어 나지막이 말했다.

"그렇군…."

진이 카무와 카론에게로 시선을 돌렸다.

"여기는 예전에 논이었습니다. 벼에 병이 생겨서 한동안 버려둬서 언뜻 보기에는 단순한 풀밭으로 보입니다만.

청궁천에서 물을 빼기 위한 둑도 지금은 막혀 있지만, 둑을 트면 순식간에 수렁으로 변하지요."

카무가 눈을 반짝이며 말했다.

"그렇군! 그거 좋은 계책이군."

카론은 고개를 끄덕이면서도 여전히 눈썹 언저리를 찡그리고 있었다.

"전장의 상황은 잘 알았습니다. 하지만 어떻게 강 두 개를 건너서 거기까지 갈 생각을 하게 할 것인지가 문제로군요."

슈가가 시선을 스윽 카료우 쪽으로 돌렸다.

"그것은 여기 계시는 카료우 님께서 해주실 겁니다."

모두 놀라며 카료우를 봤다.

카료우가 표정이 없는 눈으로 슈가를 보고 있었다. 그 눈을 보면서 슈가가 말했다.

"카료우 님과 저는 타르슈군과 내통하고 있었습니다. 동쪽과 서쪽에서 타르슈군이 도읍에 들이닥쳤을 때, 황제를 시해하고 타르슈에 항복할 계획이었습니다."

카무의 눈썹이 올라갔다.

"아니⋯."

슈가가 냉담한 눈으로 카무를 봤다.

"우리에게 달리 어떤 길이 있었다고 생각하십니까? 당신들이 와주실 거라고 우리는 예측할 수가 없었던 것이지요. 남아 있는 아군 병사는 고작 8,000. 타르슈군은 3만 이상으로 생각했습니다. ⋯우리는 도읍에 불을 지르고 황족도 백성도 병사도 학살당해 정복당할 바에는, 일찌감치 내통을 해서 타르슈군의 병력을 훼손시키지 않고 항복하는 것을 조건으로 속국이 되려고 했던 것이지요."

카무도 카론도 얼어붙은 듯이 슈가를 보고 있었다.

카론이 기침을 하며 냉담한 목소리로 말했다.

"…우리는 타르슈의 내통자와 군사회의를 하고 있었던 셈인가요?"

슈가가 표정을 바꾸지 않고 말했다.

"지금도 타르슈 편에 있다면 이런 이야기는 안 합니다."

그러고는 카료우에게로 시선을 돌렸다.

"카료우 님, 타르슈의 밀정은 아직 피난민에 섞여 있나요?"

카료우가 고개를 끄덕였다.

"…그런 것 같습니다."

슈가가 말했다.

"그렇다면 서둘러서 밀정에게 전달해주시기 바랍니다.

성독박사가 '대천재지변의 고지'를 내서 황제는 오래된 도읍과 운명을 함께하고, 투그무 황태자는 남쪽으로 피신시켜 새로운 도읍을 건설하려 하고 있다. 이미 황제는 챠그무 전하에게 전군의 총지휘권을 부여했지만, 챠그무 전하는 야즈노 요새 전투에서 입은 부상으로 상당히 위험한 상태에 있다고.

지금 전 병력은 숨을 죽이고 챠그무 전하의 용태를 지켜보고 있지만, 만약 챠그무 전하가 돌아가시면, 로타와 칸발의 기마병단 2만은 투그무 전하를 지키며 신속히 남하해, 타라노 평야에 있는 보급부대를 공격할 예정이다. 야즈노 요새에 있는 후방부대와, 새로이 사마루 고개를 넘어서 오는 로타군이 합류하면 상당한 병력이 될 것이라고."

　카료우가 살짝 입을 벌리고, 물 흐르듯 하는 슈가의 말을 듣고 있었다.

　슈가가 카료우를 응시하며 말했다.

　"우리는 로타와 칸발의 은혜를 입어 합병을 당하기보다는, 황제의 혈통을 우리 손으로 지키고, 압도적인 힘을 가진 타르슈 제국의 속국이 되고자 한다.

　공격하려면 로타와 칸발의 군사가 월야 구릉에 있는 지금밖에 없다고 전하는 것입니다."

　슈가가 입을 다물어도 한동안 아무도 입을 열지 않았다.

　이마의 땀을 스윽 닦으며 카료우가 말했다.

　"…내가 그 말을 그대로 전할 거라고 믿어주시는 겁니까?"

　"타르슈군이 이쪽의 책략을 알고 있는 듯한 움직임을 보이면 당신의 목숨은 없을 겁니다."

　냉담한 목소리로 그렇게 말하고 나서 슈가는 약간 어조를 바꿔서 덧붙였다.

"카료우 님, 저는 챠그무 전하께 우리가 내통하고 있었다는 것을 털어놨습니다."

카료우의 눈이 흔들렸다.

"전하께서는 만일 자신이 그대로 궁에 있었다면 같은 결단을 내렸을 거라고 말씀하셨지요.

당신이 여기서 북쪽 대륙을 위해 일할 의사를 보이면, 전하께서는 당신의 행위를 정당하게 평가하실 겁니다."

순간 카료우는 멍한 시선으로 지도를 보다가 이윽고 슈가에게로 눈길을 되돌려 고개를 끄덕였다.

"…해봅시다."

4
무지갯빛 궁전

군사회의를 마치고 돌아온 슈가는 챠그무 황자의 천막 옆에 조금 전보다도 훨씬 많은 병사들이 모여 있는 것을 보고 가슴이 철렁했다.

천막 옆에 소수레가 세워져 있었다. 슈가가 다가가자, 천막 입구의 가리개 틈으로 천막을 들여다볼 수 있지 않을까 하고 서성거리던 로타 병사들이 마지못해하는 표정으로 슈가를 들여보냈다.

소수레 옆에 있던 젊은이가 슈가를 보더니, 옆에 있던 로타 병사에게 소수레를 맡기고 달려왔다.

"슈가 님… 저도 천막으로 들어가도 될까요?"

슈가는 필사적인 표정의 젊은이를 말끄러미 쳐다봤다.

"뢴이로구나. 들어가도 되지만… 도대체 어느 분이 소수레로…?"

그렇게 말하면서 뢴과 함께 천막으로 들어간 슈가는 내부의 광경을 보고 숨을 멈췄다.

"제2황비마마….."

슈가가 멍하니 챠그무 전하의 침상 옆에 앉아 있는 여인을 바라봤다.

황제의 아내나 아이는 평생 궁에서 나가는 법이 없다. 유일하게 소수레를 타고 밖에 나가는 것은 산의 별궁에 갈 때뿐이었다. 궁은 천상계에 가까운 청정한 장소로 여겨진다. 밖으로 나오면 부정한 인간세계에 접하게 되기 때문이다.

황비가 병사들이 야영하고 있는 곳에 온다는 것은 있을 수 없는 일이었다.

"…이 아이의 용태는…?"

제2황비가 가느다란 목소리로 물었다. 챠그무의 상중(喪中)에 한층 더 야위어 볼도 홀쭉해졌지만, 그 눈에는 강렬한 빛이 떠올라 있었다. 처음으로 가까이서 그 눈을 보며, 슈가는 챠그무 전하와 어머니가 무척 닮은 것을 알았다.

제2황비를 수행한 시녀 둘은 불안한 듯이 끊임없이 눈을 깜빡이고 있었지만, 제2황비는 마치 자신이 거처하는 방에 있는 듯이 차분히 앉아 있었다.

슈가가 입구 옆에서 정좌를 하고 깊이 머리를 숙였다.

"심각한 상태는 아니옵니다. 주무시고 계실 따름이옵니다. …힘든 시기를 넘기시고 몸의 피로만이 아니라 마음고생도 쌓여 있었던 탓에 깊이 주무실 수 있도록 조금 전에 약을 조금 마시게 해드렸습니다. 하루 이틀은 충분한 수면을 취하시도록 약을 드릴 생각이옵니다."

황비가 눈썹 주위를 약간 찡그렸다.

"그렇게 오래 약으로 잠들게 하면 몸에 나쁘지 않겠느냐?"

슈가가 눈을 내리뜬 채로 대답했다.

"타르슈군과의 전쟁이 시작되면, 챠그무 전하께서는 반드시 진두에 서실 것입니다. 그렇게 되는 것을 피하고 싶은 것이지요."

황비의 눈에 이해했다는 빛이 나타났다. 황비가 아들에게로 시선을 되돌렸다.

챠그무를 바라보면서 황비가 나지막이 말했다.

"…나는, 두 번, 이 아이를, 잃었다."

혼잣말과도 같은 작은 목소리였다.

"아직 어린 이 아이를 그 여자 호위무사에게 맡길 때는 목숨만 부지한다면 평민으로 살아도 상관없다고 생각했다. 하지만 이 아이가 궁으로 돌아온 후에는… 이 아이를 그녀에게 맡긴 것이 잘한 일이었는지 알 수가 없어졌다….”

정적에 휩싸인 천막 안에 황비의 목소리만이 울렸다.

“인간세계에서 돌아왔을 때, 이 아이는 변해버렸다. 더 이상 내 무릎에 매달리던 어린아이가 아니었다. 인간세계에서 돌아올 때마다 이 아이는 다른 사람이 되어….”

황비의 입술이 약하게 떨렸다.

“이 아이는 궁에 가둬둘 수 없는 아이다. 황자로 태어났지만… 이 아이가 불행했던….”

황비는 떨리는 양손으로 아들의 머리카락을 살며시 쓰다듬으며 오열하기 시작했다.

어머니가 쓰다듬어주는 것도, 울고 있는 것도 모르는 채, 챠그무는 깊은 잠에 빠져 있었다. 몸이 돌처럼 무겁고 차가웠다.

쳐올린 검이 목구멍을 찌른 순간, 눈을 크게 뜬 타르슈 병사의 얼굴이 번개처럼 어둠 속에 떠올랐다.

말발굽에 밟혀 벅벅 소리가 나던 시체. 얼굴에 튄 피. 멀리 고향을 떠나 따라왔다가 죽은 병사들의 얼굴. 계속 따라다니는 여러 기억들 끝에 아버지의 얼굴이 스윽 떠올랐다. …자신이 통치하는 시대의 끝장을 본 아버지의 눈이.

피곤했다. 깊은 피로로 몸이 어둠 속으로 녹아든다. 악몽을
꾸고 있는 것을 알면서도 눈을 뜰 수가 없었다.

그때 어렴풋한 냄새를 챠그무는 느꼈다.

여름에 소나기가 내린 후에 풀 사이에서 피어오르는 대기
와 비슷한, 숨 막힐 듯한 물 냄새였다.

'…아아, 나유그의 물 냄새다….'

그 냄새를 가슴 가득 들이마시자 마음이 갑자기 편해졌다.
피 냄새와 시체 냄새에서 잠시라도 벗어나고 싶다. 지금 이
순간만이라도.

그렇게 생각하자, 묵직한 몸이 견딜 수 없이 싫어져서 챠그
무는 허우적거렸다. …그러자 묘한 일이 일어났다. 마치 허물
을 벗듯이 몸이 스윽 둘로 갈라진 것이다.

이대로 가버려도 될까… 순간 불안한 마음이 들었지만, 시
원한 물이 너무 기분 좋아 참지 못하고 챠그무는 나유그의
몸만 남기고 물속으로 미끄러지듯 빠져들었다.

맑고 투명한 남빛 물속에서 눈부신 빛이 몇 줄기나 흔들렸
다. 세나와 헤엄친 그 남쪽 바다와도 같은 밝은 물속에서 초

록 잎이 무성한 나무들이 흔들렸다.

저 멀리 앞쪽에는, 늘어선 산들이 물속에서 흔들리는 것처럼 보인다. 산도 계곡도 전부 남빛 물에 잠겨 있고, 수면은 푸른 하늘처럼 높디높은 곳에 펼쳐져 있었다.

방울을 흔드는 듯한 소리가 들리고, 많은 요나로가이(물의 민족)들이 다가왔다.

'이리 와….'

꿈틀거리며 헤엄쳐 온 그들은 챠그무의 손을 잡더니 함께 헤엄을 치기 시작했다.

요나로가이의 인도를 받으며 얼굴을 북쪽으로 돌렸을 때, 달콤한 냄새를 어렴풋이 느꼈다. 그 냄새를 맡은 순간 가슴이 고동을 쳤다.

그리운 냄새였다. 언젠가 어디선가 맡은 적이 있는 냄새다. 예전에 이 냄새를 따라서 지금처럼 헤엄쳐 간 적이 있는 것만 같았다.

물고기떼가 건너듯이, 정령들의 무리가 빛줄기가 되어 흐르고 있다. 그 사이를 빠져나가면서 달콤한 냄새에 이끌려 챠그무는 계속 헤엄을 쳤다.

그 냄새에 다가갔을 때, 챠그무는 눈을 크게 떴다.

앞쪽에 죽 보이던, 완만한 구릉이라고 생각하던 것이 갑자기 구릉이 아니라 쌍각류 조개의 껍데기인 것을 깨달은 것이다.

흙에 묻혀 수초가 초원처럼 나부끼는 그 껍데기 밑에는 거대한 구멍이 입을 떡 벌리고 있었다.

그 조개와 겹쳐지듯이 다른 풍경이 어렴풋이 보인다. 죽 늘어선 금색과 청색 테두리의 기와지붕들이었다. 그것이 무엇인지 알아차리고 챠그무는 깜짝 놀랐다.

'요고의 궁이다….'

자신은 요고의 궁을 내려다보고 있었던 것이다.

조개는 궁전을 완전히 뒤덮었고, 별의 궁마저도 반쯤 뒤덮고 있었다.

환영처럼 무지갯빛이 그 껍데기 가장자리에 비쳐 흔들렸다.

'…그렇지. 예전에 여기 왔을 때는 이 조개는 전체가 무지갯빛으로 반짝였었지….'

그렇게 생각한 순간, 예전에 꾸었던 꿈을 떠올리는 듯한, 묘한 정겨움과 함께 잊고 있던 기억이 되살아났다.

어릴 적에 열이 나던 밤에 그 달콤한 냄새를 맡은 적이 있다. 냄새에 이끌려서 지금처럼 요나로가이들에게 이끌려서 남빛 물속으로 들어간 적이 있다.

남빛 물속에는 조개 궁전이 있었다. 그때는 궁전으로 보였다.

일곱 가지 색으로 빛나는 껍데기 내부에는 연한 주황색을 띤, 냄새가 좋은 아지랑이가 피어올라, 거기서부터 몇 줄기나 되는 빛이 가느다란 띠처럼 하늘을 향해 흘러가고 있었다.

자신과 마찬가지로 달콤한 냄새에 이끌려서 온 많은 사람이랑 짐승, 새, 물고기들이 빛의 띠와 놀고 있었다. …즐거워서, 즐거워서, 계속 그대로 놀고 싶었다.

그러다가 빛의 띠로부터 은은히 빛나는 자그마한 덩어리가 튀어나왔다. 챠그무는 펄쩍 뛰어올라 그것을 가슴에 안았다….

챠그무는 멍하니 그 거대한 쌍각류 조개의 죽은 껍데기를 쳐다보고 있었다. 텅 빈 커다란 구멍으로, 물고기떼가 은빛 등을 반짝이며 흘러 들어가고, 흘러나오고 있었다.

'왜 잊고 있었을까…?'
여기가 모든 것의 시작이었는데도.
이 거대한 정령의 알을 품었을 때부터 자신의 운명은 크게 변화했던 것이다.

알을 낳고 죽음을 맞이해 그 살은 깨끗이 사라졌다.

요나로가이의 손에 이끌려, 챠그무는 그 텅 빈 껍데기 내부로 들어갔다. 안은 의외로 밝았다. 껍데기에 수많은 구멍이 뚫려 있어서 거기로 빛이 들이쳤다. 크고 넓은 천장, 껍데기 안쪽의 무지갯빛이 요나로가이와 자신의 몸에 비쳐 흔들렸다.

물의 흐름이 평온한 이 껍데기 내부에는 수많은 알이 있었다. 다양한 빛과 다양한 형태의 알이 요람과도 같은 잔잔한 수류에 흔들렸다. 물은 따뜻했으며 향긋한 냄새가 났다.

애달픈 심정이 가슴에 복받쳐 왔다. 계속 돌아가고 싶어 하던 곳이 여기였다는 것을 깨달았다. 하지만 더 이상 여기에는 어머니는 없다.

품은 알은 자신의 가슴에 기억을 새겨 넣고 간 것일까? 아니면 어머니가 자신을 잉태한 궁이 나유그(저쪽 세계)에서는 이 정령의 태내였던 탓일까?

'나는… 여기와 사그(이쪽 세계)… 두 세계에서 태어난 걸까?'

이 정령의 태내에서 서서히 자라던 그 알과 자신은 생각했던 것보다도 훨씬 깊은 관계가 있었던 건지도 모른다.

여기는 갓 태어난 생명들의 요람이었다. 미지근한 물속에서 흔들리는 것만으로 삶에 대한 의지가 몸으로 스며든다.

이리저리 흔들리다 보면 꿈틀거리고 싶게 하는 밝은 힘이 몸
속에서부터 솟구쳐 온다.

무지갯빛으로 감싸인 텅 빈 껍데기 속을 둘러보는 사이에,
돌아가야 한다…라는 생각이 솟구쳐 왔다.

자신은 여기서 살 생물이 아니다.

역시 자신이 살아갈 세계는 또 다른 어머니가 낳아준 세계
다. 그것이 분명한 생각이 되어서 가슴에 퍼졌다.

그때 껍데기 속에 무수히 매달려 있는 알들이 떨기 시작했
다. 잔물결이 어르는 듯한 약한 떨림이 살갗으로 전해져 와
서 간질간질했다.

불현듯 불길한 예감이 가슴을 찔렀다.

나유그의 물이 조용히, 조용히, 움직이기 시작했다.

5

큰 아라미의 거미줄

사람이 거의 들어가는 일이 없는 청무 산맥의 깊은 산속에 거대한 나무 하나가 있다.

대지 속 깊숙이 뿌리를 내리고 수천 년의 세월을 살아온 나무다.

주술사들은 이 나무를 외경심을 담아 '청무의 주인'이라고 부른다. 그 나무에는 수많은 기생나무들이 휘감겨 붙어 있고, 이끼가 끼고, 벌레와 짐승과 새들이 머물러, 마치 하나의 숲과도 같았다. 그 나무 주위에는 항상 안개가 자욱이 끼었으며, 이끼 끝에서는 투명한 물방울이 반짝였다.

그 청무의 주인의 밑동에 커다란 동굴이 있다.

그 동굴 속에 벌거벗은 노파 하나가 짐승처럼 웅크리고 있다. 그녀 주위에는 나무 열매 껍질, 새 뼈 같은 것이 흩어져 있었다.

벌써 닷새나 토로가이는 이렇게 짐승 같은 생활을 하고 있다. 청무의 주인 태내에 살을 찰싹 붙이고, 그 나무껍질에서 배어 나오는 수액을 마시며, 이 거목의 정기를 자신의 몸에 축적하고 있었다.

예전에 토로가이의 스승, 대주술사 노르가이가 이 나무 속에서 오 로쿠 오무(큰 나무 기생)를 했을 때는 완전히 곡기를 끊고 수액만 마셨다. 그렇게 함으로써 노르가이는 이 거목과 일체가 된 것이다.

그러나 토로가이는 나무 열매나 새도 먹었다. 스승 노르가이처럼 단순히 거목과 일체가 되는 것이 아니라 나무나 새의 생명도 몸에 빨아들였다. 모든 생명을 녹여 넣은 흙으로부터 정기를 빨아올리는 거목처럼. 예전에 노르가이가 이 콘 아라미(금빛 거미)라고 하는 엄청난 정력을 요하는 주술에 도전한 과정을 전부 지켜본 토로가이는 스승과는 다른 방식으로 이 주술에 도전하려는 것이다.

스승의 최후는 지금도 눈에 선하다.

주술은 멋지게 성공했지만, 주술이 끝났을 때는 모든 정기를 다 써버려, 스승의 몸은 마치 투명한 빈 껍질처럼 되어 있었다.

이 주술을 쓰면 자신도 그렇게 될지도 모른다. 그 점을 두려워한다기보다, 토로가이는 자신이 도전하는 이 일생일대의 회심의 주술을 애제자 탄다에게 보여줄 수 없는 것이 슬프고 화가 나서 견딜 수가 없었다.

탄다는 아직 어딘가에서 살아 있다. 그것은 알고 있었다. 죽었다면, 저세상으로 사라지기 전에 반드시 혼이 되어서 자신을 찾아올 것이기 때문이다.

다정하고 착해서… 동생 대신에 전쟁터로 가버린 애제자.

슈가처럼 냉정하게 주술을 쓰지 못하는, 너무 마음이 약한 남자지만, 탄다에게는 주술사로서 가장 소중한 것이 갖춰져 있었다.

그것은 이 세상 모든 것을 있는 그대로 느끼고, 있는 그대로 사랑하는 마음이었다.

'살아서 돌아와라, 얼빠진 제자야. 전해주고 싶은 것이 아직 많이 남아 있다.'

토로가이는 마음속으로 속삭였다.

'나도 이 주술을, 살아서 이겨낼 테니까.'

이틀이 지나고, 사흘이 지나는 사이에, 토로가이는 반수면 상태가 되어갔다.

정기를 축적해, 배를 팽팽하게 부풀린 거미가 된 꿈을 꾸면서, 토로가이는 축 늘어져서 시간을 보냈다.

🐞🦋🐞

카슈가이는 모닥불에 걸어둔 질냄비에서 꿀과 나무 열매를 넣은 달콤한 죽을 떠서 옆에 있는 소녀에게 건넸다. 햇볕에 새카맣게 탔고, 낮은 코에도 뺨에도 껍질이 벗겨진 흔적이 드문드문 남아 있는 그 아이는 기쁜 듯한 미소를 지으며 그 죽을 받아 들었다.

카슈가이가 이 소녀를 자신에게 맡겼으면 한다고 부탁했을 때, 이 아이 부모는 떨떠름한 얼굴을 했다. 천재지변을 피하기 위해서라고 하더라도, 그런 구름 잡는 것과도 같은 이야기보다 밭일이 훨씬 더 중요하다고 생각해서다.

그래도 막내아들이 중병에 걸렸을 때 목숨을 구해준 주술사 카슈가이의 부탁을 거절하지는 않았다.

정작 올해 열두 살이 되는 소녀 자신은 힘든 들일을 며칠 쉴 수 있는 것이 무척 기뻤던 것이리라. 희희낙락하며 카슈가이를 따라서 청무 산맥의 북부 챠 코치(야쿠어로 서쪽 봉우리라는 뜻)를 전망할 수 있는 호쿠가(청천)의 원류 근처 구릉으로 왔다.

언덕 위에서 노숙을 하면서, 카슈가이는 나무줄기에 한쪽

편을 걸치는 형태의 작은 베틀로 소녀에게 베 짜는 법을 가
르쳐줬다. 들일로 거칠어진 손가락으로 소녀는 즐거운 듯이
베를 짜고, 밤에는 추위가 몸속까지 스며드는 노숙이 계속되
어도 불평을 하지 않았다.

따뜻한 아침이었다. 볕이 잘 드는 이 언덕 위에는 부드러운
햇볕이 내리쬐고 있었다. 카슈가이가 자신의 그릇에 죽을 담
으려고 했을 때, 옆에서 달콤한 나무열매 죽을 묵묵히 입으
로 옮기던 소녀가 갑자기 부들부들 떨었다.

"…왜 그러니?"

소녀는 검은색의 작은 눈을 카슈가이 쪽으로 돌렸지만, 그
눈은 카슈가이를 관통해 뭔가 다른 것을 바라보고 있었다.

죽 그릇을 무릎 위에 내려놓고서 입을 살짝 벌리고, 한기
를 느끼는 듯이 어깨에 힘을 주고 있었다. 다음 순간 소녀가
얼른 양손을 땅바닥에 붙여 몸을 지탱했다. 그릇이 무릎에서
굴러 떨어져, 죽이 땅바닥에 쏟아졌다.

"흔들려…!"

소녀는 소리쳤지만, 카슈가이에게는 아무것도 안 느껴졌
다. 땅바닥은 전혀 흔들리지 않았고, 불에 걸쳐 있는 냄비도
흔들리지 않았다.

그런데도 소녀는 필사적으로 자신의 몸을 지탱하려고 했다.

"…흔들려! 파도가 물결치며… 몸이 쓸려 가… 무서워!"

카슈가이가 황급히 소녀를 끌어당겼다.

"나유그가 흔들리고 있니?"

소녀는 식은땀을 흠뻑 흘리면서 덜덜 떨며 고개를 끄덕였다.

"물결치고, 흔들려… 뭔가가 와삭거리며 몸에 닿아…. 모두 고동치며 반짝여…!"

소녀한테 닿은 부분에서 카슈가이는 어렴풋이 뭔가를 느끼기 시작했다. 바람이 웅웅거리는 듯한 술렁임이었다.

눈을 들어 눈 덮인 봉우리들을 쳐다봤지만 산은 조용히 그대로 있었고, 눈이 미끄러져 내리는 기미도 안 보였다.

'…어떻게 하지? 이게 시작인가…?'

쇼 야이(빛의 새)를 날려 보내 토로가이 곁으로 가야 할까? 아니면 좀 더 상태를 지켜봐야 할까…?

망설이고 있는 카슈가이의 눈에, 그때 흰 연기가 비쳤다. 눈 덮인 봉우리에서 피어오르는, 아지랑이와는 다른 가느다란 연기 같은 것.

'…눈보라다!'

그렇게 느긴 순간, 카슈가이는 황급히 눈을 감고 입 안에서 주문을 외우기 시작했다.

그녀의 이마에서 빛이 솟아오르며, 그 빛이 날개 형태로 퍼

져서 퍼덕이며 하늘 높이 날아올랐을 때, 지반이 흔들리는
소리가 들리기 시작했다.

저 멀리 늘어선 눈 덮인 봉우리들에서 일제히 흰 눈보라가
피어오르고, 균열이 생긴 곳에서부터 거대한 눈덩이가 잇달
아 미끄러져 내려왔다.

엄청난 규모의 눈사태가 골짜기를 향해 미끄러져 내려가
는 것을 등으로 느끼면서, 카슈가이는 혼신의 힘을 다해 날
갯짓을 해서 '청무의 주인' 곁으로 하늘을 날아갔다.

토로가이는 자고 있었다.

온몸을 엷게 흩트려 나무에 녹아들게 하고 있어서, 나무껍
질에 사는 벌레나 스쳐 가는 바람의 감촉이 간지러웠다. 새
들이 머릿속을 날아다닌다. 바지런히 나무를 오르는 다람쥐
의 더부룩한 꼬리가 목덜미를 슬쩍 어루만지고 간다.

잔물결 같은 진동을 배에 느끼기 시작했을 때… 빛이 보였다.
길게 꼬리를 끌며 날아오는 빛의 새다. 북서쪽에서 두 마
리, 북동쪽에서 세 마리, 미끄러지듯이 날아온다. 가장 빨리
날아온 두 마리의 쇼 야이가 청무의 주인의 나뭇가지에 내려
앉자마자 제각기 카슈가이와 오로무가이의 목소리로 울었다.

'챠 코치(서쪽 봉우리)의 만년설이 점점 무너져 내리고 있어

요. 호쿠가(청천)가 넘쳐서 주위의 벼랑을 깎아 내려 격류가 되어 흘러내리고 있어요!

나유그가 흔들리는 것 같아요. 나와 함께 있는 아이는 무섭다며 거의 광란 상태에 빠져 있어요!'

'오 코치(동쪽 봉우리)의 만년설도 무너져 내렸다! 탓쿠가(구천)는 갈색 거품이 일며 엄청난 기세로 흘러 내려오고 있다!'

토로가이가 조용히 말했다.

'알았다. …자, 혼을 단단히 붙잡아라. 내 힘에 눌려서는 안 된다!'

카슈가이와 오로무가이는 누군가가 갑자기 꼬리를 붙잡아 끌어당기는 듯한 통증을 느꼈다.

주위의 풍경이 일그러져 보였다. 청무의 주인 주위의 생물들이 뿜어내는 정기가 소용돌이치며 청무의 주인에게 빨려 들어갔기 때문이다.

뒤늦게 온 세 마리도 순식간에 그 소용돌이에 빨려 들었다. 토로가이의 주술에 빨려 들면서 오로무가이는 얼어붙을 듯한 공포를 느꼈다.

'…어마어마한 힘이로구나….'

도저히 한 사람이 발산하는 것으로는 생각할 수 없을 정도로 엄청난 주술력이었다.

토로가이는 꿈을 꾸고 있었다. 금색으로 빛나는 거대한 거미가 되는 꿈을.

주위의 생물들의 정기를 점점, 점점 빨아들이고 또 빨아들여, 배가 부풀어 오른다…. 빨아들이고 또 빨아들여, 배 속에 빛의 소용돌이가 생길 때까지, 토로가이는 정기를 계속 빨아들였다.

이윽고 배 속에 생긴 빛의 소용돌이는 천천히 회전하면서, 금색 실의 방추(紡錘)로 변화하기 시작했다.

'돌아라, 금색의 실패여. 돌아라, 돌아….'

토로가이는 배 속에 생긴 실패에 바깥세상에서 빨아들인 정기와 자신의 정기를 단단히 서로 꼬면서 친친 감아갔다.

그러더니 갑자기 실패의 회전을 멈추고, 금색으로 빛나는 정기의 실을 바깥을 향해 한꺼번에 뱉어냈다.

소용돌이 속에서 이를 악물고 자신의 혼을 붙잡으려던 주술사들은 금색으로 빛나는 정기가 갑자기 몸으로 점점 흘러 들어오는 것을 느꼈다.

몸이 팽팽하게 부풀어 터지기 직전 상태에서 토로가이의 목소리가 들렸다.

'자, 날아올라라! 수많은 쇼 야이가 되어서 마을들로 날아가라!'

수많은 금색 빛이 늙은 나무에서 휙 튀어서 날아갔다.

빛의 꼬리를 끌며 사방팔방으로 점점 퍼져갔다.

뻗어가는 곳 여기저기서 접촉한 나무들의 정기를 빨아들이면서, 저 멀리 퍼져가는 금색 실. 산들을 뒤덮고 골짜기를 뒤덮으며 점점 퍼져가는 금색의 거미줄….

잠시 후에 그 금색 빛의 실 끝에서부터 수많은 금빛 새들이 날아올랐다.

토로가이는 어마어마한 통증을 느꼈다.

토로가이의 정기를 빨아들이면서 온몸으로부터 금색 실이 미끄러져 나갔다. 실이 갈라져감에 따라서 머릿속으로 수많은 다른 풍경들, 다른 소리들이 뛰어들어 왔다.

비명이 나오려는 것을 참으면서, 토로가이는 통증으로 굳은 온몸에서 천천히 힘을 뺐다.

지금 토로가이는 수십 개의 눈으로 풍경을 보고 있었다. 주술사들과 일체가 되어, 그 하나하나에 정기와 혼을 나눠주면서 하늘로 날아 올라간다.

강이 보였다. 협곡을 깎아 내리면서 솟아올라, 거품이 이는 탁류가 되어 흘러 내려가는 여러 줄기의 강물.

'서둘러라, 서둘러!'

'저 탁류보다 빨라 날아야 한다.'

주술사들은 금빛으로 빛나는 수많은 새가 되어서 하늘을 미끄러지며, 강을 따라 흩어져 있는 마을로 날아서 내려갔다.

강변에서 빨래를 하는 아낙.

강의 둑을 터서 논에 물을 대려고 하는 농부.

물놀이를 하는 아이들.

강에서 낚시를 하는 어부들….

많은 사람들의 머리를 향해 주술사들은 날아서 내려가, 그 머리를 금색 빛으로 감싸며 날카로운 소리로 외쳤다.

'도망쳐라! 도망쳐! 탁류가 온다! 강에서 멀리 떨어져서 고지대로 도망쳐라!'

여러 마을에서 농부와 아이들이 금색 빛을 맞고 기겁을 했고, 그 날카로운 외침을 듣고 떨면서 뛰기 시작했다.

탁류가 소용돌이치면서 흘러 내려오는 곳 여기저기서 사람들은 금빛 새를 봤다.

여러 개의 지류가 본류로 흘러 들어감에 따라, 수많은 금빛 새들도 하나로 녹아들기 시작했다.

가슴의 통증, 몸이 녹기 시작하는 듯한 나른함을 느끼면서, 토로가이는 하염없이 날았다.

이윽고 부채 형태를 한 아름다운 도읍이 보이기 시작했을 때, 토로가이는 가느다란 주술 실이 이끄는 곳으로 부리를 돌렸다.

도읍의 서쪽 구릉에 흰 천막이 점처럼 흩어져서 보였다.

그중 하나에서 슈가에게 매단 주술 실의 빛이 보였다.

거기까지 가고 싶었다. …하지만 날 수가 없었다. 목숨이 한계를 알리고 있었다.

주술 실에 있는 힘껏 숨을 내뱉어 흔들고 나서, 토로가이는 자신의 몸으로 혼을 되돌렸다.

돌아왔을 때, 토로가이는 아무것도 안 보였다.

암흑 속에 진흙처럼 묵직한 몸을 눕히고서 거칠게 숨을 쉬며 헐떡이고 있었다.

정기가 아주 조금밖에 안 남았다. 그 정기를 써서 토로가이는 목을 움직여 청무의 주인의 수액을 핥았다. 달콤한 수액이 입으로 들어가 목을 타고 흘러내려 몸으로 스며들어갔다.

아슬아슬하게 목숨을 부지할 수 있었다는 것을 토로가이

는 느꼈다.

몸에 축적한 정기가 많았던 만큼, 자신의 정기를 소모시키지 않아도 되었던 것이다.

토로가이는 후 하고 숨을 내뱉었다. 깊은 잠에 빠져들 때, 두 제자의 얼굴이 얼핏 떠올랐다.

입가에 미소를 지으며 토로가이는 꿈도 꾸지 않는 잠 속으로 빠져들었다.

6
떠내려가는 도읍

몸을 흔드는 잔물결이 점점 큰 파도로 변해간다.

무지갯빛 천장에서 발처럼 아래로 드리워져 흔들리는 알이 반짝였다.

그 순간 챠그무는 자신의 몸이 빛나는 것을 봤다. 요나로가 이(물의 민족)도, 물고기들도, 정령들도, 어디선가 하나로 이어져 있는 것처럼 어렴풋이 빛났다.

으슬으슬 한기가 올라왔다.

가슴의 고동에 맞춰 맥박이 뛰듯이, 남빛 물속에 있는 모든 생물이 반짝였다. 그때마다 뭔가가 다가오는 듯한, 근질근질한 듯한, 가만히 있을 수가 없는 어떤 충동을 느꼈다.

'춤을 추고 있어…'

요나로가이가 속삭였다.

어딘가 먼 곳에서 자신들과 생명의 실로 이어진 뭔가가 크고 격렬하게 고동치기 시작한 것이다.

깜짝 놀라 챠그무는 정신이 돌아왔다.

'…산왕의 혼례가 시작되었다…!'

챠그무는 요나로가이들의 손을 뿌리치고 일직선으로 헤엄치기 시작했다.

거대한 조개 안쪽에 어렴풋이 비치던 궁 안을 챠그무는 온 힘을 다해 헤엄쳐 갔다. 사람의 기척이 없는 원목의 회랑을 빠져나가 '황제의 길' 안쪽, 아버지가 계시는 침전으로 향했다.

텅 빈 침전의, 화려한 비단 벽걸이로 둘러싸인 방에서 시종장의 모습을 발견하고 챠그무는 그의 어깨를 잡으려고 했지만, 백발의 머리를 숙이고 있는 시종장은 놀라울 정도의 속도로 미끄러지듯이 움직여 따라잡을 수가 없었다.

'도망쳐라! 물이 온다…!'

그의 등을 향해서 소리쳤지만, 시종장은 돌아보지 않았다.

눈 깜짝할 사이에 회랑으로 나와 모퉁이를 돌아서 사라져 버린 그 모습을 지켜보며 챠그무는 깨달았다. …나유그와 사그는 시간이 흐르는 속도가 다른 것이다.

게다가 소리가 없다. 나유그에 있는 챠그무에게는 사그의 소리가 전혀 안 들렸다.

침전의 굵은 기둥이 소리도 없이 흔들리기 시작하는 것을
챠그무는 멍하니 바라보고 있었다.

안쪽에서 바닥이 솟아올라 기둥이 휘면서 천장을 뚫고 간다.

다음 순간 진흙 색깔의 물로 된 벽이 눈앞에 나타났다. 바
닥도 기둥도 벽도 비틀어 뽑고 허물면서 밀려오는 격류.

챠그무는 자기도 모르게 몸을 움츠리고 눈을 꽉 감았다.

담요에 쌓인 채 짓눌리는 듯한 기묘한 충격이 전해져 왔다.
사그의 탁류가 나유그의 물도 흔들고 있는 것이다. 챠그무는
천천히 떠내려가기 시작했다. 휙휙 몸을 관통하며 흘러가는
궁의 기둥이나 기와들과 함께 천천히 표류하듯이 떠내려갔다.

그 희한한 물결 속에서 챠그무는 눈물을 흘리고 있었다.

아버지가 어떻게 되었는지 생각할 필요도 없었다.

시종장도 이 탁류 속을 떠내려간 것이리라.

챠그무는 이를 악물고 몸을 비틀어 약간 위쪽으로 올라갔
다. 위로 갈수록 몸에 느끼는 격류의 힘이 약해졌다.

헤엄치면서 챠그무는 떠내려가는 붕괴된 궁을 내려다보고
있었다. 별의 궁의 탑이 무너져서 떠내려간다. 선상과 선중을
나누는 두꺼운 외곽에 격류가 부딪혀서 솟구쳐, 벽을 쓰러뜨

리면서 마을 쪽으로 흘러간다.

새처럼 도읍 위를 날며 챠그무는 탁한 갈색 물이, 빛나는 부채로 칭송받던 아름다운 도읍을 삼켜가는 광경을 눈물을 흘리면서 계속 지켜봤다.

부채가 펼쳐지듯이 격류가 넓게 퍼지며 물결의 속도가 느려졌다. 챠그무는 물결을 타고 미끄러지듯이 격류를 앞질러서 동쪽으로 향했다.

뒤돌아보니 청무 산맥 너머 하늘에 일곱 색깔의 빛이 어른거리는 것이 보였다. 하늘과 땅이 빛의 띠로 이어져 함께 흔들리는 듯한 장대한 광경이었다.

머나먼 유사의 산들 지하에 펼쳐져 있는 바다에서 정령이 몇백 년에 한 번 있는 혼례의 춤을 추고 있다. 그 암수의 정령들이 사랑을 나누며 뿜어내는 정기가 땅속에서 하늘로 피어오르고 있는 것이다.

시선을 되돌리자, 구릉지대가 보이기 시작했다. 도읍을 휩쓸고 있는 격류가 거짓말처럼 온화한 햇빛을 받아 야영지 천막들이 여기저기 하얗게 도드라져 보였다.

그 너머로 구릉지대 기슭의 들판에 펼쳐져 있는 버려진 논 근처에서 뭔가가 반짝반짝 빛났다.

'…전쟁…! 타르슈와의 전쟁이 시작되었다…'

챠그무는 뒤돌아서 밀려오는 격류를 봤다. 구릉 너머에 있는 병사들에게는 저 탁류가 안 보인다. 이대로 탁류가 퍼져오면 전쟁터도 물에 잠겨버린다…!

그때 눈가에서 뭔가가 반짝였다. 나유그의 흔들리는 물 너머로 금색 빛이 하늘을 화살처럼 날아간다. …왠지 모르지만, 그 빛에 묘하게 마음이 끌려 챠그무는 눈으로 계속 뒤쫓았다.

그 빛이 천막 근처까지 온 다음에 포물선을 그리며 청무산맥 쪽으로 사라져가는 것을 지켜보며, 챠그무는 급강하를 해서 천막을 뚫고 뛰어들어 자신의 몸에 내려앉았다.

챠그무의 손이 꿈틀거린 것을 발견하고, 제2황비가 챠그무의 뺨을 어루만졌다. 신음하며 괴로운 듯이 눈꺼풀을 떠는 아들에게 제2황비가 달래듯이 말했다.

"괜찮아. 꿈이야… 나쁜 꿈을 꾸고 있는 것뿐이란다. 자, 눈을 떠라."

황비 옆에 앉아 챠그무의 얼굴을 들여다보던 슈가는 그 순간 눈에 안 보이는 새털이 미간을 문지르는 듯한 기묘한 느낌을 받았다.

미간에서 머리 전체로 저린 느낌이 퍼져갔다.

예전에 토로가이 사부가 '주술 실' 주술을 걸었을 때의, 눈에 안 보이는 주술 실을 혼에 묶어 살며시 입김을 불어넣었을 때의, 이가 시큰거리는 듯한 그 감각과 똑같았다.

귓속에서 토로가이 사부의 목소리가 되살아났다.

'혼에 닿는 금색 실을 똑똑히 느껴라… 내 제자여. 내가 너에게 땅의 소리를 전해줄 테니까….'

슈가는 벌떡 일어나자마자 천막 밖으로 뛰쳐나갔다. 호위를 맡은 병사들은 구릉 중턱의 전쟁터를 내려다볼 수 있는 곳에 모여 있었다. 도읍을 감시하는 역할을 맡은 망루의 병사조차도 전쟁터에 정신을 빼앗겨 도읍에 등을 돌리고 있었다.

망루로 기어 올라가서 도읍을 내려다보고 슈가는 얼굴이 창백해졌다.

슈가가 망보는 병사의 팔을 잡았다.

"활을 쏴라! 퇴각하라는 화살을 쏴 올려라!"

놀라며 뒤돌아본 병사는 도읍의 광경을 보자마자 새파래졌다. 떨리는 손으로 활을 잡아, 병사는 전쟁터의 상공을 향해 계속해서 퇴각하라는 화살을 쏴 올렸다.

사투를 벌이고 있는 병사들은 퇴각용 화살 소리를 듣지 못했다. 그들 뒤에서 청궁천의 물이 솟구치는 것을 보면서, 망보는 병사는 필사적으로 계속 퇴각용 화살을 쐈다.

망보는 병사가 가진 화살을 다 쐈을 때, 중턱에서 대기하고 있던 병사들 사이에서 퇴각용 화살이 날아오르기 시작했다. 일제히 하늘을 가르며 나는 퇴각용 화살 소리가 펑펑 하고 전쟁터의 하늘에 울려 퍼졌다.

그제야 로타 기병들의 움직임에 변화가 일어났다. 서로 칼로 싸우면서 동쪽 언덕으로 퇴각을 시작했다. 칸발 기병과 신요고 황국군 기병들도 그 뒤를 따랐다.

타르슈군의 북도 조금 전까지와는 전혀 다른 박자로 울리기 시작했다. 산 위에서 내려다보고 있던 척후병이 격류를 발견할 것이리라.

타르슈 병사들이 퇴각을 시작한 그때 청궁천이 범람해, 전쟁터가 눈 깜짝할 사이에 떠밀려 오는 진흙에 잠겼다. 발이 허청거려 말도 병사도 쓰러졌다.

그것을 보고 구릉의 기슭에 있던 신요고 황국의 궁병들이 활을 쏘기 시작했다. 화살이 마치 검은 구름처럼, 진흙에 발이 묶인 타르슈 병사의 머리 위로 쏟아져 내렸다.

수천 명의 병사들이 픽픽 쓰러져 죽어가는 광경을 슈가는 핏기 없는 얼굴로 바라보고 있었다.

　그날 살아남은 타르슈군 병사는 고작 3,000. 그 병사들도 도서가도에서 북상해 온 무로 씨족의 '왕의 창' 하구가 이끄는 칸발 기병을 만나 대부분 죽었다.

　장군 슈발은 중상을 입었고, 오르무인 부관은 슈발과 병사들의 신변 안전을 조건으로 무기를 버리고 하구에게 투항했다.

　챠그무는 그 소식을 이불 속에서 들었다.

　핏기 없는 얼굴을 옆에서 지켜보는 사람들 쪽으로 향하고, 어머니의 작은 손에 오른손을 맡긴 채, 그들이 감개무량한 표정으로 어떤 식으로 전쟁에서 승리했는지 손짓 발짓을 섞으면서 이야기하는 것을 잠자코 듣고 있었다.

　아버지는 죽었고, 도읍도 탁류에 떠내려갔다.

　천자가 통치한 나라는 사라졌다. 그 나라는 아버지와 함께 끝난 것이다. 그런 생각이 먼 메아리처럼 어딘가 공허한 울림이 되어 가슴에 퍼져갔다.

제5장

새잎이
싹트다

1

태양 재상의 의도

나뭇잎이 물들고, 가을바람이 그 잎을 흔들기 시작했다.

그날 라울 왕자는 형과 함께 태양 재상 아이올의 거처로 초대되어, 어린 시절에 그의 가르침을 받던 때처럼 아이올의 서재에서 난로를 쬐고 있었다.

난로에서는 스아 나뭇가지가 타고 있어, 향긋한 냄새가 방 안 가득 감돌고 있었다. 스아 나뭇가지를 난로에 넣는 것은 아이올의 고국 코라나무의 관습이었다.

아이올은 난로의 재 위에 놓아 식지 않도록 해둔 도기냄비 손잡이를 잡아서 들어 올리더니, 작은 탁자에 놔둔 찻잔 세 개에 투명한 초록색의 샤올차를 따랐다.

아이올은 술을 안 마신다. 그 대신 하루에 몇 잔이나 이 샤올차를 마신다. 두 왕자 앞에 찻잔을 놓고, 아이올이 그들의 맞은편에 앉아 입을 열었다.

"바쁘신데 두 분께 일부러 이렇게 오시라고 부탁드려 죄송합니다. 제가 찾아뵈어야 하는데….'

라울 왕자가 씩 웃었다.

"환절기라서 지병인 요통이 심해진 것이겠지. 이 무렵에는 항상 그랬잖아."

아이올도 미소를 지었다.

"그렇지요. …두 분이 아직 소년이었을 때부터 이 시기에는 종종 드러누워 있었지요."

미소를 지은 채로 살짝 고개를 숙이며 아이올이 말했다.

"그때 이후로 많은 세월이 흘렀군요. 두 분께서 자신의 영지를 맡게 된 지가 이제 거의 20년이 되어가지요?"

"내가 영지를 맡은 지가 20년이니까, 라울은 17년이 되나?"

형 하잘의 말에 라울이 고개를 끄덕였다.

"그렇지. 17년이 되지, 올겨울로. …세월 참 빠르군. 벌써 그렇게 되다니."

화기애애하게 두 사람이 대화를 주고받는 것을 들으면서, 아이올은 샤올차를 마시고 있다가 이윽고 찻잔을 탁자에 올려놨다. 그러고는 두 사람을 응시하며 조용히 말했다.

"하잘 전하, 라울 전하. 황제 폐하께서 저에게 두 분 중 어느 분을 황제로 택할지 정하라고 말씀하신 후로 한 달이 지났습니다. 요 한 달, 어떻게 황제를 정해야 할지 계속 생각을 해오다가 마침내 결론을 내렸습니다."

두 왕자 사이에 긴장이 흘렀다.

아이올이 천천히 말을 이었다.

"한 달 후에 두 분의 영지에 대한 상세한 내용을 적은 문서를 저한테 주시기 바랍니다.

경제, 행정, 모든 것을 상세히 적은 문서 말입니다. 추가로 앞으로의 전망도 적어주시기 바랍니다."

라울이 눈을 끄게 떴다. 가슴 안쪽에서부터 분노가 끓어오르는 것을 느끼면서, 라울이 아이올을 노려봤다.

"…영지의 통치 상황에 의해 황제의 자질을 보겠다는 것인가? 이제까지의 공적은 전혀 고려하지 않겠다는 뜻인가?"

아이올이 차분한 목소리로 되물었다.

"이제까지의 공적이란 다른 나라를 정복한 공적을 말씀하시는 겁니까?"

라울이 눈을 번뜩이면서 대답했다.

"물론 그걸 말하는 거다. 바로 어제 신요고 황국군과의 첫

전투에서 대승리를 거뒀다는 소식을 전하지 않았느냐! 내가
지휘하는 북쪽 대륙의 공격은 순조롭게 성과를 거두고 있다.

아바마마가 가장 중요하게 여기셨던 속국의 확장을 고려
하지 않는다는 것은 아바마마의 의사를 너무 무시한 선정이
아닐까!"

아이올이 대답했다.

"무시하고 있지 않습니다. 제 이야기를 주의 깊게 들으셨
다면 이해하셨겠지만, 영지의 통치 상황에는 속국의 지배도
당연히 포함되지요."

아이올의 눈에 엄한 빛이 떠올랐다.

"황제 폐하의 의사에 대해 말씀하셨는데, 황제 폐하도 저
도 그저 무턱대고 나라를 정복해온 것이 아닙니다. 새삼 말
할 필요도 없지만, 엄청난 비용을 들이고 병력을 쏟아붓더라
도, 그 나라를 얻음으로써 제국에 이득이 된다고 생각할 때
만 전쟁을 했습니다.

속국 확장의 공적이란 정복한 나라의 수에 의해 정해지는
것이 아닙니다. 타국을 정복함으로써 영지가 풍요로워지고
백성들이 만족하며 사는지, 그것이 공적일 겁니다. 그렇지 않
은가요?"

라울은 잠자코 있었다.

아이올이 조용히 덧붙였다.

"두 분은 각자 아주 젊을 적에 몇 개의 나라를 정복하셨지요. 황제 폐하께서 맡기신 영토에 추가해서 그 속국들을 10년 이상 통치하고 운영하고 계십니다. 그 통치가 건전하지 않다면 이 대제국의 통치는 맡길 수가 없습니다.

제 생각에 어딘가 잘못된 점이 있는지요?"

라울은 분노의 충동을 억누르며 지그시 표정을 감추고 있었다. 하잘은 입가에 가벼운 미소를 띠고 있었다.

❧⋇❧

자신이 거처하는 성을 향해 말을 달리면서 라울은 가슴 안쪽이 타는 듯한 초조함에 사로잡혀 있었다.

스무 날쯤 전에 행정장관 오이라무를 투옥한 이후로, 라울이 통치하는 '북익 영토' 각지의 행정청에서 여러 사건들이 일어났다. 중요한 행정서류가 불타거나 배가 불타는 것 같은, 딱히 반란이라고는 할 수 없는 사건들이었다. 하지만 그 사건들로 인해 잃은 것, 특히 행정기록 같은 것은 고작 한 달 동안에 다시 만들 수 있는 것이 아니었다.

'하잘 이놈…!'

배후에는 반드시 형이 관여되어 있다. 이런 고지식한 방법에 의해, 게다가 이 정도의 사소한 실책으로 자신이 궁지에

몰린 것에 라울은 격렬한 분노를 느꼈다.

　성으로 돌아온 라울을 기다리고 있었던 것은 이 상황에 쐐기를 박는 듯한 편지였다.

　재상 쿠르즈가 파랗게 질린 얼굴로 라울을 맞이하며, 깊이 절을 하면서 매가 막 갖고 온 편지를 내밀었다.

　그것을 읽기 시작한 라울의 얼굴에 곧바로 긴장감이 감돌았다.

　"…로타와 칸발이 동맹을 맺었다고?"

　그것은 로타 왕과 칸발 왕이 공동으로 선언한 내용을 자세히 적은 문서였다.

　로타 왕과 칸발 왕은 육군과 해군 합해 5만의 군대를 산갈 반도로 보내, 타르슈군의 신요고 황국으로의 이동을 저지하면서 남하하고 있다.

　또한 신요고 황국의 챠그무 황자에게 동맹을 성립시킨 공을 기려 3만의 병사를 주었다고 적혀 있었다.

　그 한 줄을 읽은 순간, 라울은 눈을 부릅떴다.

　"그 꼬맹이가…!"

　손에 든 문서를 꽉 쥐어 구기며 느닷없이 칼을 빼 들더니 라울은 가까이에 있던 꽃병을 검으로 내리쳤다.

아직 소년티가 남은 열일곱 정도밖에 안 되는 애송이가 감쪽같이 자신의 허를 찔렀다고 생각하니 불같은 분노가 끓어올랐다. 라울은 멋진 세공을 한 기둥을 검으로 치고, 장식용 도자기를 양손으로 들더니 벽으로 내던졌다. 도자기는 벽에 부딪혀 큰 소리를 내며 산산조각이 났다.

이윽고 서서히 난폭한 분노의 파도가 가라앉자, 라울은 이가 빠진 검을 바닥에 내팽개치고 집무실 쪽으로 걷기 시작했다.

재상 쿠르즈가 라울을 따라서 집무실로 들어가더니 뒤에서 말을 걸었다.

"라울 왕자 전하, 또 한 가지 소식이 있사옵니다."

라울은 그 말을 무시하고 의자까지 걸어가서 의자에 털썩 앉은 다음에 쿠르즈를 마주 봤다.

"뭐냐?"

쿠르즈가 말했다.

"오늘 아침 조금 전의 편지가 도착한 것과 비슷한 시각에, 산갈의 섬들에 주둔하고 있는 부대로부터 잇달아 소식이 도착하기 시작했습니다. …북쪽 대륙을 향해 항해 중인 군선이 작은 섬의 항구에 기항했을 때, 산갈 해적들이 침입해 불을 지르는 사건이 빈발하고 있는 듯합니다. 특히 북부 해역에서는 많은 군선들이 불탄 듯합니다.

보복하러 섬의 항구마을이나 어촌을 공격하려고 했을 때
는 섬사람 대부분이 가재도구를 싣고 배로 도망친 후였던 것
을 보면, 계획적인 반란이 의심되는 소식들이지요."

라울의 미간에, 새겨 넣은 것 같은 주름이 생겼다.

"…산갈 해적 놈들. 로타와 칸발이 동맹을 맺었다는 소식
을 듣고 변심한 것이로군."

만만치 않은 교섭 능력을 보이던 산갈 왕가의 수법을 떠올
리며, 라울은 분노와 함께 으스스한 한기를 느끼기 시작했다.

산갈은 바다의 왕국. 육지의 왕국과는 달리 꽉 억누르려고
해도 발밑에서 스윽 빠져나가버리곤 한다. 그것은 처음부터
알고 있었던 일이다. 산갈 왕가가 진심으로 복종하는 것은,
북쪽 대륙도 타르슈의 지배하에 들어가 남과 북 어느 쪽으로
도 도망칠 곳이 없다는 것을 실감했을 때일 것이다.

하지만 로타와 칸발이 동맹을 맺어 신요고에도 도움의 손
길을 뻗었다는 것이 바람의 방향을 크게 바꿔버렸다.

'그때….'

형이 칸발 왕을 조종해 로타를 내전으로 몰아넣을 수 있게
손을 써놨으니 군사를 빌려달라고 했을 때 형 말을 들어줬어
야 했다.

그러나 이미 둬버린 한 수를 후회해도 승리로는 이어지지

않는다. 이기기 위해서는 빨리 이 상황을 역전시킬 수 있는 수를 둬야만 한다.

"쿠르즈, 그대라면 어떻게 하겠느냐?"

그렇게 묻자 쿠르즈가 즉각 대답했다.

"공격을 계속해야 한다고 생각합니다. 여기서 약한 모습을 보이면 산갈 녀석들은 우쭐해지고, 북쪽 대륙의 여러 나라의 사기도 높아지게 됩니다. 이미 북쪽 대륙에 있는 군대도 고립되고 맙니다. 속국으로부터 군비를 더 징수하고 병사를 더 모아, 산갈을 완전히 쳐부수고 북상해야 한다고 생각합니다."

그것은 라울의 가슴에 떠올린 생각과 똑같았다.

고개를 끄덕이다가, 갑자기 라울이 눈을 가늘게 떴다.

쿠르즈는 항상 라울이 지금 가장 듣고 싶어 하는 말을 정확하게 입에 담는다. 머리가 좋은 남자다.

쿠르즈는 라울이 보고 싶지 않은 것, 라울의 성격으로는 절대로 받아들일 수 없는 것이 뭔지를 잘 알고 있다. 알고 있기 때문에 그런 말은 입에 담지 않는다.

턱을 잡고서 라울이 쿠르즈를 지그시 쳐다봤다.

'…이 녀석은 내 마음을 비추는 거울인가?'

이 남자가 거울이라고 한다면 아무리 이 남자의 눈을 들여다봐도 자신의 뒤쪽, 스스로는 볼 수 없는, 깨닫지 못하는 부분은 안 보인다.

라울은 집무 탁자 위에 놓여 있는 붓을 들더니, 잠시 붓으로 탁탁 탁자를 두드렸다. 그리고 손을 멈추더니 말했다.

"쿠르즈… 휴우고를 이리 데려와라."

쿠르즈의 얼굴이 긴장한 것을 보고 라울이 눈썹을 치켜올렸다.

"뭐지? 설마 고문을 하다가 죽인 것은 아니겠지?"

쿠르즈가 고개를 저었다.

"아니, 그런 일은…. 죽지는 않도록 조심하며 심문하라고 하셨기에, 분부대로 심문을 하고 있었습니다.

다만 그는 고집스러운 사내여서, 좀처럼 일당의 이름을 털어놓으려 하지 않기에, 도중에 조금 거친 심문으로 바꿨습니다. 그래도 입을 열지 않기에 이상하다고 생각했는데…."

쿠르즈는 잠시 머뭇거리다가 낮은 목소리로 말했다.

"의술가의 말로는 아무래도 이에 우라스를 바른 것 같다고 합니다."

라울이 되물었다.

"우라스? 무엇이냐, 그게?"

"혼을 없애는 약이라고 합니다. 작고 단단한 환약으로 입

안에서 조금씩 녹이면서 복용하면 통증을 안 느끼는 효과가 있지만, 한 알을 전부 복용해버리면 깊은 잠에 빠져들어… 못 깨어난 채로 죽는 경우가 많다고 합니다."

라울이 쿠르즈를 노려봤다.

"결국 녀석은 지금 그 잠에 빠져들었다는 것이로구나?"

쿠르즈가 고개를 끄덕였다.

라울이 쿠르즈를 노려보다가 곧바로 턱을 약간 치켜올렸다.

"가라. 가서 의술가와 주술사들을 총동원해서라도 녀석을 깨어나게 하라."

2
휴우고의 말

휴우고의 몸이 라울 왕자의 집무실로 옮겨져 온 것은 그다음 날 밤이 된 후였다.

보고를 받고 집무실로 들어온 라울은 들것에 실린 채로 누워 있는 휴우고의 모습을 보더니 얼굴을 찌푸렸다.

쿠르즈가 죽일 생각으로 심문을 했던 것이 한눈으로 알 수 있는 모습이었다. 손가락이 잘리고, 손톱이 떨어져 나가고, 얼굴도 목도 검푸른 빛으로 부었으며, 눈도 퉁퉁 부어 있었다.

그러나 휴우고는 살아 있었다. 퉁퉁 부은 눈꺼풀의 좁은 틈새로 눈이 빛나고 있었다. 옆에 붙어 있는 요고인 주술사 소도쿠가 라울에게 깊이 고개를 숙였다.

"어떻게든 혼을 되돌려놨습니다. 한나절만 늦었으면 때를 놓칠 뻔했습니다."

소도쿠에게는 눈길도 주지 않고, 라울이 휴우고를 내려다
본 채로 말했다.

"바보 같은 녀석이로군, 너는. 반란을 꾀한 자들의 이름을
털어놓으면 감옥에서 꺼내주겠다고 했을 것이다. 왜 그렇게
까지 해서 그 녀석들을 감싸는 것이냐?"

휴우고의 입술이 움직였다. 힘없는 쉰 목소리가 그 입에서
새어 나왔다.

"…이름을 밝히면, 전하는, 그들을, 죽여버린다. …하밀이,
원하는 바지요. 하잘 왕자, 가, 황제가 되어, 하밀이, 태양 재
상이 된다…."

라울이 눈을 크게 떴다. 물끄러미 휴우고를 보며 라울이 낮
은 목소리로 말했다.

"넌, 아이올이 무엇으로 황제의 자질을 판단할지 알고 있
었느냐?"

휴우고가 살짝 고개를 끄덕이는 듯한 동작을 했다.

"아이올 님을, 만나 뵈었을 때, …그분이, 보고 있는 것, 을,
알았습니다."

라울이 냉담한 눈으로 휴우고를 내려다보며 물었다.

"말해봐라. 아이올은 뭘 보고 있지?"

"…하밀에게도, 저에게도, 보였는데, 쿠르즈는, 보려고 하지 않은 것."

속이 타는 듯이 라울의 목소리가 거칠어졌다.

"그러니까 그것이 무엇이냐고 묻고 있다!"

휴우고가 말했다.

"이 제국에서의, 속국의 의미입니다."

라울이 콧방귀를 뀌었다.

"말도 안 되는 소리다. 나도, 쿠르즈도 그런 것 정도는 알고 있다!"

휴우고가 살짝 고개를 저었다.

"…알고 계신다면, 오이라무를 투옥할 리가 없다."

라울의 눈에서 노기가 꿈틀거렸다.

소도쿠는 배가 딱딱해지는 듯한 불안을 느끼면서 라울 왕자의 안색을 살피고 있었다.

라울이 꽉 깨문 이 사이로 단어를 밀어냈다.

"말해봐라. 나와 쿠르즈가 못 보는 속국의 의미란 무엇이냐?"

휴우고가 대답했다.

"…2,300만 명과, 400만 명. 48만 명과, 6만 명. 이것이, 무슨 숫자인지, 생각해보신 적이, 있습니까?"

라울이 잠시 미간을 모으고 있다가 이윽고 깜짝 놀라며 눈을 크게 떴다. 입을 살짝 벌리고 라울이 휴우고를 내려다봤다.

2,300만 명이란 속국 출신 사람의 수. 400만이란 타르슈인 수다. 그리고 48만이란 속국 출신 병사의 수이며, 6만이란 타르슈 병사의 수였다. 알고 있는 숫자인데도 이렇게 새삼스럽게 생각해보니, 그 크나큰 차이가 피부에 와닿았다.

라울이 낮은 목소리로 말했다.

"속국 출신이 타르슈인의 여섯 배인 것은 확실하다. 하지만 우리는 그들을 이 제국의 신민으로 대우해왔다.

마지막으로 속국이 된 산갈, 속국이 되고 10여 년이 되는 그대의 조국과 오르무, 호라무 사람들이 불만을 가지고 있는 것은 사실이지만, 아바마마가 정복한 코라나무와 같은 오래된 속국은 타르슈인과 다름없는 부와 권력을 누리고 있을 것이다. …코라나무 출신 아이올이 다음 황제를 정할 정도니까. 오래된 속국의 모습을 보면, 새로운 속국 사람들도 빨리 동일한 대우를 받으려고 분발할 것이다."

휴우고가 조용히 말했다.

"…그렇게 해서, 정말로, 순조롭게 가고 있다면, 분란이나 파탄이 일어날 리가 없다."

라울이 얼굴을 찡그리며 지그시 휴우고를 바라봤다.

휴우고가 말을 이었다.

"전하, 곁으로 올라오는, 서류와, 정보는, 쿠르즈가 검열한 것.

이 북익의 행정을 책임지는 재상 쿠르즈는, 타르슈인. 세금 관리 책임자도, 군사 책임자도, 타르슈인. 그들 밑에서 보좌를 하는 역할이 주어진 속국 출신 관료들이, 매일같이, 무엇을 보고, 무엇을 생각하는지는, 전하에게까지, 올라오지 않는다…"

휴우고는 말을 끊더니 갈라진 입술을 혀로 축이고 말을 이었다.

"쿠르즈 재상 휘하의 행정장관 오이라무가, 하잘 왕자의 재상 하밀과, 내통하고 있었던 것은 사실이다. 그것은, 자신의 상사인 쿠르즈는 자신의 말을 들어주지 않는데, 하밀은 진지하게 들어주었기 때문입니다. 하밀은 속국 출신. 많은 유능한 속국 출신 관료들의 목소리에, 귀를 기울여온 남자입니다."

휴우고는 조금밖에 안 보이는 눈에 강렬한 빛을 띠고서 라울을 쳐다보고 있었다.

"타르슈인의, 여섯 배에 이르는 속국 출신들이, 이 제국의 구석구석에서 일하고 있다. 그들이 일하지 않으면, 이 거대한 제국은, 꾸려나갈 수가 없습니다.

전하가, 저한테 이름을 밝히라고 한 사람들은, 전부, 전하의 영토의 유능한 관리들. 그들을 죽일 겁니까? 속국 출신의, 불만의 싹을 자르기 위해, 8분의 1의 타르슈 병사로, 여섯 배의 속국 사람들을 계속 처형하실 겁니까?"

라울은 소리도 내지 않고 휴우고를 바라보고 있었다.

휴우고가 말했다.

"속국 백성들은, 불만을, 품고 있다. 그것은, 이 제국에, 문제가, 있기 때문, 입니다.

전하가 투옥시킨 오이라무는, 멋진 남자로, 북익만이 아니라, 제국 전체의, 유능한 속국 출신 관료나, 자그마한 지방의 관리들하고도 소통을 하여, 이 제국이 안고 있는 문제를 계속 조사해왔다. 무려, 20년에 걸쳐서, 말입니다. 그가 조사해서 정리해온 보고서는, 아마도, 하밀의 수중에 있을 것이다."

라울은 넋이 나간 채로 주먹을 쥐었다 폈다 하고 있었다. 자신의 손끝이 차가운 것을 느끼면서.

느닷없이 라울이 칼집째로 검을 허리띠에서 뽑아 집무용 탁자 위에 던지더니 휴우고 옆에 앉았다.

"너는….."

라울이 낮은 목소리로 말했다.

"왜 하밀에게 정보를 넘기지 않았지? 너라면 그 정도는 얼마든지 할 수 있었을 것이다. 나한테 쓸데없는 말을 할 것이 아니라, 내 영토의 문제점에 관한 정보를 하밀에게 흘려서, 형님이 황제가 되면 특별대우를 해달라는 약속이라도 받아 놨으면 좋지 않았느냐?"

휴우고의 눈에 냉담한 빛이 깃들었다.

"…그런, 자잘한 이익을 얻기 위해서, 나는, 아버지와 어머니와 여동생을 죽인 전하의, 가신이 된 것이 아니다."

라울의 눈에 놀라는 빛이 떠올랐다. 휴우고가 분노를 참는 듯한 강한 목소리로 말했다.

"하잘 왕자는, 자신의 전망을 갖고 있지 않다. 동생인, 전하에 대한, 대항의식으로만, 움직여온 남자다. 전하가 속국을 만들면, 자신도 속국을 만들었다. 전하가 북쪽으로 손을 뻗치면, 자신도 북쪽으로 손을 뻗쳤다. …자신이, 이 나라를, 어떻게 하고 싶은지, 그가 알고 있다고는, 생각할 수 없다.

그리고, 하밀은, 태양 재상이 되기 위해서, 20년이나, 자신을 신뢰해온 오이라무를 버렸다. 책략을 위해서, 신의를 버린 것이다. 언제, 자신을 버릴지 모르는 남자 따위한테, 자신의 미래를 맡길 수가 있을까? 그가 태양 재상이 되어도, 속국 출신들은, 아이올 님을 따르듯이 그를 따르지는 않을 것이다."

경어를 팽개쳐버리고 휴우고가 라울을 몰아세웠다.

"전하는, 성미가 급하고 오만한 타르슈인이다. 자신의 성질을 못 이겨, 모든 것을 파괴해버릴지도 모른다. 그러나, 전하에게는, 하잘게는 없는 것이 있다. 타르슈 제국을 번영시키고 싶다는, 강렬한 소망과, 그것을 실행할 만한 능력이.

나는, 전하에게 도박을 건 것이다. 도박에서 지면, 살아 있어도, 의미가 없다."

라울이 지그시 휴우고를 바라봤다.

잠시 후에 그 입술에 빈정거리는 듯한 미소가 떠올랐다.

"…어리석은 도박을 했구나. 그대의 눈앞에 있는 남자는 모든 것을 그 손에서 잃어가고 있는 남자일 뿐이다."

라울은 휴우고가 감옥에 있는 동안 있었던 일들을 담담히 들려주었다. 모든 이야기를 다 듣더니 휴우고가 눈을 감았다.

그리고 퉁퉁 부은 눈꺼풀을 간신히 밀어 올리듯이 하며 다시 눈을 뜨더니 말했다.

"신요고 황국의 도읍 공격의 결과는 앞으로 한 달 이내에 알 수 있을 것입니다. 명장 슈발이 도읍을 함락시키면, 승리의 방향은 또다시 전하 쪽으로 크게 기울어질 겁니다.

그러나 도읍 공격이 여의치 않을 것 같으면, 신속히 북쪽 대륙의 나라들과 화친을 맺고 원정군을 라스제도까지 후퇴시켜야 합니다."

라울이 눈을 가늘게 떴다.

"그 이유는?"

"라스제도까지는 지배체제가 갖추어져 있다. 거기까지 전군을 후퇴시켜 산갈의 절반을 장악하게 되면, 앞으로의 발판은 남는다.

그런 지배 형태라면, 그렇게 많은 병사가 필요 없다. 남은 속국 병사는 고향으로 돌려보내주시지요. 그 후에는 교대로 산갈의 관리를 맡기도록 하시지요."

오랫동안 줄곧 생각해온 것을 휴우고는 쉰 목소리로 이야기했다.

"오랫동안 타르슈 제국에 봉사해온 속국 병사들을, 남편이랑 아버지랑 아들들을, 속국에서 기다리는 가족들 곁으로 돌려보내주시지요. 그들의 가족에게 코무스(신민권)를 주시기 바랍니다.

더 이상 군비를 늘리지 않고 무거운 세금도 부과되지 않는다는 것을 알면, 속국 사람들의 불만도 조금은 수그러들 것이다. 가족들 곁으로 돌아온 남자들은 본래의 모습인 농부나 직공이나 상인으로 돌아가, 이 나라 내부에서 나라를 안정시켜갈 것입니다."

휴우고가 지그시 라울을 바라보며 말했다.

"…북쪽 대륙에 나타난다는 성지인 영원한 낙원을 꿈꾸신 황제 폐하는 이미 영면하셨다. 전하는, 이 제국을, 영원한 낙원으로 만들어주십시오. 전하에게, 그것이 가능하다는 확신이 서면, 태양 재상은, 전하의 머리에… 황제의 관을 씌워줄 겁니다."

3

어린잎을 비추는 빛

비의 계절이 찾아왔다.

논에는 쑥쑥 자라기 시작한 벼가 흔들려, 바람이 불자 향긋
한 냄새가 퍼져 왔다. 타라노 평야는 시계 저 멀리까지 부드
러운 초록빛을 띠고 있었다. 비가 내리면 으슬으슬 추울 때
도 있지만, 맑은 날에는 여름 햇볕이 내리쬐었다.

바르사가 전쟁이 끝났다는 소식을 들었을 때는 그런 계절
이었다.

타라노 평야에 야영지를 만들던 타르슈 병사는 무장을 풀
고, 로타나 칸발의 기병들에게 포위되어서 어디론가 갔다는
이야기를 라챠가 해주었다.

이 젊은이는 틈만 나면 뭔가 구실을 만들어서는 이 석굴을 찾아왔다. 바르사는 별로 붙임성이 좋은 사람이 아니었지만, 그래도 라챠는 새로운 사람에게 이야기를 해줄 수 있다는 것만으로도 즐거운 듯했다.

북쪽 지방에서 청궁천과 그 지류가 범람하기 직전, 빛나는 많은 새들이 날아서 사람들에게 도망칠 길을 가르쳐주었다는 이야기도 라챠한테서 들었다. 그 이야기를 듣고 바르사는 미소를 지었다. 토로가이를 비롯한 주술사들이 자신들의 본령을 훌륭히 발휘한 것이다.

어느 날, 쌀을 싣고 와준 라챠가 흥분한 얼굴로 새로운 이야기를 해주었다. 지금 어느 마을이든 그 이야기로 떠들썩하다고 한다.

"바르사 씨, 타르슈군이 어떻게 졌는지 들었어?"

쌀 포대를 바닥에 놓자마자 라챠가 이야기를 시작했다. 민병의 팔에 난 상처를 씻어주면서 바르사가 물었다.

"어떻게 졌는데?"

라챠가 눈을 반짝이며 이야기를 시작했다.

그것은 하늘에서 기마병들이 내려와서 타르슈군을 무찔렀다는 이야기였다.

"엄청난 이야기지? 도읍이 물에 잠기고, 황제가 돌아가시고… 거기에다가 타르슈군의 북소리가 들려서 이제 틀렸다고 모두가 하늘에 기도했을 때, 놀랍게도 챠그무 황태자 전하가 흰빛에 둘러싸여서 구름 사이에서 내려왔다는 거야! 돌아가셨다던 챠그무 황태자 전하가 말이야.

구름 사이로 비친 빛의 길을 성스러운 말을 타고 내려와서, 로타와 칸발의 지원군을 이끌고 단숨에 타르슈군을 물리치셨다는 거지, 뭐야!"

그렇게 이야기하면서, 바르사 곁으로 가서 어깨 위로 해서 얼굴을 들여다본 라챠는 바르사의 표정을 보고 깜짝 놀랐다.

"…왜 그렇게 무서운 얼굴을 하고 있는 거야, 바르사 씨? 내가 뭔가 말을 잘못했나?"

바르사가 고개를 저었다.

민병의 팔에 새 헝겊을 감는 동안 바르사는 잠자코 있다가, 잠시 후에 뒤돌아서 라챠를 쳐다봤다.

"아니, 네가 잘못한 것은 없어. …단지 챠그무 전하는 자신이 하신 일이 그런 식으로 전해지고 있는 걸 알면 기쁘지 않을 거라고 생각했거든."

라챠가 얼굴을 찡그렸다.

"…왜지?"

바르사가 단어를 찾아가면서 말했다.

"가령… 네가 도적에게 납치된 아이를 구했다고 한다면… 부상을 입으면서도 필사적으로 아이를 구했다고 하고 말이야. 그 아이를 어머니한테 데리고 가줬는데, 어머니가 이렇게 말하면 어떤 마음이 들까? 틀림없이 당신에게는 신이 깃들어 있군요. 신이시여, 정말 고맙습니다…."

라챠가 실망한 얼굴이 되었다.

"그야 물론 화가 나겠지."

그렇게 말하고 나서 기세등등해서 열을 올리며 말했다.

"하지만 말이야, 그건 내 경우지. 챠그무 황태자 전하는 다르지. 전하는 천신의 아드님이시니까."

라챠의 얼굴을 보면서, 바르사는 가슴 안쪽에서 뭐라고 표현할 수 없는 쓸쓸한 것이 퍼져가는 것을 느꼈다.

챠그무가 허우적대면서 달려온 길은 구름 사이로 비치는 빛의 길하고는 거리가 멀었다. 추악한 의도와 함정과 피 냄새로 가득 찬 진흙길이었다.

눈보라 속에서 피를 흘리며 자신을 쳐다보던 챠그무의 얼굴이… 그리고 눈 덮인 봉우리가 석양에 물드는 것을 홀린 듯이 바라보던 챠그무의 얼굴이 눈에 선하다.

모두가 가능할 리가 없다고 생각하는 일을, 챠그무는 포기하지 않고 해냈다. 그것이 얼마나 힘든 일이었는지, 챠그무가 어떤 길을 걸어왔는지 라챠 같은 사람들이 알 리가 없다. 앞으로 사람들 사이에서는 아마도 지금 라챠가 한 것처럼 가슴 뛰는, 아름다운 신의 아들 이야기로 전해질 것이다.

그것이 챠그무에게 얼마나 가혹한 일인지 라챠에게 말해 줄 수 없는 자신이 안타까웠다.

라챠가 흥이 깨진 얼굴로 돌아간 후에 바르사는 자고 있는 탄다 옆에 앉아, 화로에 섶나무 가지를 넣으면서 멍하니 챠그무 생각을 하고 있었다.

황제는 도읍을 덮친 수해로 돌아가셨다고 한다. 장례 절차를 마치면 챠그무는 황제가 될 것이다. …이제 두 번 다시 만날 일은 없을 것이다.

쓸쓸했지만, 신기하게도 슬프지는 않았다.

예전에 어린 챠그무와 헤어질 때하고는 무척 다르다. …그때는 챠그무가 가여워서 견딜 수가 없었다. 헤어질 때 울음을 참으며 입술을 떨던 얼굴이 머리에서 떠나지를 않았다.

하지만 지금 마음속에 떠오르는 챠그무의 모습은 대지에 단단히 뿌리를 내린 어린 나무와 같은 강렬한 젊은이의 모습이었다.

떨어져 있어도, 평생 만나지 못해도, 변하지 않는 유대관계가 자신들 사이에는 있다. 이따금 자신은 챠그무 생각을 할 것이다. 웃는 얼굴을, 우는 얼굴을, 화난 얼굴을. …그리고 그때마다 그가 건강하게 살기를 바랄 것이다.

눈을 가늘게 뜨고서 바르사는 화롯불을 지그시 바라보고 있었다.

♪♪♪

세월이 천천히 흘러갔다.

부상당한 민병들이 살고 있는 이 석굴은 안에서 불을 피우지 않으면 습기를 제거할 수가 없고, 그렇다고 해서 불을 계속 피우면 연기가 많이 나서 괴로웠다. 돌바닥은 풀을 잔뜩 깔았어도 차갑고 딱딱했다.

그렇게 심란한 곳이었지만, 딱 한 가지 좋은 점이 있었다. 석굴 바로 옆 계곡에 뜨거운 물이 솟아 나오는 곳이 있었던 것이다. 원래 근처 마을 사람들이 강변의 자갈밭을 파고 돌담으로 둘러싸서 커다란 욕조를 다섯 개쯤 만들어 목욕하러 오는 곳이다.

일어설 수 있을 정도로 회복한 민병들은 그 탕에 들어가 몸을 치유했다. 바르사도 밤이 되면 종종 목욕을 하러 가서, 뜨거운 물을 물통 두 개에 가득 채워서 석굴로 돌아와서는 탄다의 몸을 닦아주었다.

요즘은 부상을 입은 남자들의 명암이 확실히 갈라졌다. 부상이 심했던 사람들은 죽음의 나락으로 떨어져 내려가고, 생명력이 강한 사람은 죽음의 언덕을 올라갔다가 천천히 이 세상으로 돌아왔다.

최근 보름 정도는 망자를 화장하지 않았다.

그 이전까지는 매일같이 죽은 사람을 강변에 장작을 쌓아 올려 태웠다. 이름이나 출신을 알면, 재를 항아리에 넣어 이름과 고향의 마을 이름을 적었고, 이름조차도 모르는 자의 재는 봄이 되면 가지가 휠 정도로 흰 꽃을 피우는 토우스 나무 밑동에 뿌렸다.

살아남은 자들은 동료를 간병하거나, 마을로 내려가서 밭일을 돕거나 했다. 고향에 있을 때는 목공이었던 남자들도 있었는데, 그들은 밭일을 한 삯 대신에 판자를 많이 받아서 돌아와 발판을 만들어서 석굴 바닥에 깔아주었다.

탄다는 지금도 어둠과 빛 사이의 좁은 길 위에 있다.

팔 하나를 자른 후에 몸은 서서히 회복되어갔지만, 혼은 죽음의 냄새로 가득 찬 어둠 속에 웅크리고 있는 상태다.

처참한 전쟁은 착한 탄다의 혼에 깊은 상처를 입혔다. 자고 있을 때는 악몽에 시달리고, 깨어 있을 때도 탄다는 넋이 나간 눈으로 죽음의 어둠을 보고 있었다. 항상 부드러운 미소를 띠고 있던 모습은 어디에도 없었다.

바르사는 이따금 챠그무 얘기 같은 것을 탄다에게 띄엄띄엄 들려주면서, 그를 간병하며 세월을 보냈다.

칸발 왕한테 받은 여비는 이제 얼마 남지 않았다. 마을 사람들은 싫은 내색을 하지 않고 음식물을 날라다 주었지만, 언제까지고 계속 신세만 질 수도 없어 돈을 지불해왔기 때문이다. 일하고 싶었지만, 탄다 곁을 떠날 수는 없었다.

각다귀가 엄청나서 석굴 앞의 덤불은 깔끔히 베어냈다. 석굴 입구에는 낮이나 밤이나 모깃불이 피워져 있었다.

탄다 옆에 앉아서, 한낮이 지난 햇빛이 그 연기에 그은 선들을 멍하니 보고 있자, 새소리가 들려왔다.

휘, 휘… 하고 맑은 새소리가 들렸을 때, 탄다가 몸을 꿈틀거리며 천천히 눈을 떴다.

"…새가, 울고 있네."

가느다란 쉰 목소리였다. 바르사가 고개를 끄덕였다.

"루샤키야. 여름을 재촉하는 거지."

"…비가, 그쳤나 보구나."

탄다가 이런 식으로 대화를 이어가는 것은 드문 일이었다.

바르사가 대답했다.

"비는 어제 저녁에 그쳤어. 석양이 예뻤지."

탄다가 눈을 감았다. 잠들었나 했을 때, 눈을 뜨고서 천천히 바르사 쪽으로 얼굴을 돌렸다.

"…밖에, 나가고 싶다."

바르사가 깜짝 놀라서 탄다를 봤다.

고개를 끄덕이더니, 목덜미에 살며시 손을 넣어 탄다의 몸을 일으키고, 상처에 닿지 않도록 조심하면서 자신의 등에 탄다가 업히도록 했다.

탄다를 업고 천천히 일어서서 바르사는 석굴 밖으로 나갔다.

새가 쉴 새 없이 지저귀면서 나뭇잎을 흔들며 나뭇가지를 이리저리 옮겨 다니고 있었다. 따뜻한 날이었다. 이제 곧 여름이 온다.

바르사는 커다란 나무 밑동의 푹신한 초록빛 이끼 위에 탄다를 내려놨다.

탄다는 나무줄기에 머리를 기댔지만, 몸에 힘이 들어가지 않는지 남아 있는 오른팔의 무게에 끌려가듯이 몸이 기울기 시작했다.

바르사는 탄다 옆에 앉아 몸을 자신에게 기댈 수 있도록 해주었다.

빽빽한 어린잎 사이로 하얀 빛이 어른거리며 얼굴에서 춤을 췄다. 바람이 풀을 흔들고 갔나 싶더니, 나무들이 와삭와삭 나뭇잎을 흔들기 시작했다.

작은 새들이 활기차게 지저귀는 소리를 들으면서, 탄다는 눈을 가늘게 뜨고 비에 도드라져 보이는 섬세한 초록색 잎의 광채를 바라보고 있었다.

"…아름답다."

나지막이 말한 탄다의 눈에 눈물이 맺혔다.

"불쌍하게도, 코챠 녀석. …살해당해…."

얼굴을 잔뜩 일그러뜨리고 눈물을 흘리면서, 탄다는 죽어간 동료들의 이름을, 마치 혼을 보내듯이 잇달아 입에 담았다. 두 번 다시 이 빛을 볼 수 없는, 고향에 돌아갈 수 없는 남자들을 생각하며, 탄다는 계속 눈물을 흘렸다.

바르사는 손을 뻗어서 탄다의 머리를 안았다. 바르사의 어깨에 얼굴을 대고서 탄다가 울었다.

눈물이 마를 때까지 울더니, 탄다가 살며시 머리를 똑바로 세웠다. 이끼를 반짝이게 하는 햇빛을 한참 동안 잠자코 보고 있다가, 이윽고 불쑥 말했다.

"…눈도 안 치워서 지붕이 내려앉았을지도 모르겠구나."

청무 산맥 기슭의 자신의 집 생각을 하고 있다는 것을 알고 바르사가 미소를 지었다.

"괜찮아. 올봄에 봤을 때는 멀쩡했어. 깔끔하게 청소도 되어 있었고, 마당의 잡초도 뽑아놨던데."

탄다가 이끼를 내려다본 채로 나지막이 말했다.

"…잡초라는 건, 이 세상에, 없는데. 뽑아버렸구나."

윙, 윙 하고 약한 날갯짓 소리를 내면서 모기가 다가왔다. 탄다의 뺨에 붙은 모기를 쫓고 나서 바르사가 탄다의 귀 옆 머리를 만졌다.

"많이 자랐네. 탕에 들어갈 수 있게 되면, 머리를 감고 잘라줄게."

탄다의 눈에 부드러운 빛이 떠올랐다. 그 빛을 보면서, 바르사는 탄다의 머리를 살며시 끌어당겨 뺨에 입술을 댔다. 탄다의 오른손이 천천히 올라가서 바르사의 머리카락을 만졌다. 입술을 포개자, 그 부드러움이 가슴에 스며드는 것 같았다.

턱을 바르사의 어깨에 얹고서 탄다는 눈을 가늘게 뜨고, 오랫동안 어린잎에 춤추는 초여름의 햇빛을 바라보고 있었다.

4
들판의 황제

나무망치 소리가 여기저기서 일제히 들리기 시작했다.

목공들의 목소리, 목재가 부딪히는 소리가 나무망치 소리 사이로 들렸다.

광선경이 떠내려간 지 두 달. 초여름의 하늘 밑에서 새로운 도읍 건설이 시작되었다.

챠그무는 성독박사들이 '길한 토지'라고 판정한, 도읍의 남쪽에 있는 소하로가(小河路街)의 서쪽 평야에 새로운 도읍을 만들기로 정했다.

청궁천에 가까운 것을 두려워하는 목소리도 있었지만, 이번과 같은 대규모 범람이 일어나도 이 평야에는 거의 피해가 없었으며, 가도와도 강줄기와도 가까운 좋은 토지였다.

새 도읍으로 옮겨 갈 때까지 산의 별궁이 정사의 중심지가 되었다. 챠그무는 매일같이 평결을 개최해, 산더미처럼 쌓여 있는 문제에 대해 토론하고는 결정을 내리는 나날을 보내고 있었다.

챠그무는 국정에 참여한 지가 얼마 안 되어서, 대부분의 경우 오랜 경험을 가진 대신들이나 책임자들, 그리고 슈가나 오즈루의 판단에 맡기고 있었다.

단지 그들의 의견에 확실하게 이의를 제기하며 전혀 다른 결단을 내리는 경우도 있었다. 새로운 요고의 궁 건설이 그 대표적인 경우였다.

대신들은 새 도읍은 우선 황제가 머무실 요고의 궁부터 지어져야 한다고 생각했다. 그러나 챠그무는 궁 건설은 뒤로 미루라고 하여 대신들을 놀라게 했다.

원래 황제파였던 나이 든 대신들이 흥분하며, 그것은 우가타 카이무(역류)로 불길하다고 주장했지만, 챠그무는 그 주장을 완강히 받아들이지 않았다.

"황제의 장례 절차가 끝나기를 기다리고, 그 후에 요고의 궁을 짓는 의식을 치른 후에 궁을 건설하고, 그 후에 도읍의 건설을 시작하라는 것이냐?"

챠그무가 엄한 목소리로 말했다.

"장례 절차가 끝나기까지 100일을 기다리고, 그리고 궁이 완성되기까지 1년 이상이나 백성들이 노숙을 하며 기다릴 필요가 뭐가 있지? …아바마마의 혼이 아직도 이 세상에 계신다면 새로운 도읍이 생기는 모습을 지켜봐주실 것이다. 게다가 우리는 궁이 완성될 때까지 산의 별궁에서 지낼 수 있지 않느냐?"

이렇게 해서 새로운 도읍 건설은 우선 무인계급이나 귀족 계급이 지낼 구역과, 백성들이 생활할 구역부터 시작되었다.

궁에서 피난할 때 들고 나올 수 있었던 보물 대부분을 챠그무는 도읍 건설을 위한 자금으로 썼다. 그래도 부족한 자금을 어디서 짜낼지가 커다란 과제였는데, 챠그무는 전쟁에서 커다란 피해를 입은 백성들에게 더 많은 세금을 부과하는 것만은 하고 싶지 않았다.

로타 왕에게 차관을 부탁하려고 마음속으로 생각하고 있었지만, 이것을 평결에 부치면 대신들은 더 이상 로타에 빚을 져서는 안 된다며 반대할 것이다. 대신들의 생각에도 일리는 있다. 하지만 지금은 녹초가 된 백성들의 기력을 되살리는 것이 무엇보다도 중요하다고 챠그무는 생각했다.

아직 황제가 된 것도 아닌데, 도읍의 재건, 전쟁에서 불탄 마을의 재건, 민병으로 일손을 빼앗긴 농민들이나 부상병들에 대한 보상 등, 평결에서 논의해 정해야 할 일이 챠그무의 등을 이미 산처럼 짓눌렀다.

슈가가 적절한 보좌를 해주지 않았다면, 상처가 나은 지 얼마 안 된, 게다가 아직 젊은 챠그무에게는 도저히 감당하기 힘든 무거운 짐이었다.

라울 왕자와의 화친에 관한 교섭도 이제 막 시작되었을 뿐이다.

일단 전쟁을 중지하고, 화친 조건을 미리 생각해두기 위해서 서로의 지배권을 탐색하고 있는 상황이었다.

"…모든 것이 진흙탕 속에 있는 느낌이 드는군."

평결을 마치고 지친 얼굴로 자신의 방으로 돌아온 챠그무가 탁자에 기대어서 중얼거렸다. 탁자 맞은편에 앉은 슈가가 평결 기록을 펼치던 손을 멈추고 얼굴을 들었다.

"슬퍼하지 마시지요. 진흙에서는 풀이나 나무도 싹이 틉니다. 타르슈에게 굴복했다면 우리 손에 남아 있는 것은 아무것도 싹트지 않는 불모지였을 겁니다."

챠그무가 떨떠름한 얼굴로 나지막이 말했다.

"…그것도 아직 알 수 없지. 그들이 이대로 물러날지 어떨지."

슈가가 두루마리를 탁자에 놨다.

"그건 그렇지요. 그러나 대국인 타르슈 제국이 휴전을 제안해 왔다는 사실이 무엇보다도 중요합니다. 그들 쪽에서도 병사를 퇴각시키고 싶은 이유가 있다는 것이니까요."

슈가가 갑자기 짓궂은 미소를 지었다.

"산갈에 주둔해 있는 타르슈 원정군이 해적들의 습격에 시달리고 있는 듯합니다. 산갈 왕도 카리나 왕녀도 바람의 방향을 읽는 데 뛰어난 분들이지요. 자치권을 약속했으면서 그쪽이 약속을 어겼기 때문에 가신들이 반란을 일으키지 않았느냐, 어떻게 해줄 거냐고 라울 왕자에게 불평을 했다는 말을 들었을 때는…."

슈가와 챠그무는 웃음을 터뜨렸다.

"…역시 산갈 왕가답구나. 그런 능력은 반드시 배우고 싶구나."

산갈 왕과 카리나 왕녀의 얼굴을 떠올리며 두 사람은 한바탕 웃었다.

잠시 후에 웃음의 파도가 지나가자, 슈가가 차분한 어조로 말했다.

"세상일이 참으로 묘하다는 생각이 듭니다. 일단 물결의 방향이 바뀌자, 이제까지와는 반대 방향으로 기세를 더해가며 흐르기 시작하는군요."

슈가가 챠그무를 응시했다.

"…전하는 멋지게 물결의 방향을 바꿔주셨습니다."

챠그무가 빨개지며 시선을 돌렸다.

"고생한 보람이 있었다. 앞으로는 이 물결을 그대로 유지할 수 있도록 세심한 주의를 기울여서 끈기 있게 교섭을 계속해가는 수밖에 없다."

슈가가 눈썹을 치켜올리며 미소를 지었다.

"…참으로 멋진 분이 되셨습니다. 문답 강의를 듣는 게 싫어서 도망칠 궁리만 하시던 전하한테서 '끈기 있게'라는 단어를 듣는 날이 오다니."

챠그무가 콧방귀를 뀌었다.

"나는 문답이 싫었던 것이 아니다. 좁고 답답한 방에 갇혀 있는 것이 싫었던 것이다."

❧

산의 별궁의 어두운 회랑에서 정원으로 나와, 챠그무는 깊이 숨을 들이마셨다.

황태자의 신분으로 있을 수 있는 것도 이제 하루밖에 없다.

내일 밤이 지나면 몸을 정갈하게 하고, 해가 저물 무렵에는 아버지의 가묘(假墓)인 '황성(荒城, 빈소를 뜻함_옮긴이)의 궁'에 칩거해야만 한다.

이 땅에 나라를 세운 성조(聖祖) 토르갈 황제의 옷을 자신이 걸치고, 아직 천신 곁에서 쉬지 못하는 떠도는 영혼 상태인 아버지와 마주하며 밤을 지새워야 한다.

그리고 살아서 다음 날 아침을 맞이하게 되면… 자신은 황제가 된다.

챠그무가 살아서 황성의 궁에서 나올 리가 없다는 소문을 퍼뜨리는 자들이 있다는 것은 알고 있었다. 아버지인 황제의 뜻을 계속 거슬렀으며, 사람의 피로 손을 더럽힌 자가 황제가 되는 것을 천신이 허락할 리가 없다며.

하지만 챠그무는 황성의 궁에 칩거하는 것을 두려워하지는 않았다.

자신은 살아서 황성의 궁을 나와 황제가 될 것이다. 천신이 그런 식으로 심판을 내리는 일은, 절대로, 없다.

천신이 자신의 죄를 심판해주실 거라고 믿을 수 있다면 오히려 훨씬 마음이 편해질 수 있을 텐데. 자신이 해온 일들이 잘한 것인지 잘못한 것인지, 천신이 판정을 내려 형을 정해주신다면….

하지만 챠그무는 더 이상 그런 것은 전혀 믿지 않았다.

아버지가 홍수에 떠내려간 것을 천벌이라고도 생각하지 않았다. 아버지 자신은 그렇게 생각했겠지만….

아버지는 천신을 믿고, 천신의 아들인 자신을 믿었다. 그리고 자신을 계속 믿기 때문에 천재지변에 몸을 내맡긴 것이다. …마지막 순간에 아버지가 무슨 생각을 했을지 그 생각을 할 때마다 가슴이 꽉 막히는 듯한 통증이 흘렀다.

아버지에게 하고 싶었던 말들이 잇달아 마음속에 떠올랐다.

차양 너머로 가늘게 퍼져 있는 푸른 하늘에 구름이 흘러가는 것을 챠그무는 멍하니 보고 있었다.

멀리 북방의 하늘과 땅이 흔들리는 무지갯빛 띠로 이어져, 나유그와 사그가 함께 흔들렸던 그 장엄한 광경이 문득 눈에 또렷이 떠올랐다. 사그의 땅에 엄청난 재해를 가져온 나유그의 풍요로운 봄이… 삶이 죽음으로 이어지는 불가사의함이 가슴에 퍼졌다.

자신이 나유그와 사그의 틈새에서 태어난 것. 어린 자신이 정령의 알을 품은 것. 자신의 인생을 크게 바꿔간 그것들을 성독박사들이라면 '천의(天意)'였다고 말할 것이다. 하지만 그 따뜻한 남빛 물속에서 일어난 일은 나유그의 생물이 다음

세대로 삶을 이어간 것에 불과하다.

나유그에서도 여기서도 하늘과 땅은 이렇게 그저 계속 존재하고 계속 움직일 뿐이다. 아마도 천신의 뜻이란 그런 것이리라.

많은 피를 흘리며 자신이 지킨 것은 무엇이었을까? …그런 생각을 할 때마다 끝없는 불안이 마음을 흔든다. 이런 미숙한 자신이 황제가 되어도 좋을지 불안하기 그지없다.

그런데도 자신이 하늘에서 내려와서 나라를 구했다고 백성들은 믿고 있는 듯하다.

그렇게 생각함으로써 그들은 천자인 황제가 자신들을 비참한 전쟁에 끌어들여 방치한 것을 납득할 모든 이유를 찾아낸 거라고 슈가는 말했다. 고난은 선대의 황제 탓이었다. 새로운 황제야말로 정말로 행운을 가져다주는 천자라고 백성들이 생각하면, 이 나라는 이 위급한 상황에서 벗어나 되살아날 힘을 얻을 거라고 믿는 것이다.

그럴 것이다. 그런 생각은 자신의 황제 지위를 굳건하게 해줄 테고, 그런 식으로 나라의 혼인 황제가 천신의 피를 이어받은 청정한 자라고 믿을 수 있으면, 백성들은 행복할지도 모른다.

천신에게 짐을 맡겨버리면, 백성도 황족이나 귀족들도, 그리고 자신도 편해질 수 있다.

'하지만….'

챠그무는 옅은 구름이 뜬 푸른 하늘을 응시했다.

'그러면 아무것도 바뀌지 않는다.'

이제까지와 똑같은, 누구나 천신에게 책임을 떠맡기고, 누구나 진실을 보려고 하지 않는 무책임한 나라가 생겨날 따름이다.

'나는 백성도 나 자신도 속이고 싶지 않다.'

그리고 백성에게도 짐을 하늘에 맡기고 편하게 지내게 하고 싶지 않다.

자신은 신의 목소리를 못 듣는다. 신의 의지가 깃든 특별한 존재가 아니다.

'…나는 백성 모두와 똑같은 한 남자에 불과하다.'

오랜 여정 동안 계속 그랬듯이 평범한 남자일 뿐이다. 그런데도 내일 밤이 지나면 자신은 이 나라를 통치하는 사람이 된다.

'사실은 황제라는 직위 자체를 없애버리면 좋을 텐데.'

아버지가 신의 위엄과 권위를 지닌, 거역할 수 없는 절대자였기에 얼마나 많은 피가 헛되이 흘렀던가? 아버지가 쇄국을 택했을 때, 이의를 제기할 수 있는 사람들이 있어 의논을 거듭해 길을 발견했다면, 그 정도로 비참한 전쟁을 안 해도 됐을지도 모른다.

'언젠가….'

이런 지위를 없애버리고 싶다. 천신이나 황제에게 짐을 맡기지 않고, 누구나가 각자 자신의 등에다 자신의 키에 맞는 짐을 지고, 자신의 판단에 책임지며 살아가는 나라를 만들고 싶다.

단 한 사람의 목소리만이 높이 울리는 나라가 아니라, 수많은 서로 다른 목소리가 울리고, 혼란스럽고 방황을 하면서도 가야 할 길을 서서히 발견해가는 나라를 만들고 싶다.

'하지만 지금은… 그것은 불가능하다.'

나라가 죽음의 낭떠러지에서 간신히 걸음을 멈춘 지금은 슈가 말대로 사람들의 마음을 하나로 모을 사람이 필요하다.

챠그무는 눈부신 듯이 눈을 가늘게 떴다.

그 짐을 짊어져야 한다면 짊어지자. 하지만 아버지처럼 신의 옷을 몸에 걸친, 절대로 거스를 수 없는 사람은 절대로 되지 않겠다. 자신의 고뇌도, 추악함도, 어리석음도 절대로 백성들에게 숨기지 않겠다. 자신이 내리는 명령의 책임을 신의 그림자에 숨기거나 하지는 않겠다.

백성이 알 수 있도록. 자신들을 통치하고 있는 자가 어떤 인간인지를, 자신들이 어떤 식으로 짐을 맡기고 있는지를.

챠그무는 조용히 초여름의 햇빛을 얼굴에 받고 있었다.

시종 륀이 말을 끌고 정원을 돌아서 다가왔다. 챠그무가 들판을 말로 달림으로써 잠시나마 숨을 돌린다는 것을 륀이 알고 있는 것이다.

말고삐를 쥐었을 때, 뒤에서 발소리가 들려 챠그무가 뒤돌아봤다.

회랑 기둥 뒤에 미슈나와 투그무가 서 있었다. 시녀들의 모습이 안 보이는 것을 보면, 시녀들이 눈을 뗀 틈에 방에서 도망쳐 온 듯하다. 아버지인 황제를 위해 걸치고 있는 상복이 무척이나 무거워 보였다.

둘의 얼굴을 보는 동안, 챠그무는 문득 어떤 생각이 났다.

"…미슈나, 투그무, 너희들은 꽃이 핀 들판을 본 적이 있느냐?"

투그무는 고개를 끄덕이지도 고개를 흔들지도 않고 지그시 챠그무를 올려다봤지만, 미슈나는 싱글벙글 웃으면서 대답했다.

"응. 나는 정원의 화단이 엄청 좋아."

챠그무가 미소를 지었다.

"정원의 화단보다 꽃이 핀 들판이 훨씬 더 아름답단다. 이 궁 바로 남쪽 들판은 지금 온통 꽃으로 뒤덮여 있단다. …가 보고 싶으냐?"

미슈나의 눈이 커졌다. 투그무는 고개를 저으며 뒷걸음질을 쳤지만, 누나가 형 쪽으로 걷기 시작한 것을 보더니 망설이듯이 미간을 모으고 챠그무의 얼굴을 올려다봤다.

"이리 와라, 투그무. 걸어서 문을 나갈 뿐이야. …시녀들에게 발각되기 전에. 자, 얼른."

망설이면서 누나 뒤를 쫓아온 투그무의 손을 챠그무가 살며시 잡았다.

처음으로 형에게 손을 잡힌 투그무는 깜짝 놀라 몸에 힘이 들어갔지만, 챠그무가 오른손에 투그무, 왼손에 미슈나의 손을 잡고 천천히 걷기 시작하자, 차츰 몸에서 힘을 빼고 따라왔다.

정원에 우두커니 서서 조금 떨어진 위치에서 챠그무를 지키고 있던 황제의 방패들이 얼른 세 사람을 지키는 배치를 갖추고 움직이기 시작했다. 그들은 챠그무가 제3황궁의 공주와 황자를 데리고 문 밖으로 나가려고 하는 것을 보고 긴장한 얼굴을 했다.

커다란 문을 빠져나가려고 했을 때, 투그무가 발걸음을 멈췄다. 미간을 꽉 모으고, 호흡을 멈추고 있었다.

이 정도로 부정 탄다는 게 두려운 것이다. 그런 생각이 들었을 때, 챠그무는 문득 어머니를 떠올렸다.

부정 타는 것에 대한 두려움도, 황족 사람들의 비난도 무시하고, 어머니는 병사들의 야영지로 달려와주었다. 챠그무가 일어날 때까지 옆에 있어주었다. …그것이 얼마나 기뻤던가….

그렇게 오랜 시간 어머니와 같이 지낸 적은 어린 시절에도 없었다. 시녀나 유모들에 둘러싸인 채, 밖으로 나간다는 건 있을 수 없는 일이라고 엄하게 교육받으며 자랐다. 산의 별궁에 가기 위해 소수레를 타고 궁 밖으로 나갈 때는 항상 지금의 투그무처럼 호흡을 멈추곤 했다.

챠그무는 무릎을 꺾어 어린 동생의 얼굴을 들여다봤다.

"부정 탄 인간세계가 두려우냐?"

투그무가 입술을 깨문 채로 고개를 끄덕였다.

챠그무가 미소를 지었다. 그리고 태양을 손가락으로 가리켰다.

"저것은 뭐지, 투그무?"

"…해님. 천신님의 눈."

챠그무가 고개를 끄덕였다.

"자, 봐라. 여기서 나가도 해님은 마찬가지로 비추고 있다. 천신님이 다정하게 지켜보고 계시는 이 땅 어디에 부정 탄 곳이 있겠느냐?"

스윽 일어서며 챠그무가 말했다.

"이리 와라. 꽃이 핀 들판이란 곳이 바로 저기다."

챠그무가 문을 빠져나가자, 주저하면서 미슈나와 투그무도 문을 빠져나갔다.

초여름 햇볕이 들판에 쨍쨍 내리쬐고 있었다. 작은 새들이 서로 지저귀면서 들판과 하늘을 오가고 있었다.

남쪽 들판을 보며 미슈나가 탄성을 질렀다.

길 바로 옆에서부터 완만하게 펼쳐져 있는 들판이 온통 꽃밭이었다.

챠그무는 둘을 데리고 그 꽃밭으로 걸어갔다. 챠그무가 발로 풀을 치우듯이 하며 걷는 것을 보며 미슈나가 이상하다는 얼굴을 했다.

"…오라버니, 왜 그렇게 걷는 거야?"

"아. 뱀한테 사람이 있으니까 나오지 말라고 알려주는 거다."

뱀이라는 말을 듣고 둘의 발이 멈췄다. 챠그무가 웃음을 터뜨렸다.

"괜찮아. 이 주변에 독이 있는 뱀은 없다. 내가 이렇게 앞장
서서 가니까 걱정하지 마라."

수많은 자그마한 꽃들이 바람에 흔들리자, 좋은 향기가 피
어올랐다. 챠그무는 하천 주변의 따뜻한 풀밭에 둘을 앉혔다.

둑에 난 키 큰 풀을 본 순간, 예전에 탄다가 이 풀을 써서
풀피리 부는 법을 가르쳐준 것이 떠올랐다.

챠그무는 풀 하나를 뜯어서 탄다가 가르쳐준 손 모양을 떠
올리면서, 그것을 양손 엄지 사이에 끼더니 입바람을 불어넣
었다.

부우… 하고 돼지 우는 것 같은 소리가 나자, 미슈나와 투
그무의 눈이 동그래졌다.

"오라버니, 어떻게 했어?"

미슈나가 눈을 반짝이며 챠그무의 손끝을 들여다봤다. 챠그
무는 미슈나에게 풀피리 부는 법을 자상하게 가르쳐줬다.

손가락을 입에 물고 들여다보고 있는 투그무를 보며 챠그
무가 물었다.

"너도 불어보고 싶으냐?"

투그무가 고개를 끄덕였다. 챠그무가 동생의 자그마한 엄
지 사이에 풀을 끼워줬다.

"약간 틈을 만드는 거다. …그렇지. 잘하는구나. 자, 이제 불어봐라."

투그무가 있는 힘껏 불었지만, 바람 빠지는 듯한 소리밖에 안 났다. 그래도 몇 번이고 몇 번이고 반복하는 사이에 마침 내 부우 하는 소리가 났다.

투그무가 낄낄거리며 좋아했다. 아주 자랑스럽게 부우, 부우 하고 불어댔다.

세 사람은 해가 질 때까지 꽃이 핀 들판에서 놀았다.

돌아가는 길에 미슈나가 딴 꽃을 모아서 들고 있는 것을 보고 챠그무가 물었다.

"어마마마께 드리는 것이냐?"

미슈나가 고개를 저었다.

"…내일 오라버니는 황성의 궁에 칩거하시잖아? …내 대 신 아바마마의 묘소에 이 꽃을 바쳐주면 좋겠어."

챠그무가 할 말을 잃은 채 여동생을 쳐다봤다.

자신들의 아버지가 같다는 사실… 그리고 자신들이 정말 로 아버지를 잃었다는 생각이 갑자기 가슴에 복받쳤다.

황성의 궁에는 아버지의 유체(遺體)가 없다. 진흙에 파묻힌 궁의 흔적을 근위병을 비롯해 많은 사람들이 계속 찾았지만, 결국 아버지의 유체는 발견되지 않았다.

황성의 궁은 예전에 역대 황제들의 묘소가 있던 곳에 새로 흙을 쌓아 올려서 만들어졌다. 그곳 이외에는 지금은 이미 진흙에 파묻혀 잡초가 작은 꽃을 피우고 있다.

궁에서 태어나 평생 궁을 나간 적이 없었던 아버지는 죽어서 꽃이 핀 들판 아래에 잠든 것이다.

바람이 사각거리며 풀을 흔들고 간다. 여동생이 갖고 있는 꽃을 만지며 챠그무가 말했다.

"아바마마께 전해드리지. 미슈나가 보낸 꽃인 것을 아시면 기뻐하실 거다."

투그무가 챠그무의 소매를 끌어당겼다. 누나하고만 얘기를 하는 것이 마음에 안 든 것이리라. 투그무가 큰 소리로 말했다.

"형님! 여기서, 또, 놀고 싶어!"

그 말을 듣고 미슈나가 얼굴을 찌푸렸다.

"투그무 전하… 오라버니를 난처하게 해서는 안 돼. 우리는 평소에는 밖에 나가면 안 돼."

미슈나는 알고 있는 거라고 챠그무는 생각했다. 자신이 왜 여기로 둘을 데리고 왔는지. 그 마음을 알아준 것이다.

챠그무가 둘의 어깨에 손을 얹었다.

"또 오자. …내가 황제가 되면, 너희도, 언젠가 태어날 우리

아이들도 꽃의 계절에는 들판에서 놀고, 눈이 내리면 눈놀이를 할 수 있도록 하겠다."

석양이 황금색으로 빛나는 길을 챠그무는 두 동생의 손을 잡고서 천천히 산의 별궁으로 돌아갔다.

➤❋◄

이틀 후에 챠그무는 황제가 되었다.

의식의 마지막 행사로는 산의 별궁의 넓은 앞뜰에 모인 황족 이외의, 신분이 낮은 가신들 앞에 새 황제가 모습을 드러내는 '조현(朝見)의 의식'이 치러진다.

순백색 옷을 몸에 걸친 챠그무는 얼굴을 덮는 얇은 천을 내민 시종 뢴에게 미소를 지으며 고개를 저었다.

"그것은 안 하겠다."

하얀 아침 햇살이 정원을 비추고 있었다. 그 햇살 속에 챠그무는 맨 얼굴로 발걸음을 내딛었다.

종장
청무 산맥 기슭의 집

여름이 찾아왔을 무렵, 로타와 칸발의 기병들은 신요고 사람들의 진심 어린 감사의 목소리의 배웅을 받으며 제각기 귀국 길에 올랐다.

매미가 시끄러울 정도로 우는 한여름 날에 라울 왕자가 타르슈 제국의 황제가 되었다는 소식이 산의 별궁에 도착했다.

가을바람이 불고, 논의 벼가 고개를 숙일 무렵, 타라노 평야에서 상처를 치료하던 민병들은 몇 달 동안 지낸 석굴을 나와 그동안 돌봐준 마을 사람들에게 감사 인사를 하고 각자의 고향으로 돌아갔다.

겨울이 오고, 봄이 오고, 또다시 초여름이 되었을 무렵에는 전쟁의 상흔도, 강이 범람한 흔적도 옅어지고, 마을들도 이전과 같은 활기를 되찾게 되었다. 로타로 도망친 사람이랑 칸발에서 못 돌아오고 있던 사람들도 고향으로 돌아왔다.

ᗒᗧᗕ

사로가가 보였을 때 사람들 사이에서 한숨과 같은 소리가 새어 나왔다.

아직 여기저기에 불탄 흔적이 남아 있지만, 마을 재건은 순조롭게 진행되고 있어, 원목 색깔이 도드라져 보이는 새집들이 들어서기 시작했다.

여기저기서 망치 소리가 들리고, 새 목재 냄새가 바람을 타고 풍겨 왔다.

로타로 피신했던 사로가 상인들은 로타 각지에 흩어져서도 서로 긴밀하게 연락을 취하다가, 전쟁이 끝나 타르슈 병사들이 퇴각했다는 사실을 알자마자, 가만히 있을 수가 없어 서로 연락을 주고받아서 모였다.

그리고 우선은 집과 상점을 재건하기 위해, 여자들과 아이들, 노인들을 놔두고 남자들만 먼저 고향으로 돌아와 있었던 것이다.

예전에 상점이 있었던 근처에, 작지만 '사마도 상점'이라고 적힌 먹물 자국이 선명한 간판을 건 가게와 집이 들어서 있는 모습을 봤을 때, 치키사는 옆에서 말을 멈춰 세운 바르사의 옆얼굴을 올려다봤다.

지탄에서 친하게 지내던 상인에게 비어 있는 창고를 빌려서 자그마한 직물상점을 운영하던 마사 일행을 바르사가 찾아온 것은 불과 한 달 전이었다.

눈부신 초여름의 햇빛을 등지고, 어두운 출입문에 선 바르사는 말쑥하고 온화한 얼굴을 하고 있었다.

바르사는 마사의 아들인 토우노한테서 지탄에 남겨두고 온 마사 일행을 데리고 돌아와달라는 부탁을 받고 찾아온 것이었다.

그 말을 듣고 마사 일행이 기뻐하는 모습은 놀라울 정도였다. 급히 상점을 정리하고, 다른 상점 여주인들에게도 연락해서, 바르사의 보호를 받으면서 귀국길에 오른 것이다.

새 가게를 보자마자 마사는 울음을 터뜨렸다.

그 기척을 느꼈는지 출입문으로 나온 토우노가 어머니를 말에서 내려주면서 계속 바르사에게 고맙다고 인사를 했다. 바르사도 말에서 내려 토우노에게 답례를 했다.

그런 모습을 보는 동안, 목숨만 겨우 살아서 도망친 그날 밤이, 로타에서 지낸 나날의 기억이 가슴에 복받쳐, 치키사는 자신도 모르게 앞에 태운 아스라의 손을 꽉 잡았다.

"돌아왔구나…."

그렇게 중얼거리자, 아스라가 목을 틀어서 치키사를 봤다. 그 눈에는 밝은 빛이 있었다.

치키사가 미소를 지었다.

"너도 그렇게 느끼지? 돌아왔구나 하고."

아스라가 살짝 고개를 끄덕였다. 그리고 자신의 오른손을 잡고 있는 오빠의 손에 왼손을 살며시 갖다 댔다.

그 온기를 느꼈을 때 뜨거운 것이 솟구쳐 왔다.

자신이 먼저 말에서 내려 여동생을 내려준 다음에, 치키사는 바르사에게 다가갔다.

"바르사 씨."

토우노 가족과 인사를 마치고 말고삐를 손에 감고 있던 바르사가 옆으로 다가온 치키사를 쳐다봤다.

"바르사 씨…."

치키사가 머뭇거렸다.

자신이 무슨 말을 하고 싶은 건지 갑자기 알 수가 없어진 것이다. 가슴에 복받치는 생각이 너무 많아서 뭐라고 말해야 좋을지 알 수가 없었다.

마침내 입에서 나온 말은 아주 단순한 말이었다.

"고마워요…."

말해버리자 갑자기 편해졌다.

바르사가 눈썹을 치켜올렸지만, 무엇이 고맙다는 건지 묻지는 않았다.

"이제부터 힘들 거다."

잡초가 자그마한 꽃을 피우고 있는 불탄 흔적으로 시선을 돌리면서 바르사가 말했다.

"예전과 같은 마을이 되기까지는 많은 시간이 걸릴 거다. 무너뜨리는 것은 아주 잠깐이면 되지만."

손을 스윽 뻗어서 치키사의 머리카락을 쓰다듬고, 옆으로 온 아스라의 뺨을 살짝 만지고 나서 바르사가 말했다.

"자, 무사히 가게에 도착했으니, 이제 나는 슬슬 갈게."

치키사가 놀라서 소리를 높였다.

"네? 벌써요? 가게에 안 들러요?"

"응. 해가 저물기 전에 고개를 넘고 싶거든."

그렇게 말하고 나서 바르사가 미소를 지었다.

"그런 얼굴 하지 마. 또 만날 수 있을 텐데, 뭐."

아스라의 표정을 보고, 바르사는 다시 한 번 손을 뻗어서 아스라의 어깨를 꽉 잡았다.

"아스라, 오빠를 잘 보살펴야 된다."

강렬한 눈빛으로 아스라를 바라보고 나서 바르사는 고삐
를 당겨 말에 올라탔다.

"바르사 씨…."

엉겁결에 치키사가 목소리를 높였다.

뒤돌아본 바르사에게 치키사가 소리쳤다.

"탄다 씨에게 안부 전해줘요!"

바르사의 얼굴에 잠시 미소가 떠올랐다. 한여름의 햇빛과
도 같은 미소였다.

🍂❋🍂

어린잎이 무성한 산길을 바르사는 천천히 올라가고 있었다.

로타 왕국으로 마사 일행을 데리러 가는 도중에 대상의 호
위를 맡아, 한동안은 집을 떠나지 않아도 될 정도의 돈을 벌
었다. 그 돈으로 식량이랑 옷 같은 것을 샀기에 말도 산길을
오르는 게 힘든 것 같아 서두를 수도 없었다.

마침내 나무들 사이로 친숙한 지붕이 보였을 때, 문득 이전
의 기억이 가슴을 스쳐 불안한 마음이 들었다.

그러나 그 불안감은 이내 사라졌다.

요리를 하는 중인 것 같았다. 희미하게 연기가 피어오르고

있었다. 지붕 위에도, 작은 집 주위에도 잡초가 무성했고, 처마 밑에는 모기떼가 모여 있었다.

열려 있는 출입문으로 다가가자, 안에서 향긋한 냄새가 확 풍겨 왔다. 부드러운 솜대로 만드는 죽순국 냄새였다. 이 시기가 되면 탄다가 자주 끓이는 국이다.

술 냄새도 난다. 토로가이 사부가 여전히 대낮부터 술을 들이켜고 자고 있는 것이리라.

"어이, 돌아왔어."

그렇게 말을 걸자, 귀에 친숙한 밝은 목소리가 대답을 했다.

바르사는 미소를 지으며 단창을 문 옆에 세워두고는 집 안으로 들어갔다.

옮긴이의 말

   《수호자》시리즈의 저자 우에하시 나호코는 오스트레일리아의 원주민 애보리진을 연구하고 대학에서 문화인류학을 가르치는 교수 겸 문학가다. 1996년에 자신의 전문 분야에 문학적 상상력을 접목시킨 작품 『정령의 수호자』를 발표하면서 일약 일본 판타지 문학을 대표하는 작가가 되었다. 『정령의 수호자』의 인기에 힘입어 3년 뒤인 1999년에 후속작 『어둠의 수호자』를 발표하고, 이어서 작품 8편과 단편집 2권을 더해 총 12권에 이르는 대작《수호자》시리즈를 무려 16년에 걸쳐 완성했다.

   이 역작으로 우에하시 나호코는 수많은 문학상을 수상했다. 그뿐만 아니라 해외 여러 나라에서《수호자》시리즈가 번역 출간되면서 국제적으로도 명성을 떨치게 되었다. 특히 2014년에는 아동문학계의 노벨상으로 불리는 국제 안데르센

상 작가상을 수상함으로써 세계적으로 주목받는 작가로 우뚝 섰다.

　일본에서 《수호자》 시리즈의 인기와 위상은 일본 국영방송인 NHK에서 방송 90주년 기념작으로서 이 시리즈를 실사 드라마로 제작하기로 결정한 것만으로도 충분히 짐작할 수가 있다. 2016년 3월에 〈정령의 수호자〉라는 제목으로 방영을 시작하여 약 3년에 걸쳐서 방영할 예정이니, 일본 내에서 《수호자》 시리즈를 둘러싼 열기는 한동안 식지 않을 것으로 보인다. 이제까지 라디오 드라마나 애니메이션으로 제작된 적은 있으나 생동감 넘치고 현실감 있는 묘사가 가능한 실사 드라마의 제작은 처음이다. 게다가 유명 연예인까지 등장한 드라마이다 보니 지금 일본에서는 우에하시 나호코의 원작 소설이 다시금 주목받으며 많은 기대를 모으고 있다.

《수호자》시리즈는 종종 '아시아의 『반지의 제왕』'으로 비유되곤 한다. 『반지의 제왕』이 그렇듯이 이 작품 역시 아동부터 성인까지 두루 즐길 수 있는, 독자층의 폭이 매우 넓은 대작이다. 그러나 철저하게 현실과 동떨어진 판타지 세계를 그린 『반지의 제왕』과 비교해서,《수호자》시리즈가 그리는 판타지 세계는 우리가 살아가는 이 세계와 매우 가까운 곳에 공존한다. 다른 세계를 인정하고 다른 생각을 받아들일 수 있는 열린 마음을 가진 이라면 언제든 그 세계를 볼 수 있으며 두 세계의 경계를 넘나들 수 있다는 점에서 커다란 차이점을 보이는 것이다.

《수호자》시리즈는 30세인 주인공 바르사가 37세가 되기까지 7년 동안 경험하는 무용담이자 모험담이다. 또한 첫 번째 책인 『정령의 수호자』에서 바르사의 도움으로 목숨을 구한 챠그무가 11세 어린아이에서 18세 성인으로 성장하는 과정을 그린 성장 이야기이기도 하다. 본편 10권 가운데『정령의 수호자』,『어둠의 수호자』,『꿈의 수호자』,『신의 수호자』는 바르사가 주인공이며,『허공의 여행자』,『푸른 길의 여행자』에서는 챠그무가 주축이 되어 이야기를 이끌어나간다. 그리고 이 두 줄기의 이야기는 세 편 연작인『하늘과 땅의 수호자』에서 하나로 합류하게 된다. 그 과정에서 다양한 민족 문화에 대한 생생한 묘사, 여러 나라의 역사와 정치적 관계에 대한 묘사가 세밀하게 곁들여지면서, 여느 판타지 소설과 차별화되는《수호자》시리즈만의 독특한 세계가 형성된다.

주인공 설정 역시 매우 독특하다. 판타지 소설에서 바르사와 같이 서른 살 여성이 주인공으로 등장한다는 것은 이례적인 일이다. 실제로『정령의 수호자』출간 당시에 일본 출판사

측에서도 그 점에 대해 난색을 표했다고 한다. 하지만 우에 하시 나호코는 무슨 일이 있어도 주인공은 어느 정도 나이가 들어 인생 경험이 풍부하며, 어린 생명을 푸근히 감싸 안을 수 있는 모성애를 지닌 여성이어야 한다는 생각을 떨칠 수 가 없었다. 단창을 멘 30대 여성이 어린아이의 손을 잡고 도 망치는 이미지가 불현듯 저자의 머릿속에 떠올랐고, 이것이 바로 《수호자》 시리즈를 저술하는 계기가 되었기 때문이다. 이렇게 해서 강인하면서도 심성 따뜻한 바르사, 약한 생명을 위험으로부터 구하는 역동적인 여성 무사 바르사가 탄생한 것이다.

　바르사의 담대한 캐릭터와 굴곡진 삶 이외에, 황태자 챠그 무의 성장 이야기 또한 《수호자》 시리즈에서 중요한 의미를 갖는다. 연약한 어린아이 챠그무가 어느덧 약한 자를 보호하 고 생명을 지킬 줄 아는 강인한 어른이 되고, 나아가 주체적으로 이야기를 이끌어가는 중요 인물로 성장하는 과정을 지켜보는 것도 이 작품을 읽는 또 다른 재미다. 위험을 무릅쓰면서까지 자신을 구해준 바르사한테서 영향받아, 챠그무 역시 자신의 목숨이 위태로워지는 것도 개의치 않고 다른 생명을 구하기 위해 최선을 다하는 가슴 훈훈한 장면을 시리즈 곳곳에서 목격하게 된다.

이 작품을 번역하면서 자연과 생명에 대한 저자의 애정과 경의, 소외받는 이들과 약한 자들을 바라보는 따뜻한 시선에 깊이 감명받았다. 그리고 스스로 선택한 것이 아니더라도 어찌 되었든 자기가 태어난 세계에서 주어진 운명을 받아들이고 열심히 살아가는 사람들의 삶도 이 작품에서 만날 수 있었다. 또한 자칫하면 소홀히 하기 쉬운 소중한 것을 지키기 위해 최선을 다하는 아름다운 모습도 곳곳에서 볼 수 있었다. 작품을 번역하며 이런 것들이 작품에 심오한 의미와 다양한 색채를 부여한다는 생각이 들었다.

번역자로서《수호자》시리즈의 번역은 새로운 세계에 대한 도전이었으며, 기나긴 호흡이 필요한 작업이었다. 많은 노력과 시간이 드는 힘든 작업이었지만, 매우 흥미롭고 가치 있는 도전이었다는 생각이 든다. 우에하시 나호코의 가치관과 세계관이 흠뻑 배어 있는《수호자》시리즈의 한국어판 출간에 번역자로서 동참하게 된 것을 기쁘게 생각한다. 저자가《수호자》시리즈를 통해 전 세계의 독자에게 보내고자 하는 메시지가 한국의 독자들에게도 제대로 전달되기를 희망한다.

김옥희

하늘과 땅의 수호자 제3부

초판 1쇄 찍은날 2020년 12월 22일
초판 1쇄 펴낸날 2020년 12월 30일
지은이 우에하시 나호코
옮긴이 김옥희
펴낸이 한성봉
편집 하명성·신종우·최창문·이동현·김학제·신소윤·조연주
콘텐츠제작 안상준
디자인 전혜진·김현중
마케팅 박신용·오주형·강은혜·박민지
경영지원 국지연·강지선
펴낸곳 스토리존
등록 2015년 8월 11일 제2017-000039호
주소 서울시 중구 퇴계로30길 15-8 [필동1가 26]
페이스북 www.facebook.com/dongasiabooks
전자우편 storyzone1@naver.com
블로그 blog.naver.com/dongasiabook
인스타그램 www.instagram.com/dongasiabook
전화 02) 757-9724, 5
팩스 02) 757-9726

ISBN 979-11-88299-16-4 04830
979-11-957529-0-4 (세트)

이 도서의 국립중앙도서관 출판예정도서목록(CIP)은
서지정보유통지원시스템 홈페이지(http://seoji.nl.go.kr)와
국가자료공동목록시스템(http://www.nl.go.kr/kolisnet)에서
이용하실 수 있습니다.(CIP제어번호: CIP2020053280)

※ 스토리존은 동아시아 출판사의 어린이/청소년/실용 브랜드입니다.

※ 잘못된 책은 구입하신 서점에서 바꿔드립니다.

만든 사람들
편집 안상준
디자인 김현중
본문 조판 김경주